경제대왕 숙종 〈상〉

숙종,
장옥정과 경제대국을 이루다

경제대왕
숙종 · 상

정기인 지음

매일경제신문사

서문

경제학의 아버지 애덤 스미스는 《국부론》에서 국가를 '우위(優位)산업조직'으로 보았다. 《자본론》을 쓴 칼 마르크스는 "국가는 경제가 전부다"라고 말했다. 조선에서도 '국가는 산업조직이며 경제가 전부'라고 생각한 '경제대왕'이 있었다.

바로 조선 제19대 왕 숙종(肅宗)이다. 그는 박정희 대통령에 300년 앞서 조국근대화와 경제개발에 성공한 경제대왕이었다. 그는 '백성은 하늘'이라며 먹는 것과 전쟁 예방에 전력했다. 진정으로 인권을 생각한 왕이었다. 당시 조선은 임진왜란과 병자호란까지 겪으며 "부모와 자식, 형제간에도 잡아먹었다(선조실록 27년)"는 기록이 남아 있을 정도로 악몽 같은 상황이 이어지고 있었다. 숙종은 이런 악조건 속에서 거시경제운용으로 조국근대화에 착수해 국토개발과 농촌근대화, 과학기술개발의 시대를 열었다. 특히 대동법과 상평통보를 통용시켜 경제개발에 힘썼다.

숙종의 화폐경제 정립은 경제학적으로 큰 업적이었다. 국가경제는 부가가치창출이 핵심으로, 이는 저축(투자)과 소득(소비·고용)에서 나온다. 저축은 화폐가 유통돼야 한다. 위대한 세종대왕이 경제대왕이 못 된 것은 당시에 저축이 없었기 때문이다.

숙종은 화폐유통으로 저축과 가격의 시대를 열었다. 저축으로 투자와 교환, 손익계산, 대부 및 외상거래가 가능해졌다. 또한 노동의 상품화가 이뤄지고 인신의 지배예속이라는 중세적 신분제도는 서서히 변화되었다. 민간부문이 살아나고 공공부문도 숨쉬기 시작했다. 공사(公私)의 구분 및 기업과 가계의 분리가 이뤄지며 성장동력이 생겼다.

이는 영조와 정조의 부강한 왕조를 열어주었다. 박정희 대통령이 한국에 경제대국의 길을 열어준 것과 비슷하다. 숙종은 자본과 교통, 통신, 항만 등 산업인프라와 학교, 병원 등 생활 인프라가 제로인 상태에서 경제적 기반을 쌓은 것이다. 높이 평가해야 마땅하다.

숙종의 위대한 업적이 폄훼되고 영조와 정조만 부각된 것은 역대 왕 가운데 숙종만이 수차례 환국을 통해 노론정권을 교체하고 경제개혁에 반대하는 대신을 죽이는 등 강력한 통치권을 행사했기 때문이다. 이 때문에 노론은 조선이 망할 때까지 정권을 독점하면서 숙종을 '요녀 장희빈'에 빠져 국사를 팽개친 듯 묘사해 악의적 야담을 퍼뜨리며 복수한 것이다. 지금이나 예전이나 정적을 제거하는 데는 스캔들 만한 게 없었다.

장옥정(張玉貞, 장희빈의 본명)을 조선의 3대 악녀나 요화로 비하한 것도 노론의 음모다. 그녀는 조선역사상 유일하게 궁녀에서 왕비까지 오를 만큼 특출한 능력을 가진 여인이었다. 대신들을 압도하는 현실지식으로 선택된 것이지, 요설과 미색으로 된 것이 아니다.

이는 《인현왕후전》과 《수문록》, 《숙종실록》(인현왕후 오빠 민진원이 편집책임), 김만중의 《사씨남정기》 등이 악의적으로 기록했기 때문이다. 한 예로, 《수문록》은 노론의 사림학자들이 썼다고 보기에 민망할 정도로 저급하다.

"장희빈은 사약을 먹지 않기 위해 발악했고, 아들의 하초를 잡아당겨 고자로 만드는 패악을 부리다 억지로 사약이 부어졌다. 드디어 장녀가 죽으니 하늘의 천벌을 받아 시체가 순식간에 썩어 냄새가 궐내를 진동하는지라 즉시 궁밖에 내다버렸다."

장희빈에 대한 비하는 그녀가 감히 노론과 정책대결을 벌인 데서 시작되었다. 숙종은 그녀를 선택했으나 노론과의 파워게임에 져서 그녀를 죽여야 했었다. 노론은 이에 그치지 않고 그녀 사후에도 승자의 악의적 기록을 남긴 것이다.

필자는 숙종의 경제대업을 추적했으나 경제자료 자체가 없었다. 국가경제의 근원인 국내총생산(GDP)에서 부가가치를 생성하는 자본(이자), 노동(임금), 토지(임대료)와 기술(경영·이윤)에 대한 자료가 전무했다. 국내총생산은 대부분 농업에서 나왔고 부가가치는 제로였다. 제조업이나 서비스업은 아무런 자료가 없었다.

국가로서 한 해의 예산과 결산이 없고 사업내용이나 집행내역이 전무했다.

사료를 뒤지며 조금이라도 힌트가 되는 것을 모아 '현대적 경제자료'를 만들었다. 부족한 역사지식으로 없는 자료를 찾아내느라 몇 년간 밤낮으로 몰두하고 연구했다. 나이를 잊고 몰두한 탓인지 치아를 세 개나 뽑아야 했다.

숙종대의 경제사료들을 뒤지다가 실망했던 가슴에 서광이 비쳤다. 장옥정이 장사꾼이었음을 발견한 것이다. 처녀시절 칠패시장(현 남대문시장)의 큰 가게에서 장사했음을 알게 되었다. 그 가게는 한양 제일의 부자이며 무역상인이었던 장현(張炫)의 호주상회였다. 그녀의 행적을 추적하면서 흥분과 긴장감을 느꼈다.

장현은 장옥정의 당숙이었다. 장현은 소현세자와 봉림대군(효종)이 심양에 볼모로 있을 때 6년간을 모신 통역관이었다. 그는 효종의 비호 아래 비단무역과 인삼무역, 무기무역을 해서 거부가 되었다. 장옥정은 외국어를 잘해서 비단과 인삼, 무기거래 실무를 담당했다. 요즘으로 말하면 무역회사의 중역이었다.

장옥정은 장현의 권력야욕 때문에 22세 뒤늦은 나이로 입궐한다. 뇌세포가 '시장원리'와 '정글법칙'에 염색되었으니 궁중에서 '쌍스런 여인'으로 풍파를 일으킨다. 국가재건에 몰입한 숙종은 경제

감각이 뛰어난 장옥정을 내조자로 선택하고 중전을 내쫓았다.

장옥정은 성리학으로 무장된 관계(官界)가 의외로 부패하고 국방에 무지한 것을 보았다. 발이 부르트도록 일하며 돈을 벌었던 장옥정에게는 묵과할 수 없는 것들이었다. 이 때문에 장옥정과 노론 간에는 피치 못할 암투가 시작된다.

이주한은 그의 저서 《노론 300년 권력의 비밀》에서 "주자학을 유일사상으로 받들어… 위로는 임금을 독살하고 아래로는 신분제를 강요해 백성을 노예로 만든 노론. 그 결과 조선후기사회는 '노론 천국, 백성 지옥'이 되었다"라고 말한다. 장옥정은 21년간 노론과 대결하다 결국 죽임을 당했으나 승리한 여인이었다.

우리나라 역사소설은 거의가 권력투쟁, 음모술수, 전쟁에 관한 것으로 경제소설은 없었다. 서양 역시 경제 자체에 초점을 맞춰 쓴 역사소설은 찾기 힘들다. 간혹 거상(巨商)의 성공스토리를 엮은 소설은 있었다. 감히 세계에서 첫 번째 《경제역사대하소설》이라고 자부한다.

나는 소년시절 헤밍웨이를 꿈꾸며 영문학도가 되었다. 그러나 운명은 잔인하게도 사회의 첫발을 딛는 나를 '베트남 전쟁터'로 이끌었다. 전쟁터에서 보낸 2년 동안, 보아서는 안 될 것과 겪어서는 안 될 일들을 보고 겪었다. 전쟁터에서 살아 돌아오니 인생은 노동임을 알게 됐다. 가족과 먹고살기 위해 작고 예쁘게 사느라 꿈을 접었었다. 이제 나이 칠십이 훌쩍 넘어서 다시 꿈을 펼치기로 했다.

역사소설 집필에는 연륜이 오히려 장점이 된다고 생각했다. 뻔뻔하게도 성공할 것이라고 믿는다. '뻔뻔해야 성공한다'는 확신을 가지고 있다.

이 자리를 빌려 감사드릴 데가 많다. 전공이 아닌 작업을 하면서 부족한 지식을 채우느라 수많은 책과 인터넷의 덕을 봤다. 또한 직접 만나거나 대화로 도움을 주신 분들도 많다. 성균관대 한문학과 명예교수인 송재소 교수는 대학시절 선후배의 인연으로 큰 힘을 주었고, 한양대 동료인 정민 교수와 동국대 임기중 명예교수님, 명지대 한명기 교수, 진주교육대 윤정 교수께도 조언에 감사드린다. 특히 국사편찬위원회, 고전번역원, 동아백과와 브리태니커, 위키백과 등 뛰어난 자료와 지식 덕을 봤다. 또한 수많은 역사서의 집필자들에게 감사를 드린다.

이 소설을 출판하는 데 힘써주신 매경미디어그룹 장대환 회장님, 무더위 속에서 애쓴 매경출판 성철환 대표님, 한동욱 팀장, 고원상 차장, 권병규 과장께 감사드린다.

정기인

목차

제2장 | 천지개벽

• 경제대왕 숙종 하권 목차

서문

제1장

시장원리

현종의 죽음

허적(許積)은 영의정으로 책봉된 후 네 번째로 임금 현종(顯宗)을 알현했다. 그의 나이 65세였다. 가회동 집으로 돌아왔으나 죽음이 임박한 왕의 모습이 머리에서 떠나지 않았다. 허적은 옷을 갈아입고 잠자리에 누웠다.

자정이 넘었는데도 하루의 일과가 너무나 괴이해서 잠이 들지 않았다. 인왕산 깊은 숲속에서 늑대가 번갈아 울어 가슴을 서늘케 한다. 이때, 대문을 요란하게 두들기며 소리치는 자가 있었다.

"문을 여시오! 어서 문을 여시오!"

허적은 자리에서 일어났다. 머슴이 달려 나가 문을 열자 관복을 입은 젊은이가 뛰어 들어왔다. 허적이 대청에서 바라보니 숨을 몰아쉬며 고한다.

"영상대감, 소신은 승정원 주서(注書, 종7품) 이극돈이라 하옵니다. 한 시진 전에 전하께옵서 승하하시었습니다."

허적은 마당으로 뛰어 내려갔다. 궁궐을 향해 삼배를 하고 통곡을 했다. 촌각을 다투는 상황이다. 서둘러 상복을 차려입고 궁궐로 향했다. 현종은 1674년 8월 18일 밤 10시에 34세로 승하했다.

8일 전(8월 10일)에 현종은 남인인 허적을 영의정에 임명했다. 향리인 충주로 승정원 좌승지가 영의정 교지(敎旨)를 가지고 왔었다. 충주가 멀어서 허적이 당도하는 데 시간이 걸렸다. 현종은 혼수상태에서도 언제 오는가를 계속 물었다. 허적은 서둘렀으나 사흘 전(8월 15일) 아침에야 창덕궁에 도착하여 임금을 알현할 수 있었다.

현종은 혼수상태에서도 억지로 자리에서 일어나 관복을 입고 허적을 예를 다해 맞이했다.

"전하, 어찌하여 소신을 이처럼 온갖 예로써 맞이해주시나이까. 소신에게 하실 말씀이 있으시면 편히 말씀하시오소서."

현종은 허적을 가까이 부르더니 붓과 종이를 이용해 필담을 하기 시작했다.

"영상대감, 세자를 부탁하오. 주변에 눈과 귀가 많소. 과인이 승정원에 교지를 내려 영의정 김수흥(金壽興)은 춘천으로 귀양 보냈소. 서인들이 김수흥의 귀양을 취소하라고 압박하고 있소. 과인의 명이 집행되는지 감시하고 즉시 정권인수에 나서시오."

허적은 즉시 붓을 들어 답변을 올렸다.

"전하, 소신이 중전마마와 더불어 세자를 잘 받들고 곧 정국을 안정시키도록 하겠사옵니다. 염려 놓으시고 속히 쾌차하시는 데 진력하시옵소서."

현종은 떨리는 손으로 붓을 들어 필담을 내렸다.

"과인은 100년 가까이 권력을 휘두른 서인정권을 교체하기는 했으나 어인 일인지 갑자기 죽게 되었소. 이 나라는 서인의 나라입니다. 윤선도가 15년 전에 편전에서 '나라의 권력은 임금에게 있지 않고 신하(송시열)에게 있습니다'라고 직언했었습니다. 그러나 과인은 압력에 못이겨 윤선도를 유배 보내야 했습니다. 후사를 잘 부탁하오."

윤선도(尹善道)는 정철, 박인로와 더불어 조선 3대 시가인(詩歌人)의 한 사람으로, 송시열에게 정치적으로 패해 유배생활을 했다. 〈오우가(五友歌)〉로 유명하다.

허적은 눈시울이 붉어졌다. 왕이 필담을 해야 하는 것이 기가 막혔다. 현종은 손을 내저으며 빨리 나가서 행동에 옮기라고 했다. 허적은 즉시 물러나와 의정부로 갔다. 이조좌랑에게 의정부 대신들을 소집하도록 했다. 그러나 좌의정 정지화(鄭知和)와 우의정 김수항(金壽恒, 김수흥의 동생)은 핑계를 대고 나오지 않았다.

허적이 왕을 알현하는 중에도 승정원 승지 이단석(李端錫)과 홍문관 교리 조근(趙根)이 정전 뜰 앞에서 김수흥의 귀양을 풀어달라고 크게 소리쳤다. 허적이 꾸짖어도 물러나지 않았다. 사헌부 장령 이광적과 사간원 지평 유지발까지 합세하며 귀양을 해제하라고 압박했다. 승정원과 사헌부, 사간원관료는 국왕의 최측근 임에도 자당(自黨)을 위해 앞장섰다.

현종은 정권교체를 단행했으나 비밀이 새어나간 것을 몰랐다. 서른네 살의 혈기왕성한 임금은 개혁의 위험성을 간과했다. 우연이라고 하기엔 너무 갑자기 병석에 눕게 된 것이다. 혼수상태에서 누운 채 허적을 붙잡고 고명(유언)을 내렸다. 다행히 허적은 인조 시절부터 서인 아래서 정치를 익혀 이들의 생리를 잘 알고 있었다.

허적은 현종의 재가를 받아 남인 측 무인 유혁연(柳赫然)을 훈련 대장으로, 금위대장에 사간원 사간 최재명을 임명하고 궁궐을 장악했다. 좌의정 정지화와 우의정 김수항을 파직하고 좌의정에 목내선, 우의정에 권대운, 대사헌에 허목(許穆)을 임명했다. 왕의 어명에 불구하고 유배를 떠나지 않은 김수흥을 즉시 체포하여 원주에 부처했다.

허적은 중전에게 달려갔다.

"중전마마, 상의 병세가 저런데도 곁에서 모시는 자가 낯선 환관들뿐이어서 증세의 경중도 자세히 알 수 없으니, 청풍부원군 김우명, 예조판서 장선징, 청평위 심익현이 오늘부터 좌우에서 모시도록 하겠사옵니다."

허적은 즉시 김우명(金佑明, 명성왕후 아버지)과 매제인 심익현,

남인 장선징에게 병상을 지키도록 했다. 허적은 스스로 약방 도제조(都提調)를 겸했다.

허적은 물러나와 유혁연을 불렀다. 즉시 송시열을 체포하도록 지시했다. 유혁연은 날쌘 기병 10명을 이끌고 용산에 있는 송시열의 집으로 달려갔으나 이미 피신하고 없었다. 유혁연은 허탕을 치고 허적의 집무실로 돌아왔다. 놀랍게도 송시열이 허적과 함께 있었다. 송시열의 곁에는 포도대장 박세제가 있었다. 박세제는 영의정집무실을 포졸로 둘러싸고 있었다. 송시열은 유혁연을 보자 소리쳤다.

"유혁연, 나와 원한이 있소? 나를 체포하려 한 죄 값을 치러야 할 것이오."

말이 떨어지자 박세제가 소리쳤다.

"역도 유혁연을 체포하라!"

허적이 나서며 소리쳤다.

"당장 멈추시오. 포도대장은 내 말을 들으시오. 나는 영의정이오!"

"이 자는 군사를 동원해 송시열 대감을 체포하려고 한 현행범입니다. 어서 체포하라!"

포졸들이 달려들어 유혁연을 끌고 나갔다. 허적이 황급한 나머지 포도대장을 갈아치우지 못한 실수를 한 것이다. 유혁연은 졸지에 죄수가 되어 하옥되었다. 이어서 포도대장의 문초가 시작되었다.

"네 이놈. 대신은 역모가 아니면 체포할 수 없는데도 감히 군졸을 이끌고 송시열 대감을 체포하려 했겠다. 송시열 대감은 전하와 버금가는 해동군자로 존중받는 분이신데 감히 체포하려 했으니 죽어 마땅하다. 평시에 군대동원은 역모행위다. 배경을 실토할 때까지 매우 쳐라!"

유혁연은 사정없이 주리를 틀리고 고신을 당했다. 그는 여기에 굴할 사람이 아니었다. 그는 팔척장신에 강직하고 선이 굵어 주위로부터도 존중받아온 인물이었다.

"네놈들은 김수홍이 풀려나면 다시 정권을 잡겠다는 것인데 이는 역모다."

유혁연은 조금도 굴하지 않고 버텼다. 그러자 더욱 강하게 주리를 틀었다. 이때 승정원 주서 이극돈이 달려왔다.

"포도대장은 들으시오. 여기 어명을 가져왔소. 당장 훈련대장을 석방하시오. 포도대장은 포도부장 이돈명이 임명되었으니 즉시 인계하시오."

"이 주서, 그 어명이 진실인지 믿지 못하겠소. 전하께서 혼수상태인데 어찌 어명을 내리실 수 있단 말이오? 나는 이 자를 문초하여 배후를 밝히고야 말 것이오."

"전하께서는 쾌차하셔서 의정부에도 나오셨소. 그간 밀린 상소 내용에 대해 하문하고 계시는 중이오. 아직 젊으신데 혼수상태가

웬 말이오?"

이 말을 듣자 박세제는 당황했다. 왕지(王旨)에 현종이 수결한 것이 확실했다. 할 수 없이 유혁연을 풀어주었다. 유혁연은 병졸에게 업혀서 돌아왔다. 돌아오면서 이극돈에게 말했다.

"이 주서, 전하께서 쾌차하셨다니 정말 다행입니다."

"제가 둘러댄 것입니다. 아주 위중하십니다. 오늘 밤을 넘기시기 어려울 듯합니다."

유혁연은 이극돈의 재치에 탄복했다. 그의 재치가 아니었으면 오늘 밤중으로 장살(杖殺)되었을지도 모르는 일이었다.

허적은 사정을 파악하기 위해 내시감을 불러 문초했다.

"어의는 어디 있느냐? 어서 들라고 하라."

"아침 일찍이 포도청에서 심문하겠다며 데려갔습니다."

이때 유혁연이 돌아왔다. 그의 몰골은 고신을 당해서 차마 보기가 민망스러웠다.

"영상대감, 박세제가 좀 이상합니다. 전하의 혼수상태를 이용해 김수흥을 영의정에 복위시킨 뒤 영상대감과 남인 모두를 역모로 주살할 기세였습니다. 지금 어의와 환관들이 하옥돼 있습니다. 즉시 금위군을 풀어 포도청 감옥을 수색하시기 바랍니다."

허적은 즉시 금위대장 최재명을 불러 포도대장 박세제를 잡아오고 감옥을 수색하도록 했다. 저녁 무렵 금위대장이 돌아왔다.

"영상대감, 박세제는 소신이 도착했을 때는 이미 자진했습니다.

감옥을 수색해보니 어의와 환관들이 온 몸이 찢겨진 채 모두 시신으로 발견되었습니다."

"이런 못된 짓을 하다니! 이자들이 역모를 획책하고 있는 것이 분명하구려."

"이것은 어의와 환관들의 입을 막으려는 짓으로 보입니다. 박세제까지 없어졌으니 전하의 병세 원인을 밝혀내기는 글렀습니다."

허적은 명성왕후를 알현했다.

"중전마마, 세자를 새 임금으로 서둘러 책봉하시옵소서."

"그렇게 하지요. 곧 책봉서를 내리겠습니다."

세자 이순(李焞)은 열네 살의 나이에 제19대 왕 숙종(肅宗, 사후 부여된 묘호임)이 되었다. 세자빈은 열세 살에 중전 인경왕후가 되었다.

"전하, 서인들의 동태가 수상합니다. 저들의 역모를 예방하기 위해 도체찰사부(道體察査部)를 재건하고 군권을 강화해야 할 것입니다."

"그렇게 하시지요. 영상대감께서는 하루속히 경제를 회복시키는 일에 정진해주기 바랍니다. 특히 대동법과 상평통보의 유통이 전국에 정착하도록 힘써주기 바랍니다."

"명심하겠습니다. 그러나 서인들이 상평통보 발행을 반대하는 줄로 아옵니다."

"좋소. 과인은 송시열을 위시한 당파들을 선별해서 유배를 보내도록 하겠소."

대사헌 허목이 나서며 간언했다.

"전하, 송시열을 유배 보내는 것으로는 안 되옵니다. 지체 없이 사사(賜死)하셔서 뿌리를 잘라내야 하옵니다. 그렇지 않으면 후일 크게 후회하실 것이옵니다. 통촉하여주시옵소서."

"송시열을 따르는 자들이 전국에 무수한데 그래도 되겠소?"

"일시적으로는 분란이 일겠지만 후일 잘하신 조치라 여김 받으실 것입니다. 반드시 사사하여 후환을 없애심이 옳을 줄 아옵니다."

영의정 허적이 강력히 반대했다.

"송시열 대감도 나라를 위하는 충정에서 소신을 펴신 것이지 죽을죄를 진 것은 아니라 사료됩니다. 사사하시는 것은 반대합니다."

"송시열의 소신이란 것은 시대에 뒤떨어진 괴변으로 나라를 망치는 길로 이끌 것입니다. 지금 세상이 변하고 있는데 송시열과 그 일당만 변화를 거부하고 사대부의 기득권을 지키는 데 빠져 있습니다."

"나는 힘으로 송시열 대감을 말살하기보다 정책으로 대결하자는 것입니다. 그들이 세상의 변화를 인정하고 경세를 함께 할 수 있기를 바라는 것입니다."

"송시열은 의리를 중시해서 절대로 굽히지 않을 것입니다. 영상에게는 나라의 미래가 보이지 않고 송시열의 미래만 보이십니까?

대감께서 이처럼 혼탁해지신 데 대해 실망을 금할 수 없습니다. 영상은 후일 크게 후회하게 될 것이오."

"과인이 결정을 내리겠소, 송시열을 유배 보내는 것으로 마무리 짓겠소."

임금은 도승지에게 송시열을 원덕부로 귀양을 보내라는 교지를 내렸다. 허목의 주장을 따랐더라면 조선의 역사가 바뀌었을지 모르는 순간이었다. 특히 허적은 후일 죽임을 당하지도 않았을 것이다. 허목은 분개하며 물러났다. 이후 허목은 허적을 따르는 사람들을 탁남(濁南)으로, 자신을 따르는 사람들을 청남(淸南)이라고 불렀다. 남인은 청남과 탁남으로 갈라섰다.

이순은 나이에 비해 몸이 허약했다. 어려서부터 병을 자주 앓아서 곧 죽을지도 모른다는 소문이 돌기까지 했다. 그런 이순이 왕이 되자 종친 중에서 유고에 대비해야 한다는 말이 암암리에 돌기도 했다.

수상한 청년

때는 1676년, 조선 19대 왕(숙종) 4년.

벌써 몇 년째 지속된 가뭄으로 만리재에는 먼지가 풀럭였다. 기상학적으로 100여 년간 소빙하기(小氷河期)여서 조선은 물론 다른 나라들도 냉해를 입어 흉년이 심했다. 집집마다 굴뚝연기가 그친 지 오래되었다.

죽지 못해 산다는 말이 맞다. 아무리 굶어도 죽지 않고 또 살았다. 그래도 역병이 돌지 모른다는 소문에는 죽을까봐 두려웠다. 죽는 게 차라리 낫다고 말하면서도 죽는 것은 무서웠다.

몇 사람이 만리재 등성이 길바닥에 웅크리고 앉아 있다. 이들은 거적으로 집을 짓고 하루 벌어 하루 먹으면서 목숨을 이어오고 있었다. 그래도 꿈은 있었다. 언젠가 돈을 벌어 고향으로 돌아가 땅도 사고 번듯하게 농사를 지을 희망은 지니고 있었다. 그중 중늙은이 한 명이 푸념한다.

"어떤 양반이 밤중에 술을 잔뜩 먹고 가다가 가마에서 내려 길가에 토하는 것을 보았네 그려. 굶주린 아이들 수십 명이 한꺼번에 달려들어 머리를 땅에 박고 핥아먹는데 힘이 약한 아이는 밀려나 울고 있더라니까. 에이, 염병할 세상!"

"그래도 지금은 나아진 거지. 얼마 전까지만 해도 시구문(수구문) 밖에 시체가 산더미처럼 쌓여 성곽보다 높았잖은가? 나는 그때 야광을 돌면서 시체를 지키느라 얼마나 혼났는데 그래. 잠시 눈을 돌리면 시체를 훔쳐가서 파먹었거든. 그리곤 시체 썩은 데서 나온 독 때문에 모두 죽었다니까. 그렇게 죽은 시체를 정리하는데 얼굴은 평온하더라니까. 왜 그런 말 있잖은가? 잘 먹고 죽은 놈이 때깔은 좋다고. 썩은 시체라도 실컷 먹었다고 훤해 보이더라니까."

이들은 며칠을 굶었으면서도 남이 굶은 얘기만 했다. 벌써 보름째 일거리가 없어서 이곳에 모여 있었다. 기다리다 보면 거간이 데리러 오는 경우가 있었다.

한양에는 칠패시장(七牌市場, 현 남대문시장), 종로 시전(市廛), 배오개시장(梨峴, 현 동대문시장) 등 3대 시장이 있었다. 이 중에 종로시전만 나라의 허가를 받았고 두 곳은 무허가 시장이었다.

칠패는 무허가 시장이라 다리가 성한 사람들은 잡상인이나 짐꾼 노릇을 했다. 정 할 일 없으면 야바위꾼이라도 했다. 농사가 흉년이라 경기는 불황이었지만 이순의 강력한 상업진흥정책으로 장사는 겨우 숨 쉬고 있었다.

이순은 일본과 미진하던 외교관계 정상화를 완성했다. 대마도주의 가짜 국서(사과문)의 진실여부를 묻지 않고 받아들였다. 그러자 대일 무역이 활발하게 전개되었다. 칠패상인들은 인삼, 쌀, 한산모시, 한지 등을 청국과 일본에 수출하였다. 일본에서는 은, 구리, 유황, 후추 등을 수입했다. 은을 다시 청나라에 수출하고 청국의 비단을 수입해 일본에 수출하면 각각 세 배 가격에 팔 수 있었다.

칠패시장에서 일하던 사람들은 일거리를 기다리느라 이날도 만리재에 모여 있었다. 만리재는 일종의 노동시장이었다. 고개에서 내려다보니 여러 날 째 연기가 솟지 않았다. 가난한 집 제사 돌아오듯 하는 끼니를 챙긴다는 것은 포기한 듯했다. 이들은 어둑해져도 끼니는 잊고 이야기에 열중이다.

"어젯밤에 용모가 단정한 어떤 청년이 말순네 집에서 냉수 한 대접 얻어 마시고는 물 공량 값으로 쌀 한 말을 두고 갔다고 하네."

김가가 마른 침을 퉤 뱉으며 말했다.

"쌀 한 말? 쌀이 넘쳐나는가 보지? 그런 재수가 우리에겐 안 오나? 우리 신세가 복 없는 노처녀 봉놋방(주막집의 가장 큰 방)에 가 누워도 고자 곁에 눕는 꼴이구만."

최가가 배알이 꼬인 듯 받아치며 말했다.

"그런 재수가 아무한테나 오겠나? 말순 어멈이니까 그런 횡재가 터지지. 복 있는 과부는 앉아도 요강 꼭지에 앉는다고 하잖나. 헌데 그자가 말순 어멈한테 농사는 잘 되냐고 묻더래."

"그래서?"

"남의 땅을 갈아봐야 소작료 내고 고리물고 세금내고 나면 입에 풀칠도 못해서 이제 지주한테 집도 쫓겨나게 생겼는데 농사는 무슨 농사냐고 말해줬대."

"그랬더니?"

"그자가 한숨을 한참 쉬더니 쌀 한 말을 싸리문 앞에 놓고 간 것이라는 구만. 그자가 가기 전에 툇마루에 아파 누워 있는 말순이한테 어디가 아프냐고 묻더래."

"……."

"한참 눈을 까보고 혓바닥을 살피더니 간에 담이 들었다며 붓을 꺼내 화제를 적어주고 약종상에 가져가보라면서 동전 한 닢도 주었다는군 그래."

"언제 또 온다는 소린 없었나?"

"물어볼 새도 없이 도망치듯 떠나버렸대."

"혹시 암행어사 아닌가?"

"암행어사가 왜 민가에 오겠는가? 혹시 홍길동이 환생한 것 아닐까? 허허허."

"예끼, 이 사람!"

조선은 건국이념으로 3대 정책을 세웠다. 외교정책으로 사대교린주의(事大交隣主義), 문화정책으로 숭유배불주의(崇儒排佛主義), 경제정책으로 농본민생주의(農本民生主義)를 채택했다. 이에 따라 상업은 허가제를 시행했다. 이것이 조선의 쇠락을 초래한 단초였다.

유교(성리학)는 사농공상(士農工商)의 신분차별을 강화하고 노동을 천시했다. 유교는 강한 나라, 백성의 마음 얻는 법을 가르쳤다. 그러나 북방의 유목민족에게 수차례 정복당하면서 중국인에게 우월성을 북돋아줄 필요가 생겼다. 그래서 힘센 겉모습보다는 품위와 예의를 중시하는 주자학(성리학)으로 변한 것이다. 성리학이 마음의 수양과 예의를 강조하다보니 백성의 먹고사는 일에는 소홀해졌다.

성리학은 장사는 사람을 속이고 이익을 취하는 나쁜 행위라고 허가제를 실시했다. 관의 허가를 받은 종로시전만으로 수요를 감당 못하자 흥인문(동대문) 쪽의 배오개(梨峴)와 숭례문(남대문) 쪽의 칠패(七牌)에서 무허가 시장이 생겼다. 허가받은 시장을 시전(市廛)이라 하고 무허가 시장은 난전(亂廛)이라고 불렀다. 칠패시장은 왜란 때 일본 군속상인들이 집단을 이뤄 장사를 한 곳이라 신식의 장사수법이 전수되었다. 제법 현대적 시장의 모습을 갖추고 거래량도 가장 괄목했다.

칠패시장은 외국물건을 비롯해서 다양한 상품이 구비돼 찾는 이가 많았다. 칠패시장에서는 생필품인 미곡, 포목, 어물은 물론 청국비단과 외국상품들이 대량 거래되었다. 외국상품은 삼개나루(마포)를 통해 들어 온 청국과 일본상품들이었다. 시장 옆의 남지(南池)에는 연꽃이 자라고 새들이 떼 지어 살았다. 배경이 된 목멱산(남산)은 숲이 우거져 풍광이 뛰어났다. 장꾼들은 마치 나들이 나온 듯 기분이 우쭐했다.

어둠이 벌써 깊게 내렸다. 신세타령하던 일꾼들도 여기저기서 하품 소리를 냈다.

"에잇! 염병할 세상이라니까! 잠이나 자러가세."

김가의 말이 막 떨어지려는데 큰 소리가 다급하게 들렸다.

"여보시오. 좀 비켜주시오. 사람이 죽게 생겼소."

한 청년이 피 흘리는 처녀를 업은 채 달려오며 소리쳤다. 그는 말순네로 뛰어 들어갔다.

"말순 어멈, 이 처녀가 길바닥에 쓰러져 있어 업고 왔는데 잘 치료해 주시오. 나는 바빠서 그냥 가겠소. 내일 사람을 보내 전후사정을 알아보도록 하겠소."

몰려 있던 늙은이들도 따라 들어갔다. 청년은 처녀를 툇마루에 내려놓고는 말순 어멈한테 동전을 쥐어주고 도망치듯 가버렸다. 그의 도포에는 피가 묻었지만 개의치 않는 듯했다.

"말순 어멈, 저 청년이 누구요?"

"나도 잘 몰라요. 어제 저녁에 들려 물 한잔 마시고 갔는데 오늘 또 왔구려."

이들은 피 흘리는 처녀를 보고 놀라며 소리쳤다.

"아니, 이 아이는 호주상회에서 일하는 옥정이 아닌가?"

"맞아, 호주상회를 하는 장역관(譯官)의 조카 장옥정이 맞네. 과년한 처녀인데 외간남자가 저리 업고와도 되는가?"

비록 먹을 것은 없어도 남녀윤리는 잊지 않았다.

"자네는 아직도 남녀칠세부동석을 따지나? 사십 살만 돼봐. 예쁜 년이나 안 예쁜 년이나 다 똑같다니까."

"허기야 오십만 넘으면 돈 있는 놈이나 돈 없는 놈이나 다 똑같지. 허니 한탄 말고 들어가 잠이나 자세."

정부의 농본정책에 불구하고 농토가 냉해를 입어 농민들은 한양으로 몰려들었다. 소빙하기 때문에 한여름에도 얼음이 얼고 우박이 쏟아졌다. 당연히 농사는 흉년이었다. 농촌을 버리고 몰려든 사람들로 한양의 인구는 급속히 늘었다.

《신 동국여지승람》에 의하면, 한양에는 1678년(숙종 4년)에 정확히 16만 7,406명의 큰 인구가 존재해 대량의 생활용품 수요가 있었다. 한양에 인구가 늘어나는 과정을 보면 세종(世宗) 10년에는 6,044명, 선조(宣祖) 39년에는 6만 3,528명, 인조 26년에는 9만 5,569명, 효종(孝宗) 8년에는 8만 572명이었다.

인구는 곧 수요이기에 상업이 발달할 수밖에 없었다. 숭례문에서 동쪽 흥인문까지 도로 양측에는 한성부민의 생활용품 가게들이 성시를 이뤘다. 농민들도 농사보다 장사에 수완이 붙으면서 한양의 상업은 불같이 일어났다.

이순은 한성부민의 구매력이 커지자 물품공급을 지원하는 시책을 시행했다. 수요에 부응하기 위해 상공업규제를 완화하기 시작하자 수공업이 여러 곳에서 생겨났다. 수공업은 자본(기계, 공장, 설비)인 고정자본요소는 필요치 않고 가변요소(노동, 원료)만으로 가동할 수 있었다.

생산의 기본요소인 자본과 노동, 토지, 기술(이윤)이 존재하지 않아서 산업이라고는 할 수 없었다. 적어도 이자를 발생시키는 자본과 임금을 받는 노동, 임대료를 내는 토지, 이윤을 창출하는 기술이 없었다. 부가가치를 생산하는 개념이 없었다.

인삼무역

칠패시장에는 포목점이 여섯 곳이 있다. 그중 호주상회가 가장 이름났다. 주인이 역관 장현(張炫)이다. 그의 조카 장옥정(張玉貞)이 장사하는 가게다. 호주상회의 비단은 청국에서 들여왔기 때문에 유명했다. 주인 장현은 역관 중에서도 청국사행을 가장 많이 다녀온 사람이라 비단을 많이 들여왔다.

장현이 비단가게를 열게 된 것은 청나라를 자주 드나들다 보니 호주(湖州)의 비단상인들을 많이 알게 된 때문이다. 그래서 상점 이름도 호주상회라고 지었다. 호주는 고대중국의 삼황오제 중 헌원의 왕비 누조가 최초로 비단을 생산한 절강성(浙江省)의 비단도시다. 지금도 호주에서는 누조를 잠신(蠶神)으로 모시는 잠화절을 제정하여 기리고 있다.

조선에서도 비단을 만들기 위해 양잠산업을 육성했다. 이순은 인경왕후에게 친히 누에를 치는 친잠(親蠶) 의식을 치르도록 해서 백성들에게 양잠을 장려하기도 했다. 왕비는 잠원(蠶院)과 잠실(蠶室)의 뽕나무 밭에서 실제로 양잠을 하기도 했다.

지금의 서초구 잠원동과 송파구 잠실동 지명은 당시의 유래를 말해준다. 지금도 잠원동 신반포 아파트 16차 단지 큰길가에는 '서울시 제1호 보호수목'이라고 지정된 수백 년 된 뽕나무가 있다. 그러나 조선의 비단은 가격 면에서 중국에 경쟁할 수 없어 왕실의 내수용에 그치고 산업화에는 성공하지 못했다.

장옥정은 중국비단을 파는 장사꾼이었다. 스무 살의 나이로 무르익은 미녀였다. 그러나 경국지색(傾國之色)은 아니었다. 키가 큰 편이고 얼굴은 계란처럼 갸름한데 콧날이 오뚝해서 고집이 있어 보였다. 허리가 가늘어 가냘파 보였지만 엉덩이가 커서 움직일 때 힘이 있어 보였다. 오빠 장희재로부터 무술을 배운 때문이다.

옥정의 미모를 한마디로 표현하면 '압도(壓倒)'라고 할 수 있다. 압도는 뇌살(腦殺)과 비슷한 뜻이다. 당나라 현종이 양귀비를 보고 첫눈에 '뇌살' 당했다는 고사가 있다. 뇌살이 남자에게 적용된다면 압도는 여자들에게 적용되는 말이다. 호주상점에 드나드는 한양 제일의 미모를 갖춘 대가 집 마님이나 따님들은 옥정을 보는 순간 압도당하고 말았다.

"색시, 어쩜 이리 예쁜가? 그 손목에 찬 것 어디제야? 청국제야 아랍제야? 아님, 왜 제야? 이리 좀 줘봐."

강제로 손목에서 팔지를 빼내 차보고는 무조건 동전 한 냥을 주고 가버린다. 열 개를 사고도 남을 돈인데도 흥분해서 손목을 흔들며 나간다. 노리개를 차도 서로 떼어가느라고 야단이다. 그들은 팔지 땜에, 노리개 땜에 옥정에게 압도당했다고 믿는 모양이다. 그들이 실제로 압도당한 이유는 옥정의 활달한 성격과 함께 광범한 전문지식이 일종의 경외심을 불러일으킨 데 있었다.

옥정은 비단보다 인삼무역에서 돈을 많이 벌었다. 장현은 소현세자와 봉림대군(효종)이 심양에 볼모로 있을 때 6년 동안 통역을 담당했었다. 효종과의 친분 때문에 인삼무역과 비단무역, 무기중개무역을 했다. 이런 배경으로 장현은 청나라 사행을 많이 다녔다. 장현은 청국사행을 갈 때마다 여비를 인삼으로 받았다.

조선 초기에는 중국에 사신을 3년에 한 번 보내 사행기회가 매우 적었다. 사행이 적은 이유는 이러했다. 명나라는 적대국인 여진의 준마를 수입금지 품목으로 지정했다. 조선의 말 장수들은 여진의 말을 수만 필씩 들여와 몇 달만 기른 후 조선말이라고 원산지를 속였다. 그리고 명나라 사행을 따라가서 몇 배로 비싸게 팔았다. 명나라는 이러한 무역역조를 시정하고자 세종 때부터 1년에 세 번이던 사행을 3년에 한 번으로 제한한 것이다.

청나라가 들어서자 말 무역을 제한할 이유가 없어 3년에 1번이던 정기사행을 1년에 3번까지 늘려주었다. 사행은 정월에 보내는 하정사(賀正使), 황제의 생일에 보내는 성절사(聖節使), 황태자 생일에 보내는 천추사(千秋使)였다. 청나라가 개국되면서 천추사가 빠지고 세폐사(歲幣使)가 대신했다.

사행인원은 총 30~40명이지만 장사꾼 300명 정도가 따라가 대집단을 이룬다. 육로는 28일 여정이고 체류기간은 평균 40일 정도였다.

역관의 여비는 호조(戶曹)와 선혜청에서 담당했으나 예산이 없으니 대신 인삼 8포(八包, 은 2,000냥 상당)를 가지고가서 팔아 비용에 충당하도록 허가했다. 이것을 8포 무역이라고 불렀다. 1포는 인삼 10근인데 은으로 250냥이며 쌀 250석을 살 수 있었다. 8포는 10근씩 묶어 80근인데 은 2,000냥으로 쌀 2,000석과 맞먹는 거액이었다. 그러나 중국에서는 부르는 게 값으로 대략 열배에 팔았으니 역관들의 수입은 대단했다. 대신 역관들은 뒤를 봐주는 대신들과 관리에게 수입의 7할을 바쳐야 했다.

사행은 역관들에게 또 다른 기회를 주었다. 조정과 각 관아에서는 꼭 필요한 청국의 물건이 있기 마련이다. 해서 역관에게 공무역(公貿易)이란 명목아래 물품구입을 의뢰하면서 은을 대여해줬다. 역관들은 인삼판매권에 자본까지도 갖추어 일석이조의 무역을 했다.

중국에서 조선인삼은 절대우위(Absolute advantage)를 갖는 희귀품이었다. 중국인이 조선인삼에 안달이 난 이유는 토질 때문이었다. 중국토양은 지질학적으로 수성암토질이다. 파도에 밀려온 흙이 쌓여 생성된 대륙이다. 자연히 물맛이 짜고 셌다. 토양 속에는 세균이 있어 설사 등 괴질에 걸렸다. 반면 조선은 화강암에서 생성된 천혜의 땅이다. 수천 도에서 끓은 용암이 긴 세월동안 풍화작용에 의해 생긴 땅이라 세균이 전무하고 물맛도 순해서 강물을 마셔도 이상이 없었다.

중국인들은 세균 때문에 물을 끓여 마셨다. 중국인들이 차를 끓여 마시는 이유이다. 장사꾼들은 차에 그럴듯한 이름을 붙여서 팔았다. 차 마시는 다도(茶道)를 만들어 신분을 구분했다. 이는 8세기 중엽 육우(陸羽)가 지은《다경(茶經)》에 의해 거품이 끼기 시작했다.

다도는 중국에서부터 조선과 일본은 물론 구라파(유럽)까지 퍼져나갔다. 차 장수들은 큰돈을 벌었다. 차로 인해 일자리가 수십만 개는 생겼고 소비도 크게 일어났다. 소비가 경제성장에 차지하는 비중은 대략 60%나 되는 위력이 있다. 기록에 의하면 강희제 때 중국의 국내총생산(GDP)은 전 세계의 35퍼센트였다고 한다. 당시의 산업규모로 볼 때 차 산업이 경제성장에 이바지한 효과는 대단했을 것이다.

조선의 양반관료들은 비싼 돈을 주고 중국차를 마셔야 행세했다. 굳이 차를 끓여 마실 필요가 없는데 말이다. 이들은 천혜의 광천수를 끓여 마시면 열에 의해 자연의 유기질 미네랄이 무기질로 바뀌어 몸에 결석(結石)이 생긴다는 사실을 몰랐다. 스님들이 고승일수록 사리(舍利)가 많은 것도 광천수로 끓인 차를 더 오래 마신 결과로 반드시 수행의 높고 낮음에서 연유한 것은 아닐 것이다.

중국인들은 물을 끓여 마신다 해도 무심결에 생수를 조금이라도 마시게 돼 항상 배앓이를 했다. 배앓이는 배속을 따뜻하게 하면 낫게 된다. 배를 따뜻하게 하는 대중적 방법은 기름진 음식을 먹는 것이다. 중국인들이 돼지기름요리를 많이 먹는 이유가 여기에 있다.

그러나 강력한 면역력을 갖는 데는 조선인삼이 최고로 알려졌다. 조선인삼은 열성(熱性)이 강해 가장 효험이 좋았다. 수성토질은 냉해서 곡식이나 채소는 잘 자라지만 인삼 같은 열성작목은 잘 되지 되지 않았다. 간혹 되더라도 약효가 미미했다. 조선의 토질은 열이 강해 수십 년 된 산삼(山蔘)은 죽은 사람도 살린다고 알려져 값은 정해져 있지 않았다.

중국 사람들은 외출할 때 인삼을 비단에 싸서 주머니에 넣고 다녔다. 외부에서 차를 마실 때 인삼을 꺼내 차를 저어 마셨다. 초대한 사람이 무엇이냐고 물으면 매우 자랑스럽게 인삼에 대해 설명했다. 인삼이 워낙 비싸서 끓여 마시는 것은 사치로 여겼다.

인삼을 살 수 없는 하류층 사람들은 단전호흡(丹田呼吸)으로 뱃병을 고쳤다. 사람은 평소 1분에 16회씩 호흡하지만 단전호흡에 숙달되면 1분에 1~2회 호흡을 하게 된다. 호흡회수가 적어지면 산소흡입량이 줄어 뱃속에 남아돌던 산소가 다 타버리게 된다. 물론 당시에는 산소가 무엇인지 몰랐지만 그런 원리를 터득하고 있었음은 놀랍다. 산소가 없어지면 세균이 번식 못하고 부패도 멈추기 때문에 배앓이가 나았다. 산소는 쇠도 부식시키는데 따뜻한 대장 속에 남아 있으면 습한 음식물은 쉽게 부패되었다.

이를 현대의학으로 설명하면, 활성산소(活性酸素)를 제거하는 것이다. 활성산소란 체내에서 남아도는 산소가 변질돼 생성되는 것으로, 암이나 당뇨, 고혈압, 심장질환, 치매 등 여러 질환을 초래한다고 알려져 있다. 의학지식이 없어도 경험적으로 알고 있었던 옛사람들의 지혜가 놀라울 뿐이다.

인삼무역은 숙종조에 이르러서는 황제무역과 같았다. 허준의 《동의보감》이 외국에서 인기를 끌면서 심해졌다. 중국한의학은 맥을 잡고 음양오행에 따라 각양각색의 처방이 나왔었다. 한의사만이 처방을 할 수 있었다. 그러나 허준은 수많은 병증을 현대의학처럼 내과(내경편, 內景篇), 외과(외형편, 外形篇), 가정의학과(잡병편, 雜病篇), 부인과, 소아과 질환으로 분류하고 병명과 처방전을 기록했다. 글을 읽을 줄 아는 사람은 누구나 처방을 할 수 있었다.

중국의 약삭빠른 선비들은 약방을 차리고 동의보감에 따라 처방을 해서 큰돈을 벌었다. 그런데 허준의 처방에서는 대부분 인삼이 들어갔다. 인삼을 빼고 탕제를 했을 때는 효력이 미약했다. 이 때문에 인삼의 해외수요가 지나치게 폭발하자 반출이 억제되었다. 황제가 요청해야 인삼반출통제를 풀 수 있을 정도였다.

역관들은 이렇게 귀한 인삼을 배정받았으니 큰돈을 벌 수밖에 없었다. 한 번의 사행으로 엄청난 돈을 벌었기 때문에 몇 차례 사행만 하면 부자가 될 수 있었다.

숙종 이순

현종이 서거하자 14세의 어린 세자 이순(李焞)이 등극해서 임금 숙종(肅宗, 사후 부여된 존칭임)이 됐다. 이순이 등극한 때의 농지와 재정상황은 최악이었다.

임진왜란 전에 170만 결(중등지로 약 53억 평, 2천 700만 마지기)이던 농지면적은 3분지1로 줄어 54만 결(약 17억 평)이었고, 병자호란 후에는 그나마 40만 결로 줄었다. 특히 경상도는 심해서 6분의 1로 줄었다.

당시 토지는 결부제(結負制)를 시행했는데 1결은 상등지는 1,998평, 중등지 3,136평, 하등지 4,529평이었다. 1마지기는 대략 198평으로 논은 150~300평, 밭은 100~400평이었다. 토지등급을 나눈 것은 조세를 소출에 따라 부과하기 위함이었다.

나라에서는 경상도의 공물세금을 전란피해가 비교적 적은 충청도에서 대신 내도록 강제했기 때문에 농민들은 야반도주해서 빈농가가 늘어났다.

이순이 등극한지도 4년이 지났다. 열여덟 살이 되었다. 이순은 대신들과 한판 승부를 펼치기로 했다. 편전에 의정부(議政府)와 육조(六曹), 비변사(備邊司, 군국사무를 맡은 기관), 삼사(三司, 사헌부, 사간원, 홍문관)의 관료들을 소집했다.

"오늘 경들을 모이게 한 것은 계속 이어지는 냉해로 몇 년째 흉년이 들어 백성들의 삶이 매우 어렵기 때문이오. 과인은 반드시 이런 난관을 헤치고 배를 곯는 백성이 없도록 할 것이오."

이순이 말문을 열었으나 노회한 대신들은 헛기침을 하는 등 귀기울이지 않았다.

"과인은 이제 성인이 되었소. 과인은 대통을 이어받아 무조건 왕좌에 앉은 그런 왕으로는 살지 않을 것이오. 과인은 국가를 재건하고 재정을 정상화시켜 백성들이 배곯는 일이 없도록 할 것이오. 과인이 무능해서 나라를 재건하지 못한다면 물러날 것이오. 종친 중에서 더 유능한 분에게 왕통을 넘겨 줄 각오를 하고 있소."

이순의 결연한 말에 편전은 숙연해졌다. 헛기침 소리는 물론 숨소리도 잦아들었다. 이순은 적어온 것을 펼쳐 하나씩 짚어나가며 말했다.

"백성이 가난한 것은 개인이 무능해서가 아니라 수고의 대가를 자신의 것으로 소유할 수 없는 구조 때문이라고 생각하오. 사계절이 구분된 온화한 기후, 풍부하지는 못해도 부족하지 않은 강우량, 항상 물이 넘쳐흐르는 강들, 적당히 기름진 농토, 산천이 조화를 이룬 강토, 강탈과 절도가 절제된 교육풍토를 가진 조선백성은 행복해야 함에도 그렇지 못하고 있소. 이는 조정의 횡포와 아전들의 협잡, 지주들의 과다한 소작료 때문에 초래된 것들이오. 과인은 이러한 작태를 발본색원하기로 결심하였소. 이를 위해 두 가지 목표를 세우고 전력할 것이오."

이순은 준비한 내용에 따라 말을 계속 이어갔다.

"첫째로, 조국근대화를 위해 자주국방과 국토개발, 농촌근대화, 과학기술개발에 진력할 것이오. 내 강토는 내가 지킨다는 자주국방 소명의식, 농민의 수고가 개인의 것으로 이어지는 공정한 행정, 문명을 생활에 연결하는 과학기술을 정착시킬 것이오. 둘째로, 경제개발을 위해 부정부패를 발본색원하고 노력한 만큼 대가를 받는 정치를 펼쳐 백성에게 희망을 심어줄 것이오. 일하는 자는 먹을 것이고 일하지 않는 자는 굶을 것입니다. 노름과 술에 빠져 아무런 생산을 하지 못하는 자와 책만 읊어대고 노동을 천시하는 자는 똑같은 사람이오. 이를 가려낼 것이오. 백성이 이팝(쌀밥)과 소고기무국을 먹도록 하는 게 희망이오. 백성이 배고픈데 과인이 왕이라 할 수 있겠소? 과인도 사치와 낭비는 하지 않겠소. 허적 영상께서는 경제개발을 위한 청사진을 내놓도록 하시오."

모두가 숨을 죽였다. 자신들이 장본인들이었기 때문이다. 임금이 어리다고 생각했다가 뜻밖의 말에 실감이 나지 않는 듯 보였다. 모든 말이 옳고 당연했다.

"우선 왕실의 재정을 최소로 꾸려 모범을 보일 것이오. 왕실의 재정은 전국의 내수사(內需司, 왕실재정 관리기관)전에서 나오는 병작반수(竝作半收, 전주와 소작농이 수익을 반분함)와 기타 토지의 임대료가 대부분이오. 과인은 왕실이 재정을 과다하게 소유하는 것은 옳지 않다고 생각하오."

이때 적막을 깨고 대제학 김만중이 아뢰었다. 그는 서인이었다.

"전하, 옳으신 말씀입니다. 왕실의 재정이 비대하면 그만큼 백성들에게 폐해가 돌아갑니다. 전하의 개혁이 성공하려면 왕실이 보유한 내수사전을 모두 국고에 반납하고 조정에서 세비를 받는 모범을 보이시는 것이 옳다고 생각합니다."

왕이 말한 것에 대한 힘을 빼려는 것이었다. 내수사는 왕의 아킬레스건이었다. 김만중(金萬重)은 예학의 대가인 김장생(金長生)의 증손자이자 김집(金集)의 손자이다. 우리에게《구운몽》,《사씨남정기》등의 소설로 유명하다.

그의 발언에 서인들은 동조하는 기색이 역력했다. 그의 주장은 왕실의 재정을 약화시켜 신권(臣權), 즉 재상권한을 강화시키려는 것이다.

"대사헌 윤휴(尹鑴)가 아룁니다. 김 대감의 주장대로 하면 왕권이 약해져 신하들에게 휘둘리시게 됩니다. 사공이 많으면 배가 산으로 가는 법입니다. 전하께서 강력한 권한을 가지셔야 신속한 개혁이 가능합니다."

남인 윤휴는 왕권을 강화해서 신권을 억제해야 한다고 주장했다.

여기서 서인의 신권강화와 남인의 왕권강화 주장의 정책적 차이를 살필 필요가 있다. 신권강화는 조선개국공신 정도전(鄭道傳)이 주장한 것이다. 자질이 부족한 왕 한 사람에게 국가의 운명을 맡기는 것보다 유능한 신하들이 의견을 모아 진정한 개혁과 통치를 해야 한다는 것이다. 그러나 유능한 신하를 뽑는 방법이 구태였다. 요즘 같은 선거가 없으니 한 번 권력을 잡은 신하들은 편법으로라도 내놓지 않았다. 과거시험은 부정이 자행돼 유능한 신진관료의 진출과 개혁도 막았다. 뜻은 좋았으나 패착(敗着)인 셈이었다.

신권강화론자들은 왕가와 사대부가의 예(禮)가 같다는 천하동례(天下同禮)를 주장했다. 그 대표가 송시열(宋時烈)이다. 신권강화의 저력은 전국에 뿌리내린 1만 6,000여 서원과 서당의 유림, 성균관 유생들이었다. 이들이 서인들과 합세해서 일어나면 왕은 어쩔수 없이 타협하거나 굴복해야 했다. 이런 절대파워가 조선이 망할때까지 이어진 것이다. 후일 대원군이 서원철폐를 한 것도 역사적근원이 있었다.

이에 반해, 남인의 성향은 신하들이 개혁을 하면 기득권에 매달려 안 된다는 것이었다. 따라서 왕권을 강화해야 신속한 개혁이 가능하다는 것이다. 태종(방원)은 신권주창자인 정도전을 죽이고 왕권강화를 통한 국정개혁을 강력히 추진해서 성공한 바 있다. 그러나 연산군처럼 함량미달의 왕이 권한을 가지면 문제가 있었다.

남인은 이순처럼 유능한 임금에게는 왕권을 강화해줘야 한다고 주장했다. 남인들의 주장도 양반의 기득권은 유지하면서 개혁을 한다는 이중적 논리를 가지고 있었다. 서로의 논리가 일장일단이 있음에도 서인에는 송시열이 있어서 남인은 밀려났다.

조선을 이해하려면 송시열을 알아야 한다. 송시열은 조광조와 더불어 조선을 유교의 나라로 만든 장본인이었다. 그는 조선학자 중 '자(子)'자를 붙인 유일한 인물로 방대한 문집인《송자대전(宋子大全)》을 남겼다. 숙종과 영조 대에는 인쇄하지 않았다. 송시열 사후 100년에 정조가 노론의 비위를 맞추려고 국비로 인쇄해준 것으로 전해진다.

이덕일은《송시열과 그들의 나라》에서 "우리 역사상 가장 논란의 대상이 되었던 인물을 꼽는다면 단연 송시열이다. 신돈이나 정도전, 혹은 정여립 같은 이들을 꼽기도 하지만 생전에나 죽은 후에 송시열에 집중되었던 논란의 비중에는 비교가 되지 않는다. …송시열은 '조선왕조실록'에 3,000번 이상 언급된 그 이름의 횟수만큼 많은 논란의 대상이었다. 죽은 후에도 끝없는 논란의 대상이었다"고 기술한다.

이덕일은 송시열의 공과에 대해 이렇게 결론지었다.

"송시열은 지난 세월동안 성인과 악마 사이를 넘나들었다. 문제는 그를 성인으로 추앙했던 당파가 조선이 멸망할 때까지 집권당이었다는 사실이다. 송시열이 죽은 후 그의 당인 노론이 재집권한 것은 그를 죽인 쪽의 의도가 실패했음을 말해준다."

송시열의 가장 큰 과오는 시대가 변한 것을 외면한 것이다. 송시열도 한 때는 대동법을 주장하고 개혁적인 성향을 보였었다. 그의 기축봉사를 보면 "공납을 바르게 하여 백성의 힘을 바르게 펴야 합니다"라고 쓰고 있다. 그러나 스승 김집에 대한 '의리'를 지키느라 대의를 버렸다.

중국에서 주자학(성리학)이 발달한 본뜻은 남송(南宋)에서 수전농업의 발달로 성장한 사대부들의 이익을 대변하려는 것이었다. 이를 조선에서는 수백 년간 사대부들의 이익을 위해 이용한 것이다. 조선 최고의 서인 석학들이 대를 이어 확립한 성리학 이론을 남인 가운데는 반격할 만한 실력자가 없었다. 오직 젊은 윤휴만이 강력한 반론을 제기해서 송시열의 가슴을 서늘케 하였다.

경제학적으로 분석하면 성리학의 치명적 단점은 고급두뇌집단인 선비에게 노동을 천시하도록 만들어 자원낭비로 인해 국가경쟁력을 낙후시킨 데 있었다.

숙종조의 인구를 700만 명(기록에는 680만 명)으로 추산하고 선비숫자를 서원과 서당의 유림들까지 합쳐 대략 10만 명이라고 추정하자. 선비 1인당 1년간 생산량을 은전 30냥(상평통보 1만 2,000문, 쌀 30석)으로 어림잡아도 10만 명이면 300만 냥이 된다. 이는 농지 수천만 평을 살 수 있는 돈이었다. 당시 1년 예산은 쌀 13만 석과 기타 세금 5만 냥이었다. 매년 누적하면 엄청난 금액이다.

서인과 남인은 대동법시행에서부터 이견을 가졌다. 서인은 대동법시행을 반대하고 남인은 찬성했다. 서인은 대동법이 사대부에게 불리하다고 반대했다. 조세는 전세(田稅)와 공납(貢納), 역(役)이 있는데 공납에서 부정이 심해 백성들이 고통 받는 것을 해결하는 제도가 대동법(大同法)이다. 공납은 전국에서 지역특산물을 국가에 바치려는 갸륵한 뜻에서 출발하였다. 그러나 이것이 조세화되면서 흉년이 들어도 강제로 납부하게 되었다.

농민들이 공물을 납부하면 점퇴(點退)라는 검사를 받는데 관리들이 방납업자들(공물대납업자)과 짜고 퇴짜 놓았다. 농민들은 울며 겨자 먹기로 방납업자에게 대신 납부하도록 할 수밖에 없었다. 그런데 방납업자들의 수수료가 물품 값을 훨씬 웃돌고 있어서 원망이 자자했다. 방납(防納)이란 조세납부를 막는다는 의미이다. 지역특산물 대신에 미곡으로 통일하여 징수하도록 한 것이 대동법(大同法)이다.

대동법에서 남인 중에는 서인과 겨룰 만한 큰 인물이 없었다. 그런데 남인의 젊은 선비 윤휴가 송시열을 공격했다. 윤휴는 주자의 경전주해에 얽매이지 않고 북송(北宋) 이전의 유학을 바탕으로 새로운 경전주해를 했다. 송시열은 유학의 정맥이 윤휴에 의하여 심하게 훼손되었다고 생각했고, 윤휴를 사문난적(斯文亂賊, 유교의 도리를 어지럽히는 사람)으로 몰았다.

이후 윤휴는 서인들로부터 북벌론자로 매도당하고 후일 죽임을 당하게 된다. 그의 죽음 이후 노론에 대항하여 개혁을 주장하는 유학자와 정치가는 조정에 거의 나타나지 못했다.

윤휴가 김만중의 발언에 합리적인 반론을 제기해 조용해지자 이순은 다시 말했다.

"그럼 과인의 의중을 계속 피력하겠소. 조정의 재정도 마찬가지요. 솔직히 말해 국고가 바닥났소. 오늘은 조정의 재정문제 해결책을 의논하고 싶소."

"예, 영의정 허적이 아룁니다. 조정의 재정은 조세수입인 전세(田税)와 역(役), 공납(貢納)인데, 지방에서 오는 공물(貢物), 토지수입, 대동미 유치분, 잡세, 환곡 이자와 상인들의 조세가 있습니다. 1결의 토지에서 지역에 따라 대동미(大同米)로 전세 4말, 삼수미(三手米) 1말 2승, 대동미 12말, 결작 2말 등 20말을 각각 납부 받습니다. 그간 농지복구에 힘쓴 결과 농지면적은 140만 결까지 회복되었습니다. 전세수입은 1결당 대동미 12말씩을 공출하면 1,680만 말로 168만 석이 됩니다."

허적이 작토를 보면서 말을 이었다.

"여기서 지방관청의 운영경비로 쓰이는 관둔전(管屯田), 수령의

녹봉으로 주어진 아록전(衙祿田), 지방관아의 사객접대를 비롯한 경상비용에 사용하도록 주어진 공수전(公須田)이 대략 1할인데 이를 사전에 제하고 받습니다. 실제 국고에는 약 10만 석의 재정수입이 있게 됩니다. 그 외에 공납은 지역특산물로 납부하는데 환산하면 대략 쌀 3만 석이 됩니다. 1년에 총 13만 석의 수입이 있게 됩니다. 그리고 종로시전에서 납부하는 국세 400만 문(1만 냥)과 칠패시장과 배오개 시장에서 납부하는 상업세 1,200만 문(3만 냥), 광산과 어촌에서 납부하는 400만 문(1만 냥)이 있습니다. 이런 재정상황으로는 공공사업을 벌일 수가 없습니다."

당시 예산편성과 집행방법은 이러했다. 호조에서는 각부서로부터 1년간 필요한 예산을 신청 받아 총합한다. 계산한 후 각 지역별로 부담할 전세와 공납 양을 계산했다. 그리고 각 지방에 전세와 특산물의 종류와 수량을 분담시키는 횡간(橫看, 예산안)을 작성한다. 이 횡간에 따라 각 도와 각 읍에 공안(貢案)이라고 하는 징수목록을 하달하여 농민에게서 전세와 공물을 징수하였다. 화폐가 아닌 곡물과 특산물로 징수하다보니 아전의 재량권이 절대적이었다.

이순은 허적에게 개혁과 경제개발 권한을 부여했다. 허적은 요즘으로 치면 금융전문가였다. 인조반정 이후 서인의 집권 아래서 관직을 받았다. 1637년(인조 15) 정시문과에 급제해서 관계에 진출했다. 경상도관찰사 시절(1647년)에는 외교관계 일로 전부터 알던 일본의 사신 다이라(平成幸)를 접대했는데, 이것이 법을 어긴 것이 되어 파직되기도 했었다. 8년 뒤인 1655년(효종 6) 서인정권 아래서 호조판서, 1659년에 형조판서, 1668년에는 좌의정이 되었다.

"과인은 현재의 재정으로는 자주국방과 국토개발, 농촌근대화, 과학기술발전을 기할 수 없다고 생각하오. 조세의 절반 이상이 새고 있소. 조세를 제대로 거두는 방법은 화폐제도를 시행하여 조세를 금납화(金納化)해서 아전의 재량권을 막는 길뿐입니다. 모든 전세와 공물들에 대해 상평통보로 가치를 환산해주기 바라오. 가령, 쌀 1석은 상평통보 400문(文, 은 1냥), 한산모시 1필은 쌀 4석이니 상평통보로 1,600문(은 4냥)과 같습니다. 이렇게 해서 동전으로 받으면 부정은 사라질 것이오."

쌀 1석은 은 1냥이고 은 1냥은 400문이었다.

"화폐가 유통되면 자본이 저축되고 투자도 살아날 것이오. 국가의 소득은 투자와 소비의 합과 같다고 알고 있소. 국가에서 투자한 1냥은 백성들 소득에서 1냥 이상을 낳고 이것은 다시 1냥 이상의 가치가 있는 새로운 고용을 창출하게 될 것이오."

그러자 서인 호조참의 김창성이 나서며 이의를 달았다.

"전하께서 말씀하시는 것의 성공은 재정운용의 투명성이 확보돼야 가능합니다. 현재 투명성에 장애가 되는 내수사를 폐지해야 할 것입니다."

서인은 왕의 아킬레스건인 내수사 폐지를 다시 들먹였다. 내수사를 폐지하면 왕실재정은 오로지 의정부에 의지하게 된다. 따라서 왕권은 완전히 무력화된다. 반대로 신권은 강화된다.

"내수사 폐지는 안 될 일이오. 과인은 내수사를 더 확대하지 않을 것이오."

이순은 수세가 되어 목이 잠긴 채 답했다.

"전하, 선대왕들께서는 부국강병을 모색한다고 내수사전을 확대해 왔습니다. 그 후 내수사전은 공적인 국가재정의 부족요인이 되고 있습니다. 전하께서 자주국방을 강조하시는 것이 내수사전을 확대하시는 것으로 오해되어 목적이 훼손될 수 있사옵니다."

왕의 약점을 계속 물고 늘어지자 허적이 반박했다.

"내수사 폐지는 중종반정 이후 훈구파에서 주장한 것이옵니다. 연산군이 사치와 낭비를 일삼느라 산림천택(山林川澤)을 내수사에 강제 이속시켜 국가재정을 농락한 바 있었습니다. 반정성공 후 중종께서는 즉시 황해도와 함경도, 전라도의 내수사전을 각 관가에 환급시켰습니다. 또한 내수사에서 부당하게 산림천택을 취득하고 세운 금표(禁標)를 모두 철거하고 원소유자에게 돌려주었습니다. 지금 내수사 폐지 주장은 맞지 않다고 사료되옵니다. 계속 말씀하시옵소서."

허적은 서인이 내수사전을 이용해 왕을 압박하는 것임을 알고 있었다. 내수사전은 왕토사상(王土思想)에서 유래한 것이다. 즉, '모든 땅은 왕의 것'이라 왕이 내놓으라면 따라야 한다는 뜻이다.

왕토사상은 시간이 흐르면서 상징적인 것이 됐다.

"그럼 계속하겠소. 국가의 고용수준은 국가의 소득에 직접적으로 비례하오. 재정이 빈곤하다고 투자를 중단하면 고용은 줄고 경제는 더욱 나빠질 것입니다. 새로운 사업을 발굴해서 적극 투자를 해야 합니다. 지금 관료들은 몸을 사리느라 복지부동하고 있소. 아무리 나쁜 결과로 끝난 일이라 해도 그 일을 시작할 때의 동기는 선의였다고 생각하오. 과인은 일하는 사람에 대해서는 결과에 연연하지 않고 책임도 묻지 않겠소."

이순의 타당한 논리전개에 모두들 숨도 멈춘 채 고개를 숙였다. 경제개념이 없던 당시로서는 이순의 견해는 개혁적이었다.

"지금 성리학이 널리 퍼져 사회는 안정됐으나 선(善)으로 부를 만들어내지는 못합니다. 아직도 그런 주장을 하는 선비들은 부를 창조하는 것보다 부를 나눠 갖는 시합에 나온 사람들처럼 보입니다. 나라를 지배하는 정신이 위험을 피해 안정을 취하는 쪽으로 간다면 이 나라는 정체를 벗어날 수 없습니다. 자신감과 의욕이 없는 민족은 아무리 좋은 여건과 기회가 주어져도 활용할 줄 모르고 남 탓이나 하게 됩니다. 과인은 전근대적 사고를 타파하고자 하오. 흰 고양이든 검은 고양이든 쥐를 잘 잡는 고양이가 진짜 고양이인 것이오. 누구든지 자기 밥그릇은 자기가 채워야 할 것이오."

이순은 성리학(예학)에 심취해서 노동을 천시하고 나라발전과는 거리가 먼 태도를 갖춘 사대부들의 의식을 개혁대상으로 꼽았다.

그러나 구체적으로 성리학의 적폐를 적시하지는 못했다. 지금은 송시열이 유배를 가고 없어서 이런 훈시도 가능했다.

허적의 지적대로 조선의 국가재원은 빈약했다. 어떤 역사를 일으키려 해도 재정이 부족했다. 토목공사에 무상으로 노동력을 징발한다 해도 투자할 재원이 없었다. 조정에 들어온 조세도 용도별로 지출하면 바닥이 났다. 전세와 대동미유치분은 중앙의 국방비, 관용품의 구입, 시설관리, 관료와 궁인 봉급, 행사비, 제사비용 등 수백 가지 용도로 쓰여야 했다.

"전하, 한중택 아뢰옵니다. 자주국방을 기획하시려면 군역(軍役)부터 바로 잡아야 할 것입니다."

한중택은 공조참판으로 서인의 이론가였다. 군역은 양인개병제(良人皆兵制)를 시행했다. 일반 평민은 정병(正兵), 유방군(留防軍), 혹은 수군(水軍)에 편입되어, 정병은 1년에 두 달, 유방군은 석 달, 수군은 두 달씩 복무했고, 복무기간에 따라 산계(散階)를 받았다. 산계는 이름만 있고 직무는 없는 조정의 벼슬품계를 말한다. 군역대상자는 조선 초기 기록만 있다. 태조 6년에 37만 명, 세종 12년경에는 70만 명으로, 세조 때에는 80만에서 100만 명으로 늘어났다. 이 중에서 군병이 약 30만, 보조원이 약 60만 명이었다. 그러던 것이 임진왜란과 병자호란 이후에는 인구감소와 정남(丁男)의 부족, 이산가족으로 일정한 통계가 없었다.

군역은 16세 이상 60세 이하의 양인 남자는 군병이 되거나, 보조원이 되도록 하였다. 보조원은 군역 대신 군포(軍布) 2필을 납부하였는데, 1년에 2필의 군포는 벅찬 부담이었다. 게다가 탐관오리들은 어린아이를 군역대상으로 편입시켜 군포를 징수하는 황구첨정(黃口簽丁), 죽은 자에 대하여도 군포를 징수하는 백골징포(白骨徵布) 등 부정을 저질렀다. 무거운 부담을 견디지 못해 도망하는 경우에는 이웃이나 친척과 동리에 부담시키는 인징(隣徵), 족징(族徵), 동징(洞徵)이 가해졌다.

"경은 군역을 어떻게 개혁해야 한다고 생각하시오?"

"군역에 불평이 없으려면 공정해야 할 것입니다. 그런데 영의정 허적 대감의 서자인 허견이 아비의 위세를 믿고 마치 장수가 된 듯 이천(伊川) 대흥산성의 둔군을 지휘하면서 횡포가 심하다는 소문입니다. 서얼은 엄연히 차별하고 있습니다."

서인들은 남인당파가 자주국방을 핑계로 도체찰사를 부활하고 군권을 확대하는 것에 불안을 느꼈다. 그러던 차에 허견에 관한 첩보를 입수해서 빌미를 삼은 것이다.

"소신이 아들이라곤 그 아이밖에 없어서 가끔 심부름을 시켰을 뿐이오. 지금 경제문제가 산적해 아들을 보내 상황을 알아본 것뿐이오."

"과인은 군역에서 양반은 군포를 내지 않고 가난한 백성은 물론 죽은 아비와 어린아이에게까지 군포를 떠넘기고 군포를 못 내면 전 재산인 소를 빼앗아가서 가정을 풍비박산낸다고 들었소."

"맞는 말씀이옵니다. 전하의 하명을 따라 이를 바로 잡겠습니다."

"영상은 꼭 그리해주시기 바랍니다."

이순은 편전회의를 통해 대신들의 오만방자함을 휘어잡으려면 왕권강화가 필요함을 절감했다.

"과인은 의정부와 6조, 삼사의 활동을 강력히 지원하기 위해 중국의 동창(東廠)과 같은 왕의 직속 정보기관으로 별순검(別巡檢)을 설립하기로 하였소. 설립목적은 정치에서 시비가 제대로 가려지는지와 인사에서 부정·부당·부적함이 있는지 점검하여 합리적이고 능동적인 정치가 이루어지도록 하는 데 있습니다. 정3품의 별순검장으로 강직하기로 소문난 한태동(韓泰東)을 임명합니다. 별순검장은 편전의 모든 회의와 경연, 서연에 참석하고 항상 왕을 수행하도록 하겠소."

장사꾼 장옥정

장현이 보통 갑부에서 한성 제1의 거부가 된 것은 종질녀인 장옥정의 장사수완 때문이었다. 옥정의 장사수완은 어머니 윤 씨의 친정에서 연유했다고 볼 수 있다. 어머니 외가는 허생전의 실존인물로 조선 최고의 갑부인 변승업의 혈통이었다. 옥정은 멘델의 법칙에 따라 누대(累代)를 건너뛰어 변승업의 위대한 상혼(商魂)을 이어받은 것이다.

《승정원일기》에 의하면 옥정의 외할아버지 윤성립(尹誠立)은 일본어 전공의 사역원 첨정(종4품)이었으며 외할머니 변 씨는 변승업의 당고모이다. 옥정의 어머니 윤 씨는 사역원 9품 역관인 장경(張炯)의 후처로 시집갔다. 장경은 고성립(高誠立)의 딸 고 씨와 혼인했으나 아들 장희식이 11살 때 죽자 윤 씨(1626~1698)와 재혼했다. 윤 씨는 아들 장희재와 큰딸, 그리고 장옥정을 낳았다.

장옥정이 자란 곳은 궁굴(현재 연희동)이다. 지금 서울의 서대문구 연희동 105-8 장옥정의 생가 터에는 어린이 놀이터가 들어서 있다. 그러나 어려서 마시던 우물은 '장희빈 우물터'라고 연희동 보물로 지정돼 잘 보존돼 있다.

장경은 일본어 역관이었다. 그는 약골이라 항상 콜록콜록 기침을 달고 살았다. 사색적이고 비활동적인 성격이라 방에 틀어박혀 책읽기를 좋아했다. 장경은 40세 때 딱 한번 일본에 통신사절단원으로 수행한 적이 있었다. 통신사는 정사, 부사, 제술관 등을 포함한 400~500여 명의 공식 비공식 단원으로 구성되는 대규모 사절단이었다. 일본 바쿠후(幕府)에서는 대표단의 응접에 소요되는 경비를 10만 석 이상의 영주에게 부담시켰다. 주일본 영국공사관 기록에 의하면, 당시 통신사를 한 번 접대하는 데는 조선의 1년 예산보다 큰 100만 냥 이상의 엄청난 비용에 약 8만 두의 마필과 33만여 명의 인원이 동원되었다고 한다. 장경은 일본의 풍요로움에 이만저만 놀란 것이 아니다.

장경은 그곳에서 네덜란드와 포르투갈, 영국, 독일 등에서 온 무역상들을 보았다. 이들은 공자와 맹자를 몰라도 돈을 잘 썼고 몸에 걸친 옷이나 장신구들은 화려했다. 장경은 이들에게서 자유를 보았다. 쇄국은 조선의 전문이었다. 그는 옥정에게 서양 얘기와 일본의 발전상을 많이 들려주었다. 따라서 옥정은 누구보다 사고가 개방적이 될 수밖에 없었다.

역관은 숫자가 넘쳐 고정급을 받지 못하는 경우가 많았다. 장경이 그런 사람이었다. 윤 씨는 자식을 혼자서 부양해야 했다. 다행히 장현이 한성부 판윤 조사석(장렬왕후의 사촌동생)과 친해서 그 집의 바느질과 허드렛일을 맡아 겨우 입에 풀칠할 수 있었다.

윤 씨는 대단한 미녀인데다가 가끔 조사석의 방청소도 했다. 이런 연유로 윤 씨가 조사석의 첩이고 옥정도 그의 딸이라는 소문이 나게 되었다. 이것이 사실처럼 된 것은 《숙종실록》(13년 6월)에 "당초에 후궁 장 씨의 어미는 곧 조사석의 처갓집 종이었는데 조사석이 젊었을 때에 사사로이 통했고, 장 가의 아내가 된 뒤에도 오히려 때때로 조사석의 집에 오갔었다"란 기록이 있기 때문이다. 그러나 지금처럼 DNA검사를 할 수도 없어 사실여부는 알 수 없다. 어떻든 그런 소문이 처음으로 나게 된 이유는 이러했다.

조사석의 정실부인 강 씨가 어느 날 사랑방에 들렀다가 남편이 감춰둔 옥비녀를 몰래 본 적이 있었다. 그런데 며칠 후 그 비녀로 윤 씨가 쪽지를 튼 것을 본 것이다. 강 씨는 젊은 미녀인 윤 씨가 남편 방에 드나드는 것을 신경 쓰던 차에 이런 광경을 본 것이다. 강 씨는 하인들을 시켜 윤 씨를 멍석말이해서 남편이 주었음을 이실직고 받았다. 그러나 이는 단순한 부녀자의 질투일 뿐이라고 여겨진다.

지체 높은 한성판윤이 유부녀를 건드리는 짓은 하지 않았을 것이기에 사실무근으로 보인다. 이를 뒷받침하는 기록이 있다. 숙종 실록의 개정판인《보궐정오(補闕正誤)》에는 "장 씨의 어미가 조사석의 처갓집 종이란 것은 전연 허황한 말이고 사통(私通)했다는 말은 더욱 무리한 말이다"라고 정정돼 기록되고 있다. 후일 노론의 《실록》기록 책임자가 장희빈을 미워한 나머지 조작해낸 악담으로 보인다.

장경은 일본을 다녀온 후 옥정이 다섯 살 때 일본어와 한문을 열심히 가르쳤다. 특히 일본사행에서 보고 들은 외국인들의 모습과 무역행위에 대해 열심히 얘기해주었다. 외국인들의 자유로운 사고가 일생을 좌우함을 일깨워줬다. 이복오빠 장희식도 옥정을 귀여워해서 일본어를 열심히 가르쳤다. 옥정은 아버지와 오빠가 가끔 일본인을 만날 때 그들과 제법 의사소통을 할 만큼 일본어를 잘했다.

옥정은 천재성이 있어 한문공부에서도 불과 반년 만에《천자문》을 깨우치고, 다음 5년간은《천자문》이나《동몽선습》등을 음독(音讀)하고 구독(句讀)하는 문리(文理)를 해득하였다. 또한 강독(講讀)은《천자문》에서《동몽선습》,《격몽요결》,《명심보감》,《사자소학》,《소학》,《통감(通鑑)》의 순서에 따라 읽을 수 있게 되었다.

옥정의 아버지는 오랜 병마와 싸우다 가난을 남긴 채 46세에 죽었다. 옥정이 9세 때였다. 장현은 입 하나 덜어주려고 옥정을 가게로 데려왔다. 잔심부름이나 시키려고 했는데 어른들이 골치 아프다고 방치한 일도 악착 같이 달려들어 잘 해결하곤 했다. 특히 일본어와 청국어를 잘해서 무역에 뛰어났다. 옥정이 18세가 되었을 무렵 장현은 상회경영을 전적으로 옥정에게 맡겼다.

옥정은 당숙의 은혜를 갚기 위해서도 장사에 전념했다. 장사판에서 '지면 죽는다'는 진리를 배웠다. 요즘말로 '시장원리'와 '정글법칙'이 뼛속에 배이게 되었다.

장사는 일종의 산수 게임이었다. 좋은 상품을 싸게 구입해서 비싸게 팔면 되었다. 옥정은 원가와 판매관리가 중요함을 알게 되었다. 매매 장부정리에서 수지타산을 평가하려면 산수지식이 중요했다. 옥정은 중국 최고(最古)의 산술서인 《구장산술(九章算術)》로 정수와 분수의 사용법, 면적, 체적, 세금분배, 식량교환 계산법을 위한 수학 등을 공부했다. 또한 《산학계몽(算學啓蒙)》으로 물물교환상품의 판매값 계산법, 가격이 다른 물건을 사는 법, 배분문제, 여러 종류의 물건에서 단가나 구입개수를 구하는 문제를 공부했다.

옥정이 경험해보니 손님은 효용극대화를 추구하고 장사꾼은 이윤극대화를 위해 팽팽히 흥정하다가 서로의 합치점이 생기면 거래가 이뤄지는 것이었다. 그 합치점의 정상에 신용이 있었다. 신용은 정확하고 합리적 계산에서 나왔다.

아수라장

남인 대부분은 100년 가까이 권력에서 밀려나 농촌에서 야인으로 살았다. 그들은 농민의 고통과 지주들의 횡포를 잘 알았다. 대개의 지주들은 농지를 겸병하고 소작료를 수확의 7할 이상 과다하게 받았다. 남인들은 토지개혁에 대한 의지가 강했다.

허적과 권대운은 조국근대화의 중점사항으로 농촌근대화를 꼽으며 토지개혁에 착수했다. 토지개혁은 농지의 소유방식과 경작방법 등을 의도적으로 변화시키는 것이다. 소유방식 개혁은 토지소유조건 변경, 토지재분배, 경작규모의 변화를 도모하는 것으로 지주들로부터 극렬한 저항을 받게 된다.

편전에서 토론을 통해 개혁을 실천하기는 어려웠다. 허적은 권대운, 윤휴 등 소수의 동조자와 함께 임금을 설득했다. 이순은 어머니가 가장 큰 걸림돌이었다. 이순은 어머니와 의논하지 않은 채 허적에게 토지개혁을 일부지역에서 시범적으로 실시하도록 허용한다는 교지를 내렸다.

허적의 기호지역 농지개혁으로 농지를 얻은 백성들은 큰 혜택을 받았다. 지주그룹인 서인에게는 커다란 재앙이었다. 서인들은 토지개혁에도 약점이 있음을 파고들었다. 김익훈은 이순에게 이의를 제기했다.

"전하, 토지재분배는 여러 가지 부작용이 있습니다. 토지재분배로 지주의 경제적 공헌과 경영능력 등을 파기하는 손실이 생기고. 효율적으로 운영되고 있는 농장들까지도 파괴한 사례가 있습니다. 또한 퇴거 지주들을 위한 보상은 재정을 고갈시키는 문제를 일으킵니다. 토지를 분배받은 농부들은 미래보다 현재의 만족에 빠져 소득증가분을 투자를 위해 저축하기보다 소비로 낭비하는 경향을 보이고 있습니다."

"신 권대운이 답변하겠사옵니다. 일본을 보십시오. 우리가 농지개혁에 등한시하는 동안 일본의 농촌은 크게 발전했습니다. 지주들은 지금이라도 땅을 내놓든지, 아니면 소작료를 대폭 내려주어 농민들의 생활을 개선해야 합니다."

"조선은 농본민생주의로 지주들은 최선을 다해 나라재정에 기여했는데 소작료가 높다는 것은 틀린 말입니다."

김익훈이 크게 소리쳤다.

"지주들을 비난하는 것이 아니라, 일본에 비해 높은 것은 사실입니다. 만약 7할 받던 소작료를 4할로 낮춰준다면 농민들은 그만큼 더 자신에게 이익이 돌아오기 때문에 죽기 살기로 일할 것입니다. 실제로 경주 최 부자 집에서 4할로 낮춰준 결과 7할 때보다 더 소출이 늘어난 사례가 있습니다. 지금 한양을 돌아보시기 바랍니다. 화폐유통을 시행하니 상인들은 저축을 해서 자본가가 되었고 지방에는 장시가 세워지는 등으로 일자리가 수만 개 늘었습니다. 소작농들은 농촌을 떠나 한양으로 몰려들고 있습니다. 농촌이 개혁돼야 한다는 증거입니다."

"과인이 볼 때 농민들이 가난한 것은 무능해서라기보다 수고의 대가를 박탈당하기 때문이라고 생각되오. 상업이 살아나는 것처럼 지주들도 앉아서 편하게 소득을 늘리려 하지 말기를 바랍니다."

칠패시장은 한양의 인구유입에 비례해서 흥했다. 농촌이 정체돼 있는 것과 대조 되었다. 시장이 흥하자 관료의 행패가 시작됐다. 거기에 아전의 앞잡이로 건달패까지 설쳤다.

옥정은 호주상회를 정성을 다해 경영해서 날로 발전했다. 무역에 더 정성을 쏟으니 청국상인, 일본상인이 뻔질나게 드나들었다. 가끔 아랍상인들도 드나들었다. 옥정은 소문난 무역상이 됐다.

옥정은 지하 1층과 지상 2층인 호주상회건물이 낡아서 새로 단장했다. 지하층에는 창고와 숙소를, 1층에는 상품 전시와 마감질하는 공간을, 2층에는 외국상인들과 귀부인들의 수준에 맞도록 응접실과 상담실을 만들었다.

날이 저물었다. 옥정은 단장한 건물에 어울리도록 상품정리에 골몰하고 있었는데, 건달 세 명이 가게로 왔다. 이들은 텃세를 받아먹는 건달패의 하수인이었다. 그들은 전라도에서 올라와 기존의 건달패를 쫓아내고 시장을 장악했다고 한다. 그들은 가게들로부터 텃세를 받아가곤 했다. 호주상회가 번듯하게 문을 열자 이번에도 텃세를 톡톡히 받고자 한 것이다.

"저희 가게는 무슨 일로 오셨는지요?"

"네 가게는 우리한테 신고도 안 하고 크게 고친 채, 심지어 텃세도 안 낸 것을 모르는가?"

"왜 내가 신고를 해야 합니까? 여기가 아수라장인 줄 아세요? 그리고 텃세는 또 무슨 염병할 텃세냐고요!"

"야, 요 계집애 말솜씨 그럴 듯하구나. 제법 반반하게 생겼는데? 우리한테 아직 신고도 안 한 주제에 텃세를 안 내서야 되것는가!"

한 녀석이 쌓아놓은 비단두루마리와 진열된 유기를 여기저기로 집어던졌다. 겁부터 주려는 술수였다. 옥정이 그자의 팔을 잡고 말리자 냅다 뺨을 후려갈겼다. 옥정은 마감질하는 마루로 쓰러졌다. 이때 비단을 나르던 꺽쇠가 나서며 그자를 붙잡았다.

"아니 우리 아씨를 때려? 내 주먹 맛 좀 봐라."

꺽쇠의 주먹이 그자의 면상을 향해 날아갔다. 그자는 몸을 숙여 주먹을 피하더니 꺽쇠의 면상을 오른 주먹으로 내질렀다. 꺽쇠가 바닥에 나뒹그러졌다.

"아이고 나 죽네! 나를 쳐? 네놈도 죽어봐라!"

꺽쇠가 다시 일어나며 발길질을 하자 그자는 맞받아친다. 꺽쇠
는 다리를 움켜쥐고 비명을 던지며 나뒹그러진다.

옥정은 화도 났지만 꺽쇠 때문에 웃음도 나왔다. 피식 웃음을 짓
자 건달이 눈을 부라렸다.

"야 요년 봐라. 웃어? 내가 우습냐?"

"그래 우습다. 내가 설마하다 네놈한테 따귀를 맞았지만 네놈도
나한테 맞아봐라."

옥정은 번개같이 오른발 차기로 그자의 가슴을 질렀다. 그자는
가게 밖 길가로 나자빠졌다. 처녀가 이렇게 발힘이 세서 길바닥까
지 나가떨어질 줄은 예상치 못한 듯했다.

"너 이년, 오늘이 네년 장사지내는 날인 줄 알아라."

쓰러진 녀석이 컥컥거리며 소리쳤다. 그러나 겁먹었는지 달려들
지는 못한다. 구경꾼들이 새까맣게 모여들었다. 다른 두 녀석이 달
려들었다.

"사내놈들이 두 명씩이나 달려들기냐? 어디 해보자!"

옥정은 비단 자르는 가위를 집었다. 한 놈이 오른발로 옥정의 얼
굴을 향해 돌려 찼다. 옥정은 팔꿈치로 막아내면서 넓적다리를 번
개처럼 푹 찔렀다. 그자는 바닥에 펄썩 주저앉으며 비명을 질렀다.
옥정이 가위자루를 엿장수 바람개비 돌리듯 하자 다른 놈은 아예

덤벼들지 못한다.

놈들은 옥정의 가위 휘두르는 솜씨에 질렸는지 피 흘리는 녀석을 둘러메고 사라졌다. 옥정은 오빠 장희재와 긴 칼 쓰는 대련 상대를 많이 했기 때문에 가위 정도는 젓가락 휘두르듯 손쉽게 다뤘다. 옥정의 오라비 장희재(張希載)는 팔척장신에 힘이 장사인데다 검과 수박을 잘 썼다. 그는 십오 세쯤부터 공부를 한답시고 삼각산 봉암사에 들어갔으나 공부보다는 검법과 무술을 스님에게 배웠다. 옥정은 오빠의 대련 상대를 해왔기에 수박과 검도에 상당한 무공을 쌓게 되었다.

건달들이 사라지자 주변 가게 사람들이 가게로 들어왔다. 그리고 한 걱정을 하며 옥정을 탓하는 듯했다.

"내일 놈들 패거리가 다시 온다고 했으니 한동안 저자에서 장사는 다해먹었다. 텃세 좀 주고말지 어쩌려고 이런 해괴한 짓을 했냐?"

싸전의 김영감이 걱정에 가득 차서 말한다. 그러나 옥정만큼은 당당했다.

"아저씨들, 걱정 마세요. 내일 그자들이 오면 제가 잘 해결할게요. 이런 불법을 눈감거나 타협하면 우리 저자는 아수라장이 됩니다."

"아니, 네가 뭘 어떻게 하겠다는 거야! 놈들은 피도 눈물도 없는 백정들이야. 관아에서도 어쩌지 못하는 막된 것들이란 말이야."

어물전의 고영감이 넋두리를 했다.

"밤이 되었으니 걱정들 마시고 돌아가십시오. 절대로 제가 책임지고 해결할게요."

옥정은 얼굴이 시퍼렇게 멍든 꺽쇠를 바라봤다.

"꺽쇠야, 그런 실력으로 나를 호위하겠다고? 내가 너를 호위해야겠다. 호호호."

"저는 죽어도 아가씨를 위한 일은 두렵지 않아요. 이까짓 것은 아프지도 않다고요."

옥정은 웃으며 꺽쇠를 도닥여줬다. 옥정이 장부정리를 끝낸 후 가게 문을 닫고 나서는데 문 앞에 장희재가 있었다.

"오빠, 어떻게 오셨어요?"

"배금이가 달려와 네가 위험하다고 해서 왔다."

배금은 옥정이 데리고 온 화냥년이었다. 화냥년은 환향녀(還鄕女)가 변형된 말이다. 청국에 팔려간 공녀(貢女)들 가운데 몸값을 치루고 환향한 여인이다. 배금은 작년에 귀향했다. 귀향 후 한성부에 불려갔었다. 관리를 따라가 한강에서 세신욕(洗身浴)을 했다. 관리는 이제 깨끗이 씻었으니 새 처녀가 되었다고 선언했다. 만약 주변에서 천대하면 국법으로 엄히 처벌한다고 강조했다. 목욕을 100번 한들 흔적이 지워질까? 이웃집과 주변의 따가운 눈초리는 고문이었다. 배금은 그래서 집을 나왔다.

옥정이 배금을 처음 본 것은 봄이었다. 상회를 문 닫으려는데 길바닥에 쓰러져 있는 여인이 있었다. 깜작 놀라 가게로 안고 들어갔다. 키는 큰데 종이처럼 가벼웠다. 물어보니 너무 굶었다고 했다. 벌써 열흘이나 먹지 못했다고 했다. 막일을 하려 해도 화냥년이라고 쫓아냈다. 죽을힘을 다해 돌아왔는데 이유 없이 천대 당하는 게 서글펐다. 돌아온 대가가 이렇다면 죽는 게 낫다고 생각했다. 죽기로 결심하고 가다가 쓰러진 곳이 가게 앞이었다.

"배금아, 나라님은 백성의 참상을 구제도 못하면서 하늘을 볼 염치가 있을까?"

옥정이 눈물 흘리며 탄식한다.

"언니, 수많은 조선처녀들이 몸을 팔아 연명하고 있어요. 그러다 아이를 낳으면 빼앗아서 팔아버려요. 저도 제 아이를 인신매매꾼에게 뺏겼어요. 지금도 그 아이 생각만 하면 가슴이 찢어질듯 아파요."

옥정은 겨우 소녀티를 벗어난 배금이 자식걱정 하는 모습을 보니 가슴이 찢어지듯 아팠다. 배금을 끌어안고 함께 울었다. 배금의 몸에서 썩는 냄새가 진동했다. 하지만 냄새는 둘을 떨어뜨리지 못했다. 옥정은 우선 먹을 것부터 주었다. 그리고 배금을 집으로 데리고 갔다. 목욕을 깨끗이 시키고 자기 옷을 입혔다. 몰라보게 예뻤다.

"배금아, 이제 나와 함께 살자. 네가 청국말도 할 줄 아니 가게에서 내 일을 도와주면 된다. 이제부터 받는 월봉은 저축했다가 가게를 하나 차리거라."

이렇게 배금은 옥정과 함께하게 되었던 것이다. 장희재는 집으로 가는 길에 옥정한테 말했다.

"너는 여자이고 한 장소에서 일해야 하는 상황이다. 그 놈들은 주거도 부정한데 어쩌자고 가위로 찔렀단 말이냐?"

"오빠, 나는 가위만 있으면 그 놈들 수십 명이라도 상대할 수 있어요."

"하여튼 지난 일이니 어쩔 수 없고, 내일은 내가 가게에 함께 있어야겠다."

다음날 아침, 장희재와 옥정이 가게에 이르렀을 때 열댓 명은 돼 보이는 장정 한 패가 몽둥이를 들고 있었다. 저자 상인들과 손님들도 곧 보게 될 구경거리를 놓치지 않으려는 듯 가득 길을 메우고 있었다.

"저 년이 저를 가위로 찌른 년입니다."

넓적다리를 싸맨 녀석이 옥정을 손가락질하며 외쳤다. 그러자 허우대가 제법 벌어지고 눈알이 튀어나온 것이 왕초인 듯 보이는 자가 앞으로 나오며 말했다.

"네 년이 찌른 가위에 이 녀석의 불알이 터졌으니 책임져라! 네가 시집와서 봉양할래, 아니면 네 공알도 찢어주랴?"

"오죽 못났으면 여자한테 맞고 엄살이냐? 혼만 내주려고 살짝 찔렀는데 진짜 푹 찔러 평생 병신을 만들어주랴?"

옥정은 우습다는 듯이 미소를 띠며 말했다. 그러자 모인 사람들의 웃음이 터져 나왔다. 구경꾼들은 옥정이 너무나 태연하게 받아치자 놀란다.

"이 년이 누굴 놀리는 거야?"

왕초가 눈을 부라리며 몽둥이를 내리칠 기세다. 이때 옥정의 발길에 차여 넘어졌던 녀석이 나서며 소리쳤다.

"형님, 어제 저년한테 기습을 받고 제가 쓰러졌는데 제가 한번 혼내주겠습니다."

그자가 앞으로 나서며 말했다. 그러자 왕초는 고개를 끄덕이며 비켜줬다. 그자는 나오자마자 주먹을 옥정의 얼굴을 향해 힘껏 날렸다. 옥정은 몸을 숙이며 오른발 돌려차기로 그자의 면상을 휘돌아 찼다. 그자가 윽 하며 쓰러졌다. 깜짝하는 사이에 벌어진 일이다. 모두가 놀랐다. 적어도 몇 합은 있을 줄 알았다. 구경꾼들은 예상 밖의 상황에 입을 다물지 못했다. 그러자 왕초가 몽둥이를 들고 앞으로 나섰다.

"너 이년, 제법 발차기를 하는 모양인데, 나는 벌교의 몽둥이라고 한다. 내 몽둥이 맞고 기어서라도 집에 돌아간 놈은 아직 없었다. 한번 작살나 볼 테냐?"

옛말에 여수에서 돈 자랑 말고, 순천에서 미모 자랑 말고, 벌교에서 힘 자랑 말라는 얘기가 있다. 이자가 스스로 벌교의 몽둥이라고 자랑하니 대단한 악명을 쌓은 것이 분명해 보였다.

"흥, 벌교 몽둥이? 벌교 몽둥이는 이리 쩨쩨하냐? 벌교에서는 사내놈이 여자한테 몽둥이 들고 달려드냐? 그것도 열 놈이나 달려들면서 무슨 큰소리냐?"

"이년이? 말이 필요 없는 년이구나. 한번 몽둥이찜질 맛이나 봐라!"

말이 떨어지자 몽둥이를 치켜든다. 이 때 장희재가 앞으로 나서며 말했다.

"나는 이 애 오빠인데 무얼 잘했다고 여자한테 몽둥이까지 들고 야단이냐?"

"얼씨구 너 잘 만났다. 너부터 몽둥이찜질 맛을 보여주마!"

왕초는 말이 떨어지자마자 휙 하고 몽둥이를 장희재의 어깨를 향해 내리쳤다. 하지만 시퍼런 검이 날아와도 눈 하나 꿈쩍 않고 피하던 장희재가 몽둥이쯤을 못 피할 리가 없었다. 장희재는 몸을 그리 움직이지 않았다. 어깨만 조금 틀어 몽둥이를 빗나가게 하는가 싶더니 번개 같이 오른 발로 왕초의 목덜미를 걸어찼다. 왕초는 저 멀리 나동그러졌다. 숨이 멎은 듯 목을 감싸고 뒹군다.

그러자 다른 놈 몇 명이 한꺼번에 몽둥이를 휘두르며 달려들었다. 장희재는 몸을 솟구쳐 놈들의 머리 위를 날며 앞의 두 놈의 면상을 양발로 걸어찼다. 이어서 땅에 발을 딛는 순간 돌려차기로 옆 놈의 정강이를 차서 쓰러트리고 동시에 왼손수도로 그 옆 놈 옆구리를 찍었다. 순식간에 네 명이 길바닥에 쓰러져 비명을 질렀다.

"또 덤빌 놈 있냐? 내가 급소를 비켜 쳤지만 또 덤비는 놈은 급소를 쳐서 죽을지도 모른다! 빨리 나와 봐라!"

장희재는 아직 땅바닥에서 일어나지도 못한 왕초의 멱살을 움켜쥐고 소리 질렀다. 그러자 왕초는 무릎을 꿇었다. 다른 녀석들도 동시에 무릎을 꿇었다.

"형님, 몰라 뵈었습니다. 공중부양 수족격을 쓰시니 조선제일의 수박이십니다. 저희를 아우로 받아주십시오."

"자 여러분, 이제 서로 오해가 풀렸으니 그만 둡시다. 나는 형님도 아니고 아우도 필요 없습니다. 앞으로 이 저자거리에는 나타나지 마시오."

장희재는 대장 녀석의 손을 잡으며 어깨를 두드려줬다.

"앞으로 힘든 일 있으면 나를 찾아오도록 하시오. 그리고 이 시장 사람들을 괴롭히지 마시오. 내가 힘껏 도와주겠소."

이 말을 들은 모두는 고개를 끄덕이며 사라졌다.

양반의 횡포

옥정은 뛰어난 건강과 지치지 않는 열정을 가진 털털한 성격의 여자였다. 장바닥에서 온갖 사람을 겪다 보니 지고는 못 배기는 성격이 되었다. 정글법칙이 몸에 배었다. 열정, 배짱, 몰입, 뒷심이 생겼다. 좀 뻔뻔해진 것이다.

성현들은 "너만 힘든 것이 아니다. 세상은 언젠간 널 알아줄 테니 긍정의 힘을 믿고 노력하라. 너에게도 볕들 날이 올 것이다"라고 말한다. 하지만 이 말을 장사판에서 믿다간 큰일 난다.

경쟁에서 정직, 겸손, 배려 같은 미덕 차원의 행동은 통하지 않았다. 열정, 배짱, 뒷심, 몰입에 철면피, 안면몰수, 막무가내 등 뻔뻔함이 진짜 비결이었다. 옥정이 시장판에서 체득한 경쟁원리가 바로 그것이었다. '세상은 뻔뻔한 사람이 유리하도록 설계되었다'는 것! '남의 것도 내 것인 세상'이라는 사실을 깨달았다.

봄은 나무에게 꽃과 잎을 동시에 피게 하지 않는다. 꽃이 먼저 피고, 꽃이 지고 난 뒤 잎이 돋는다. 사람들을 황홀하게 하는 벚꽃이나 목련, 개나리, 진달래 모두가 그렇다. 마찬가지로 옥정도 이익극대화에 전력할 뿐, 국가적 기여는 뒤로 미룰 수밖에 없었다. 공자와 맹자가 금과옥조로 주장하는 충성, 의리, 희생을 우선순위에 두고 행동하기엔 현실이 너무 달랐다.

모든 것을 계산에 의해 결정해야 했다. "정승 집 강아지가 죽으면 문전이 미어지지만, 정승이 죽으면 개 한 마리 얼씬 않는다"는 속담이 있다. 이득이 없으면 버려야 하는 게 세상사다. 옥정이 남자들 판에서 성공한 비결은 뻔뻔함이었다.

모방을 반복하면 창조가 되듯이 뻔뻔한 행동을 반복하니 길이 보였다. 누구도 보지 못하는 길을 혼자 보며 가는데 성공하지 않을 수가 없었다. 머리가 좋은 사람은 많지만 제대로 뻔뻔한 사람은 드물었다. 옥정은 똑똑한 사람일수록 장사판에서 쪽박 차는 것을 수없이 보았다.

뻔뻔함에는 약점도 있음을 깨달았다. 주변의 따가운 시선이다. 사람은 사회적 동물이다. 남의 조소나 눈총을 뻔뻔함만으로 감당하기는 힘들다. 뻔뻔함은 성과를 감사할 때 효과가 상승함을 깨달았다. 감사하고 나눌 때 눈총을 이기는 위력이 발휘되었다. 시장의 빈터에 가마솥을 걸어놓고 배 주린 사람들을 위해 죽을 끓였다.

옥정이 가장 힘든 일은 관리들의 지나친 요구였다. 그들에게는 모든 게 불법이고 재량권은 이현령비현령(귀에 걸면 귀걸이 코에 걸면 코걸이)이었다. 이들에게게만은 뻔뻔한 게 통하지 않았다. 막무가내였기 때문이었다.

관리가 되는 것은 하늘의 별따기처럼 힘들었다. 보통 30년을 준비해서 3년마다 과거를 치르는데, 대략 6만 명이 응시했다. 합격자는 33명이었다. 그러자 과거시험이 늘어났다. 3년마다 뽑는 대비과(大比科)와 성균관 유생들이 보는 반시(泮試), 1년에 4번 절기마다 치루는 절일제(節日製), 경축일마다 보는 경과(慶科, 증광시·별시·알성시), 각도에서 유생들에게 치루는 도과(道科) 등이 생기면서 합격자는 늘어났다.

조정의 자리는 한정돼 있는데 과거는 계속해서 합격자의 자리가 없었다. 총합격자가 총 관원자리보다 열 배 이상 넘쳐났다. 이들의 일부라도 소화하다 보니 어느 일자리는 한 개의 업무에 이름만 다른 관직이 열 개나 되었다. 뇌물을 주려면 열 개를 마련해야 했다. 뇌물을 받고도 서로 미루니 되는 게 없었다. 옥정은 이런 게 오히려 편했다. 무조건 실행하고 나중에 걸려도 제재는 없었다. 제재도 서로 미루기 때문이었다.

옥정은 품목관리에도 신경을 썼다. 손님이 찾을 만한 좋은 품목을 남의 가게보다 많이 구비하려고 판매량을 예측해서 사전에 충분히 구매해두었다. 예컨대, 가을이 되면 혼숫감의 수요가 많을 것을 예측해 유행과 격식에 따라 고급비단이나 장신구, 그릇, 주방도구 등을 구비해 놓았다. 그러면 양가집 혼사는 거의 대부분 호주상회가 독점하게 되는 것이다.

중국이나 왜국 상인들과 거래 시에 그들이 외상을 준다고 해도 현물로 거래했다. 외상거래보다 최대 1할(10%) 싸게 구입할 수 있기 때문이다. 그들은 체류기간이 길면 손해라 현금으로 결제하면 싸게 팔 수밖에 없었다. 이 때문에 호주상회는 좋은 물건을 남보다 훨씬 싸게 팔 수 있어서 물건이 달릴 정도였다.

옥정은 점포운영에서 자금력이 가장 중요하다고 판단했다. 판매도 중요하지만 외상을 잘 관리해서 자금을 제때 회수해야 한다. 외상을 가져간 사람들은 고급관리 또는 힘깨나 쓰는 양반들이라 대금 회수가 무척 어려웠다. 어떤 경우는 힘으로 외상대금을 떼먹으려는 사람들도 있었다.

공격적으로 경영을 하다 보니 외상이 많이 깔릴 수밖에 없었다. 외상이 몇 달씩 밀리니 회수하기 힘들었다. 대신들은 언제 그 자리에서 밀려날지 모른다. 그 자리에서 밀려나면 손가락을 빨아야 하는 게 현실이었다. 대신 중 몇 명을 빼놓고는 거의 대부분 1년을 못 버텼다. 한성판윤의 경우 평균 3개월이 임기였다. 해서 임직 중에 먹을 것을 마련하자니 부정과 횡포가 자행되었다. 이렇다 보니 이들은 외상도 떼먹으려 했다. 옥정은 이런 외상이 많이 쌓여서 당장 정산한다면 남는 돈이 없을지도 모른다고 생각했다.

옥정은 외상거래를 효과적으로 관리하기 위해 신용에 따라 외상 거래인들을 갑류, 을류, 병류로 분류했다. 경험상으로 갑류에게는 원하는 만큼 물건을 전부 주고, 을류는 갑류의 절반을, 병류는 외상을 빨리 회수하고 거래를 끊기로 원칙으로 세웠다.

장현은 옥정의 이런 관리능력을 보고 속으로 놀랐다. 그는 수많은 정치인들을 수행하면서 사람 보는 안목이 있었다. 옥정은 현실 판단력에서 뛰어났다. 그는 심양에서 세자빈 강빈(姜嬪)의 뛰어난 상술과 경영능력을 보았다. 강빈은 만주의 넓은 땅을 개간해서 농사를 짓고 말을 사육해서 심양관의 재정을 안정시켰다. 장현은 옥정을 보면서 강빈이 환생한 것 같았다. 조그만 가게에서 썩어서는 안 되는 큰 재목이라고 생각했다. 기회가 되면 강빈처럼 나라의 큰일을 하게 해야겠다고 생각했다.

옥정은 하루의 일과가 끝난 후 가게를 닫고 어둑한 길거리를 급히 걸었다. 칠패시장을 벗어나 동쪽으로 5리쯤 가면 남산 양반골이 나온다. 옥정이 찾아가는 곳은 언덕 입구의 두 번째 기와집이다. 외상대금이 가장 많이 밀린 호조참의인 김창성 대감댁이다. 대돌 두 계단을 올라 대문을 두드렸다. 지난 반 년동안 세 차례나 왔지만 매번 안방마님은 나오지도 않고 집사가 나중에 다시 오라는 소리만 했다. 옥정은 이번은 반드시 받아내겠다고 결심하고, 밀린 대금 가운데 우선 반만 갚고 나머지는 추후에 갚으라고 우겼다.

집사가 안방마님과 의논해 보겠다고 말하고 자리를 떴다. 그 때

아들이라는 청년이 나타나 다짜고짜로 소리를 버럭 질러댔다.

"네 이년! 감히 싸구려 비단을 속여먹고 돈을 달라고 떼를 써? 호조에 명해서 평시서(平市署) 관리에게 네 가게를 조사시켜보면 당장 알 수 있다."

평시서란 요즘의 감사원과 공정거래위원회를 묶은 역할을 하는 기관으로 상인들의 부당행위를 감독하고 처벌하는 무소불위의 권력을 가진 부서다. 그가 그리 말하는 것은 아버지가 호조참의 김창성인 때문이다.

"도련님, 저희 비단은 청국에서도 알아주는 고급인데 어찌 그런 억울한 말씀을 하세요. 마음에 안 드시면 되돌려 주시면 되는데 벌써 일 년이나 지난 것은 물건이 마음에 드셨기 때문 아닙니까?"

"너희가 비단을 수입하면서 조선의 돈이 청국으로 유출되어 재정이 악화되는 것을 모르느냐? 너희는 악덕상인으로 단죄 받아 마땅하다."

"도련님, 청국의 앞선 제품을 수입하고 조선이 앞선 인삼과 우피, 한지, 모시 등을 수출하면 서로가 이익이 되는 것입니다. 나라가 문을 꽁꽁 잠그고 살면 산속에서 지내는 것과 무엇이 다르겠습니까? 그럼 도련님 어머니는 왜 중국비단을 사셨나요?"

옥정은 눈 하나 깜짝 않고 맞받아쳤다.

"천한 것이 어디다대고 우리 어머니를 힐난하는 거냐?"

청년은 더 이상 할 말이 막혔는지 느닷없이 옥정의 뺨을 때렸다.

옥정은 간단히 막았다. 이때 집사가 안채에서 나오며 옥정을 불렀다. 옥정이 집사를 돌아보는 순간 청년은 옆에 놓인 몽둥이를 집어 내리쳤다. 예상치 못한 몽둥이에 옥정은 정수리를 맞고 땅바닥에 나동그라졌다. 땅바닥에 길게 퍼진 옥정의 머리에서는 피가 낭자하게 흘렀다. 그는 하인들을 시켜 옥정을 대문 밖으로 끌어냈다.

옥정이 한참 만에 정신을 차리고 일어나니 어두웠다. 기가 막혔다. 다시 들어가서 따질 수도 없었다. 대감 집에서 매 맞았다고 하소연한들 통하는 세상이 아니었다. 옥정은 정신을 가다듬고 어두운 밤길을 따라 동네에 이르자 그만 정신을 잃고 길바닥에 쓰러졌다. 이를 본 선비가 업어다 말순 어멈에게 치료를 부탁한 것이다.

말순 어멈은 옥정이 억울하게 맞은 사연을 듣고 울분에 떨었다. 머리가 터져 피 흘리며 혼절한 처녀를 길바닥에 팽개쳐버린 처사는 살인행위와 같다고 생각했다. 양반들이 가난하고 힘없는 사람들을 억압하고 수탈하는 죄상을 읊어댔다.

"신령님이 계시다면 이런 자들을 지옥 불에 처넣어야 해! 염병할 양반놈 같으니라고!"

"아줌마, 화내지 마세요. 계란으로 바위를 쳐야 소용없어요. 한 번 양반이 되면 반역죄나 대죄(大罪)를 범하지 않는 한 '세전지가(世傳之家)'의 가문으로 인정받아 대대로 관직과 토지에서 기득권을 누립니다. 또한 노비에 대해 자손대대로 상속권을 갖는 노비세전법(奴婢世傳法)이 보호해주고 있어요. 이런 잘못된 신분제도를 고쳐야 해요.”

성리학이 이러한 신분제도를 고착시켰다 해도 부당행위까지 용인하는 것은 아닐 것이다. 주자학(朱子學)의 대가인 길재, 정도전, 권근, 김종직에 이어 이이, 이황, 김집, 송시열 같은 훌륭한 학자들이 원하던 바도 아닐 것이다. 현실에서는 성리학이 정체된 국가를 만든 비극의 사상이 된 것임은 부인할 수 없었다.

“말은 장하다만 세상이 바뀔까? 우선 네 머리에서 피나는 것부터 치료해야겠다.”

어멈은 팔자타령을 하며 옥정을 지극하게 치료해주고 떠메어 집에 데려다 주었다.

다음 날 옥정은 누워서 생각해보니 너무나 기가 막혀 눈물조차도 나오지 않았다. 천인 신분이 억울했다. 그러나 귀한 선비청년이 아니었다면 죽었을지도 몰랐다. 귀한 선비는 누구일까? 신분이 귀하다고 다 나쁜 사람은 아니란 생각도 들었다. 어머니가 한의를 불러 진맥도 하고 탕약도 끓여 먹였지만 머리가 깨지는 듯 아픈 것은 며칠이 지나도 사라지지 않았다.

“옥정아, 내가 비록 넉넉히 먹이진 못했지만 네가 이렇게 죽도록 매 맞아야 먹고 살게는 하지 않았다. 이제 집으로 돌아와 나하고 바느질하며 편히 살자.”

“엄마, 그렇게 현실에 굴복하면 안 돼요. 몇 푼의 돈 때문에 남의 행복을 짓밟는 사람을 용서해서는 안돼요.”

"네가 그런 생각을 갖는 게 얼마나 위험한데 그러냐. 누가 이 세상을 바꿀 수 있겠느냐."

"제가 바꾸겠어요. 저는 장사를 하면서 올바르게 열심히 하면 그 대가를 받는다는 원리를 깨우쳤어요. 이 나라를 그렇게 바꿀 수 있다고 믿어요."

"그건 시장바닥에서나 통하는 것이다. 양반들 상대로 허튼 수작했다간 멸문지화(滅門之禍)를 당하게 되니 절대로 분에 넘치는 생각은 하지도 말아라."

윤 씨는 이집 저집에서 잡일하며 구박받기를 밥 먹듯 했다. 그러다 조사석 대감 댁에서 안방마님한테 누명을 쓰고 머리채를 뽑히고 매를 맞은 것을 잊을 수 없었다. 그녀는 아이들만 먹이면 된다고 참으며 자신의 호강은 포기했다. 옥정은 어머니만 보면 눈물이 나왔다. 이제야 장사도 배워 어머니를 편히 해드릴 수 있게 됐다 생각했는데 이런 꼴을 보인 것이다. 이런 세상을 그대로 넘길 수 없다고 다짐했다.

중정유경

옥정이 자리에 드러누운 지 나흘쯤 되었을 때다. 아직도 몸에서 열이 나고 머리는 지근거렸다. 옥정은 청년이 아니었다면 이미 황천객이 되었을 것을 생각하니 세상은 아직 살만하다는 생각이 들었다. 그 청년이 누구일까? 어떻게 생겼을까? 무엇하는 분일까? 정신을 잃어 아무것도 모르던 옥정에게 청년에 대한 궁금증이 솟아올랐다. 옥정은 찾아온 말순엄마에게 장롱에서 안경을 꺼내주며 말했다.

"아주머니, 저를 구해주신 선비청년이 다시 오면 이 안경을 드리세요. 제 생명의 은인에게 감사드리고 싶어요."

"그러마. 그런데 너 혹시 그 선비청년에게 딴 마음 품으면 안 된다. 보통 높은 분이 아닌 것 같더라. 바로 다음날 한성부 좌윤영감과 사헌부 장령까지 찾아와 동네가 떠들 썩 했었단다. 그리고 네가 어떻게 그리된 것인가를 꼬치꼬치 묻고 가더라."

말순엄마의 말에 옥정은 부지불식간 얼굴이 발개졌다. 왜 가슴까지 콩닥거리며 뛴담? 젊은 남정네의 등에 업혔다는 사실에 부끄러움이 일었다.

"아주머니도! 귀천은 하늘에서 떨어진 것인데 천것이 감히 선비를 바라보다니요."

말순엄마는 몇 마디 다짐을 더 하고는 돌아갔다.

옥정이 머리를 싸매고 누운 지 사흘 되는 날 지나가던 노스님이 동냥을 위해 들렀다. 옥정이 일어나 합장하고 목례하자 노스님은 깜짝 놀라면서 한마디 한다.

"낭자의 상을 보니 풍상이 섞여있소이다. 내가 써주는 글귀를 명심하면 장차 나라에서 큰일을 할 것이오. 나무아비타불!"

노스님은 누더기장삼을 걸쳤는데 메마른 얼굴에 눈에서는 광채가 번득였다. 흰 수염이 길게 늘어진 채 어깨에 닿는 장죽(杖竹)을 짚고 있었다. 등에 멘 동냥배낭이 가벼운 것으로 보아 며칠 째 동냥을 못 받은 듯 보였다. 전국이 몇 년째 흉년이라 시주가 전무했다.

"나라에서 큰일을 하다니요? 스님, 저는 미천한 장사꾼입니다. 제가 따뜻한 밥 공량을 드리고 싶은데 마루로 올라오시지요."

노스님은 옥정의 말에는 대답도 안 한 채 툇마루에 걸터앉더니 붓과 벼루를 꺼낸다. 옥정이 재빨리 물 한 종지를 가져와 먹을 갈았다. 노스님은 네 글자를 적어주었다. "中正有慶(중정유경)"이란 글자였다.

"스님, 이 뜻이 무엇인지요?"

"중심을 바르게 하면 좋은 일이 생긴다는 뜻입니다.《노자(老子)》에서 '중정'이란 기(氣)가 바로 서는 것을 의미합니다.《주역》의 〈풍뇌익(風雷益)〉에서 '이유유왕 중정유경(利有攸往 中正有慶)'이란 말로 '갈 데가 있어서 이롭다 함은 중정으로 경사가 있기 때문이다'란 뜻이지요. 평소 중정유경을 명심하면 하는 일도 이롭게 되고 나라를 흥하게 할 것입니다."

"소녀가 나라를 흥하게 한다고요? 스님, 존함은 누구시며 어느 산사에 계시는지요?"

"노승은 정처 없이 떠도는 땡중일뿐 이름도 거처도 던져버렸지요. 한때는 직지사에서 세월을 낚으며 염불하다가 중생의 고통을 함께하기 위해 속세를 떠돌고 있습니다."

옥정은 노스님이 달관하신 분이란 생각이 들었다. 자세를 고치며 여쭸다.

"스님, 중생의 고통을 거둬내려 하시지 않고 왜 감내하시려고 하십니까?"

"노승은 한때 스승이셨던 유정 사명대사(四溟大師)의 큰 뜻을 이어받고자 했으나 공력이 부족하여 떠돌던 중 낭자를 만나니 짐을 내려놓아도 될 듯합니다."

유정(사명대사)은 13세에 황악산 직지사에 들어가 신묵화상(信默和尙)에게 선(禪)을 받아 승려가 되어 불교의 오의(奧義)를 깨달았다고 한다. 1592년(선조 25) 임진왜란 때는 의병을 모집하여 순안에 가서 청허(서산대사)의 휘하에서 활약하였다.

"저의 어떤 점을 보시고 고승께서는 엄청난 결단을 하시려는 것인지요?"

"스승께서는 불타(佛陀)의 설법에 세상의 악을 물리치라는 가르침이 있다고 하셨지요. 해서 스승께서는 왜란 때 승병을 이끌고 왜적이라는 악을 죽이고 몰아내신 것입니다. 악을 물리치기 위해서는 살생도 허락된다고 하셨지요. 이것이 대자대비(大慈大悲)라 하셨지요."

대자대비라고? 이는 부처님과 보살의 크고 깊은(廣大深遠) '자비'로, '지혜'와 함께 불교실천의 2대 덕목이 아닌가. 옥정은 어마어마한 대의에 자신이 끼어든다는 말씀이 믿어지지 않았다. 그러나 악과 대결하는 중에 속세의 규율과 충돌이 있더라도 대자대비로 헤쳐 나가면 중심이 바로 설 수 있다는 말씀 같이 들렸다.

"세상의 악은 어떤 것을 말씀하시는지요?"

"세상에는 두 가지 악이 있지요. 첫째는 나라보다 자신들의 기득권을 지키려는 선비들의 권력화입니다. 이들은 성리학을 만들어 천부설(天賦說)을 끌어다 귀천은 하늘이 내려준 것이라며 신분차별을 고착시켰습니다. 노동은 천민만 해야 한다며 자신들은 신발

끈 매는 것도 천시하고 있지요. 이는 자비에 어긋나고 경제를 파국으로 이끌 것입니다. 맹자께서도 '이익에 투철한 사람은 흉년도 그를 죽이지 못하고, 덕에 투철한 사람은 사악한 세상도 그를 혼란시키지 못하느니라'라고 일을 열심히 해서 이익을 남기는 것을 권장하셨습니다."

노스님은 옥정의 눈을 쳐다보며 말을 이었다.

"둘째는 부정부패의 만연입니다. 집권당파는 세력을 잡은 동안에 몇 대가 먹을 재물을 마련해야 하니까 온갖 부정이 횡행하지요. 그들의 가장 쉬운 장사는 벼슬장사지요. 현금이 없는 사람에게는 외상으로 팔기도 합니다. 외상은 현금의 두 배를 줘야 합니다. 벼슬을 산 관리들은 단기간에 그 이상으로 벌충하려고 혹독한 착취를 하지요. 응하지 못하는 민초는 관아에 끌려가 매질을 당하는 등 비적도 이보다는 못할 것입니다. 이것은 나라가 아닙니다. 나무아비타불."

"스님의 말씀대로 조선에는 악이 횡행하는군요. 그럼 어떤 사회를 만들어야 하는지요?"

"귀천이 한 쪽으로 쏠려 있지 않은 사회를 만들어야 합니다. 가장 좋은 모양은 상류층이 2할, 중산층이 6할, 하류층이 2할 정도로 분포된 사회가 만족한 사회이지요. 그런데 개인의 노력에 따라 상·중·하층의 위치가 바뀔 수 있는 자유가 허락돼야 합니다. 지금처럼 사대부만 상류층을 독점하는 사회는 악한 사회입니다. 중산층은 나라에서 교육기회를 많이 주어 경제적 여유가 있을 때 생성됩니다. 중간계층의 비중이 두꺼우면 중심이 바로 서고 사회의 안정적 발전에 큰 역할을 합니다. 지금 부정부패는 중산층이 없기 때문에 생기는 사이비 상류층의 횡포입니다. 그런데 조선은 성리학에 의해 양반 외에는 교육을 받을 수 없도록 해서 그나마 존재하던 중산층마저 와해시켰습니다."

"고견에 참으로 감동받았습니다. 소녀의 할 일이 무엇인지 알게 되니 가슴이 뜁니다. 항상 중정유경을 명심하고 나라가 바로 설 때까지 악과 대결해보겠습니다."

"낭자가 아무리 큰 뜻과 의지를 가졌다 해도 권력을 쥐어야 실행할 수 있습니다. 낭자는 권력층에 들어가서 이 나라를 나라답게 만들어야 합니다."

"소녀가 권력층에 들어가야 올바른 나라를 만들 수 있다니요? 소녀가 어떻게 해야 권력층에 들어갈 수 있는지요?"

"기회가 오면 외면하지 말고 권력에 다가가십시오. 나무아비타불!"

노스님은 옥정의 앞날을 훤히 바라보는 듯 묘한 말을 던지고는 밥 공량도 마다한 채 떠났다. 옥정은 주장자(拄杖子)를 짚고 나가는 노스님에게 재빨리 달려가서 쌀 두 말을 동냥배낭에 가득히 쏟아부어드렸다.

이상하게도 노스님이 떠난 후 갑자기 아랫배에 힘이 뭉치고 용기가 솟았다. 옥정은 머리를 헝겊으로 둘러매고 자리에서 일어났다. 즉시 김창성 참의 댁을 다시 찾아갔다. 정당한 업무를 하다가 매를 맞았다고 포기한다면 기(氣)가 바로 설 수 없다고 믿었다. 당숙이 믿고 맡긴 일을 사사로운 두려움으로 포기한다면 무책임한 사람이다.

옥정이 대문을 두드리자 집사가 나왔다.

"어서 오시오. 아가씨. 잠시 기다려주시오."

그는 옥정을 보자 번개처럼 안방으로 들어갔다. 잠시 후 안방에서 마님이 버선발로 뛰어나왔다. 옥정은 마님을 보자마자 찾아 온 이유를 급히 말했다.

"지난번에는 억울하게 매를 맞고 돈도 못 받았습니다. 저는 맞아 죽는 한이 있더라도 오늘은 꼭 외상대금을 받아가겠습니다…."

옥정의 말이 채 끝나기도 전에 마님이 급히 말했다.

"그러지 않아도 오늘 자네를 찾아가려던 참이었네. 지난번의 잘못은 내가 미처 몰라서 그런 것이니 용서해주게. 집사가 그간의 갚지 못한 돈에다 이자를 넉넉히 얹었네. 우리 아들이 잘못한 것을 내가 대신 용서를 비니 한 번만 눈감아주기 바라네. 체면만 없다면 당장 무릎이라도 꿇고 용서를 빌겠네."

마님은 옥정의 두 손을 감아쥐고 지성으로 잘 못을 빌었다. 해가 서쪽에서 뜨고 서당 개가 풍월을 읊어도 유분수지 이 무슨 해괴한 일이란 말인가? '중정유경'의 효과가 벌써 나타난 것이란 말인가?

옥정은 귀한 마님이 이렇게 통사정하고 외상도 넉넉히 갚았으니 따지기도 싫었다. 집사가 문밖까지 배웅하며 싸준 돈을 들고 가게로 돌아왔다. 그런데 가게에는 말순 어멈과 동네 아저씨들이 모여 있었다. 잘 오지 않던 분들이 왜 와있을까 생각했다.

말순 어멈이 옥정을 보자마자 숨도 쉬지 않고 말했다.

"옥정아 너 참 잘했다. 고것들 양반이라고 싸가지 없게 굴다가 신세 망쳤단다. 김 대감이 파직 당했다고 한다. 그리고 너를 때린 청년은 곤장 100대를 맞고 평생 과거출사를 금지 당했단다. 관가에서 우리 집에 찾아와 조사할 때 내가 외상 얘기와 김 대감 아들에게 맞은 자초지종을 얘기했지 뭐냐. 아마도 너를 업고 온 분이 귀한 분이었나 봐."

"아줌마, 몽둥이 한 대 때문에 그런 높은 분들이 쫓겨날려고요."

"나도 설마 했었단다. 그냥 조사시늉만 하는 줄 알았지. 그 아들놈의 행실은 강도이고 살인과 같다. 우리 같으면 목이 열 번도 더 달아났을 일을 그 정도로 끝났으니 좀 봐준 것 아니겠냐?"

옥정은 속으로 크게 놀랐다. '중정유경'이 정말 나의 운명인가? 정말 중정으로 경사가 나는 모양이라는 생각이 들었다. 앞으로도 기를 세우고 열심히 노력하면 좋은 일이 생길 것 같았다. 옥정은 모인 사람들을 남대문 국밥집으로 데리고 가 국밥과 파전, 감자전에 막걸리를 듬뿍 시켜 대접했다.

경제개발

이순은 조국근대화의 첫 단초를 경제개발로 삼았다. 굶주린 백성들에게 '이팝(쌀밥)에 소고기 무국'을 먹이고 싶었다. 현실은 이팝은커녕 굶어죽는 사람이 일 년에 수만 명이나 되었다.

모든 책임은 임금에게 있다. 이순은 대신들을 편전에 불러 문제를 논의했다.

"과인은 경제개발을 신속히 추진하고 싶소. 배를 곯거나 굶어죽는 백성이 부지기수입니다. 조정에서 앞장서 나가주기 바랍니다. 구월산 민란이 석 달 만에 수습된 것은 다행이오. 앞으로는 백성들이 목숨을 걸고 일어나지 않도록 해야 합니다. 이번 민란으로 탕진된 총액은 얼마나 되나요?"

"민란으로 야기된 재정지출을 계산해 보니, 병력동원과 반란군

소탕에 총 2,000만 문(5만 냥)이 소모되었습니다. 병력은 2,000명이 출동했는데 3개월 동안 연인원에게 소용된 비용과 갑옷, 화살, 칼, 화약, 수송비 등이 그렇습니다. 양식은 병사 1인당 하루 4.4승(700g)으로 한 달에 132승(13.2말, 0.88석)이 소요되었습니다. 말이 하루에 먹는 식량은 대개 4승(600~700g) 정도로 1,000필을 동원한 결과 한 달에 12만 승(1.2만 말)이 소요되었습니다. 갑옷은 1벌에 3,200문(8냥), 화살은 10족에 400문, 칼 1정에 400문, 방패 1막에 800문 들었습니다."

당시의 곡식단위는 1되=1승=160g(10승=1말)이고 벼 1섬은 쌀 1석(2가마니), 쌀 1석은 10말, 쌀 1가마니는 5말로 계산했던 것으로 추산한다(가마니는 일제시대부터 사용된 단위다). 당시에는 갑옷도 칼이나 방패처럼 병기였다. 갑옷에 강한 철편을 심고 철끈으로 엮어 돈이 많이 들었다. 갑옷이 비싸다보니 500명에게만 입혔다.

"백성들은 1년 농사를 망쳤는데 이는 아직 집계하지 못했습니다. 이것까지 합치면 4,000만 문(10만 냥)이 넘을 것입니다. 이 돈이면 중등지 약 1만 결(약 200만 평)의 농지를 개간하는 데 쓰일 수 있는 큰 자금입니다."

"민란이 일어나면 백성은 큰 손해를 입어도 하소연할 수조차 없소. 민란만 없어도 재정낭비는 줄일 수 있소. 과인은 또 민란이 일어난다면 당파로 협조하지 않아 생긴 것으로 보고 별순검에 내사

시켜 그 책임을 강력히 묻겠소."

갑자기 편전이 숙연해졌다. 별순검에서 조사를 하면 자신이 원인을 제공하지 않았다고 장담할 수 없기 때문이다. 그간 본 바로 임금은 비록 어리고 몸은 허약해도 강단이 있고 독기가 있어 관련자를 눈 하나 꿈쩍 않고 죽이거나 유배를 보내고도 남는다고 생각했다.

김익훈이 적막을 깨고 말했다.

"지금 민란의 빌미를 제공한 분은 영상대감입니다. 영상대감은 입만 열면 농지를 농민들에게 나눠줘야 한다고 주장합니다. 이런 말에 현혹된 농민들은 춤을 추다가 분배를 못 받으면 실망해서 구월산으로 들어가는 것입니다."

김익훈(金益勳)은 서인으로 후일 노론(老論)의 선구자가 되었다. 음보(蔭補)로 의금부도사가 되고, 조카인 김만기(金萬基)의 딸이 인경왕후였으므로 어영대장 등 군권의 요직을 맡았다. 허적이 나서며 답변했다.

"전하, 나라에서 가장 중요한 것이 경제입니다. 경제를 가로 막고 있는 사람들이 권문세가들입니다. 이들은 중소농들을 압박해서 농토를 겸병하고 있습니다. 전라도 나주의 한 토호는 농민들에게 구휼미를 대여해주고 갚지 못하면 농지를 겸병해서 농토가 끝 모를 정도라고 합니다. 농민들은 지주들의 횡포로 떠나는 것입니다."

"그런 토호는 당장 잡아오시오. 과인이 직접 국문하겠소."

"전국이 그런 현상이라 처벌만으로는 안 되옵니다. 제도를 바꿔야 합니다."

"그러면 무슨 대책이 있는 것이오?"

"그들의 농지를 분할해서 분배해주어야 합니다. 또한 경제개혁을 강력히 시행해야 합니다. 경제개혁은 감동이 있어야 성공합니다. 백성을 감동시키는 방법이 농지개혁이고 지주들의 소작료를 낮추는 것입니다."

"지주들에게 땅을 내놓고 소작료를 낮추라는 것은 절대로 안 됩니다."

김익훈이 강력하게 반대했다.

"그럴듯한 말씀이오만 《경국대전》에서도 사점(私占)의 금지를 강조하고 있습니다. 《경국대전》〈호전〉에서는 '각도의 어전염분을 등급을 나눠 성적(成績)하고 호조·본도·본읍에 보관한다'고 국가적인 관리를 명시하고 있습니다. 만약 은닉하거나 사점한 사람은 장 80대에 처하고 그 이익을 몰수하도록 하고 있습니다. 지주들의 사점으로 돼 있는 농토를 여민공지(輿民共地)해야 할 것입니다."

"경국대전의 지적은 잘못된 해석입니다. 영상대감은 학술이 정밀치 못하여 제왕의 대도를 알지 못하고 도리어 북국강병의 폐술(廢述)을 논하는 것입니다. 학자가 부(富)를 계책으로 삼으면 어찌 유자(儒者)라 할 수 있을 것이오?"

"유자라고 이(利)를 말하지 않는다면 구황(救荒)과 군자(軍資)는 어디에서 마련할 것입니까? 국가운영을 담당한 입장에서 부의 확보는 긴요한 사항입니다."

김익훈은 허적의 반론에 입을 다물었다.

"영상. 과인은 백성들의 신분이 이미 많이 완화되었고 농민들에게는 그간 농지를 많이 분배했다고 생각하는데 그렇지 않소?"

"예. 왜란 때 따라온 군속상인들이 장사하는 것을 배운 장사꾼들이 전국을 떠돌며 장사해서 신분규제가 어려울 뿐 신분차별은 그대로입니다. 이들은 돈은 벌었지만 아직도 천인들입니다. 또한 양전사업(토지대장정리사업)을 통해 찾아낸 삼남지방과 기호지방의 감춰져 있던 은결(隱結) 농지 1만 결을 소작농들을 선발해서 3만 명에게 10마지기씩 분배했습니다."

"잘 하셨소. 신분의 향상을 위한 대대적 납속(納贖)을 고려해 보겠소. 국토개발을 위해 토목공사를 행해야 합니다. 이는 경제에 파급효과도 큰 것이므로 폐한지 개간을 시행하고 전국의 장시(場市, 5일장)를 연결하는 도로와 교량을 대대적으로 건설해주기 바라오. 보부상들과 농민들이 장터에 쉽게 접근해야 물류유통이 원활해 상업이 활발할 것이오. 농지개간으로는 평안도 압록강 상류의 폐4군(閉四郡) 땅을 개간하면 훨씬 많은 농토를 얻을 수 있을 것입니다. 현재 농사가 냉해로 농민들의 소득이 미약하니까 상공업자들도 투자를 미루고 있는데 나라에서라도 투자를 해서 이들을 자극해야 하지 않겠습니까? 폐4군 개간과 도로와 교량개설이 좋은 투자처가 될 것입니다."

"예, 폐4군 중 자성군과 무창군이 당장 개간 가능합니다. 개간하면 대략 10만 결(4억 5천 290만 평, 약 230만 마지기)의 새 농지가 생기게 됩니다. 개간이 완료되어 농가구당 30마지기씩 분배하면 대략 8만 가구에게 혜택이 돌아갈 것입니다. 도로와 교량개설은 각 지방수령들에게 하달하겠습니다. 그런데 폐농지 개간과 토목공사는 양전사업과 달라서 돈이 많이 드는 문제가 있사옵니다."

폐4군은 압록강 상류인 여연(閭延), 자성(慈城), 무창(武昌), 우예(虞芮)를 일컫는데 북방야만족의 침입으로 1445년(단종 3)에 여연, 무창, 우예를 철폐하고 주민을 강계부와 구성부로 각각 옮겼고 다시 1459년에는 자성군마저 폐지하여 주민을 강계로 옮긴 후 폐한지로 남아있었다.

"영상대감, 적자재정을 꾸려서라도 반드시 개간에 투자하십시오. 이제까지 조정에서는 소나무만 보고 숲은 보지 않았습니다. 배곯는 백성들을 가렴주구해서 재정을 확보하려고만 합니다. 적자재정을 꾸려서라도 국가가 먼저 투자해서 일자리를 만들어 고용을 증가시키도록 하십시오. 나라가 공공사업으로 경제에 자극을 줄 필요가 있습니다. 이것은 고용과 소비가 늘어나는 긍정적 효과를 가져 올 것입니다. 비용은 대략 얼마나 추산하고 있습니까?"

"예산을 편성해보니 총 48억 문(1,200만 냥) 가량 요구됩니다. 폐한지 개간에 20억 문(500만 냥)과 도로와 교량건설에 28억 문

(700만 냥)이 소요될 것입니다. 내역은 인부 50만 명을 5년간 부릴 경우 대략 36억 문(900만 냥)과 기타 도구구입과 재료, 수송, 관리비 등에 12억 문(300만 냥)이 소요됩니다."

"그렇다면 현재 재정에서 얼마나 감당할 수 있습니까"

"상평통보를 대량 주조하면 20억 문(500만 냥)을 마련할 수 있습니다. 이를 위해 선혜청(宣惠廳)에 상평청(常平廳)과 진휼청(賑恤廳), 균역청(均役廳)을 흡수해서 주조에 전력하겠습니다. 그래도 700만 냥이 부족한 실정입니다."

선혜청은 1608년(광해군 1년) 대동법을 경기도에 시험적으로 실시하면서 세워졌다. 대동법이 전국적으로 실시되면서 전국에 대동청이 설치되었으나 이순은 선혜청으로 이속시키고 조세와 관리의 봉급에 동전을 사용하도록 하였다. 이로써 호조를 능가하는 조선 최대의 재정기관이 되었다. 이순은 경제발전에는 하부구조시설(인프라)이 잘 돼있어야 한다고 판단하고 선혜청을 강화했다. 소속 관원은 영의정, 좌의정, 우의정이 겸임하는 도제조 3명과 호조판서가 겸직하고 2품 이하의 관원이 임명되는 제조 3명, 그 밑에 낭청 4명을 두었다.

"공사할 때 절대로 부역을 무상으로 징발하지 마시오. 토목공사에 장인(匠人)은 쓸 일이 없지만, 모군(募軍)과 모조역 잡부들은 대대적으로 쓸 텐데 이들은 미숙련공으로 일급이 원칙이지만 장기간 공역이므로 월급으로 주시오. 과인이 조사한 바로는 모군에게는 월급으로 쌀 5말과 면포 2필을 주면 합당할 것이오. 쌀 1석은 400문(1냥), 면포 1필은 200문(5전)으로 환산해 주시오. 만약 한 달 치 삭료를 동전으로 지급하게 되면 쌀 5말은 200문(5전)이고 면포 2필은 400문(1냥)이므로 총 600문(1냥 5전)을 지급하면 될 것입니다. 모조역 잡부에게는 모군의 절반을 주도록 하시오. 은으로 주지 말고 동전으로 환산해서 주도록 하시오. 수십만 명의 소득은 소비로 이어질 것입니다. 영상께서 경제전문가이시니 투자를 잘 해보시지요."

이순의 조치는 '적자재정 지출'일지라도 케인즈식의 거시경제학에서 말하는 '공공투자는 항상 사회에 최선의 이익이 된다'는 것과 흡사했다. 과거 왕들이 시행한 소극적 경제정책과는 전혀 다른 거시적 유효수요정책이었다.

"현재 대략 700만 냥이 부족합니다. 소신이 일본에 가서 은을 차용해보도록 하겠습니다. 소신이 경상도관찰사 시절에 일본인을 접대했다는 이유로 파직되었을 때 당사자는 사신 다이라(平成辛)였습니다. 그는 현재 바쿠후(幕府)의 재무대신으로 있사옵니다. 그에게 부탁하면 700만 냥은 장기 저리로 차용할 수 있을 것입니다."

"선대왕 시절인 20년 전에 경이 다이라를 접대했다가 파직되었다고 들었소. 참으로 미안한 일이었소. 당시에는 일본에 감정이 나빠 그런 것이었음을 이해해 주시오. 이런 문제 때문에 과인은 일본과의 외교관계를 적극 회복한 것이오."

"오히려 그 일이 있었음으로 해서 다이라는 소신에게 미안하게 생각해서 도와주려고 할 것입니다. 전화위복이 된 것이오니 염려 거두시옵소서."

"전하, 왜놈 나라에서 돈을 차용하는 것은 절대로 안 되옵니다. 이는 속국이 되는 것과 같습니다. 그들의 목적은 조선을 병탄하는 데 있습니다. 명을 거두어주시옵소서."

김익훈이 목소리를 높여 강경하게 반대했다. 그러자 서인신료들 모두가 앞으로 나서며 이구동성으로 외쳤다.

"전하, 통촉하여 주시옵소서."

"일본의 돈을 빌리지 않으면 어디서 빌린단 말이오? 그럼 어떻게 국토개발을 할 수 있단 말이오?"

"전하, 자고로 나라의 근본은 내수외양(內修外楊, 민생안정)하고 자치자강(自治自彊)하는 데 있습니다. 왜국에 굽히면서 조국근대화가 되고 경제가 발전하면 무엇 하겠습니까? 왜놈들의 노예가 되어 착취를 당할 것이 뻔합니다. 명을 거두어 주십시오."

"경들의 생각은 잘못된 것이오. 일본의 돈이라도 빌려서 하루속히 국토를 개발해야 자주국방을 이루고 합병도 막을 수 있는 것이오. 지금은 오직 청국의 안보우산에만 기대고 있소. 임진왜란 때 명나라가 원병을 파병했다가 국력이 탕진돼 망하지 않았소? 이제 안보우산은 기대할 수 없게 되었소."

"전하, 왜놈자본의 진출은 절대로 안 됩니다. 왜놈자본이 들어오면 그에 결탁한 특권 관료독점자본이 형성될 것입니다. 그 결과 압도적인 외국자본과 국내의 반봉건적 세력이 결합하면서 겨우 숨쉬기 시작한 사상(私商)들의 자본을 무너트릴 것입니다. 사상들은 아직 소상품 생산에 머물러 있어서 산업자본으로 전환기회를 놓칠 것입니다. 그렇게 되면 사상들도 생존을 위해 고리대금자본과 결탁하여 수공업자와 농민 등 소상품생산자의 잉여노동을 착취해 농민과 공인들은 더욱 비참하게 될 것입니다.”

허적이 웃으며 답했다.

“참으로 그럴듯한 논리요. 김 대감이 주장하듯 명분만으로는 실리를 얻을 수 없지 않겠소? 우리가 문을 꽉 닫고 있으면 언제 자립경제를 이룰 수 있겠소? 지금은 헐벗고 굶주리는 사람들을 먹여 살릴 방법을 강구해야 합니다.”

“솔직히 말해 허 대감을 따르는 무리 가운데서 관료독점자본가가 나타나게 될 것이 분명합니다. 벌써 대감의 아들 허견 주변에 그런 자들이 몰린다는 소문도 있소.”

“이 무슨 해괴한 소리요? 내 자식이 그런 짓을 한다면 내가 이 자리에서 혀를 깨물고 죽겠소. 지금 일본을 보시오. 우리가 너무나 뒤떨어지고 있다는 것을 모르시오? 부끄럽지만 조선의 국내총생산은 일본의 백분지 일도 되지 못하고 있소. 일본의 일개군보다 못하단 말입니다.”

“소신, 최석정 교리 아룁니다. 옛말에 ‘구더기 무서워 장 못 담그

랴'라는 게 있습니다. 영의정께서 일본 돈을 차용할 수 있는가를 살펴야지 폐해부터 논하는 것은 사리에 맞지 않다고 생각되옵니다. 김익훈 대감의 주장은 우물가에서 숭늉 내놓으라는 것과 같습니다. 지금은 실리를 따져야 합니다."

최석정(崔錫鼎, 1646~1715)은 서인이지만 후일 실리를 중요시하는 소론(少論)의 선두주자가 된다. 병자호란 때 화의파였던 영의정 최명길(崔鳴吉)의 손자다. 할아버지처럼 실리를 중요시했다. 실리에 따라 남인인 허적의 정책을 옹호한 것이다. 그는 이순의 과학기술개발 의지에 따라 과학자로서의 능력을 인정받아 8차례나 영의정을 역임하게 된다.

최석정은 젊은 관료이지만 문학자이고 아마추어 수학자였다. 3백년 후에야 세계적 수학자로 알려지게 된다. 연세대 전기전자공학부 송홍엽 교수는 "최석정은 300년 전에 《구수략(九數略)》이라는 책을 써서 세계 최초로 마방진(魔方陣, magic square) 원리를 소개하고 직교라틴방진원리를 확립했다"고 말한다. 마방진이란 가로, 세로, 대각선 위의 합이 모두 같아지도록 9개(9차)의 수를 나열한 것이다. 오로지 독학으로 이런 엄청난 수학 원리를 발견한 것이다. 마방진으로 9차 직교라틴방진까지는 만들었으나 10차 직교라틴방진을 수립하는 데는 실패했다고 한다.

수학에서 마방진은 조합론의 원조격으로 순열이나 조합처럼 주어진 대상에서 특정한 조건을 충족시키는 경우의 수가 몇 개인지 그리고 그들 사이에는 어떤 구조가 숨어 있는지 알아내는 방법을 연구하는 수학의 한 방법이라고 한다. 세계적 수학자인 헝가리의 조시아 데니쉬 박사는 《조합론 디자인 편람 제2판(2006)》에서 최석정의 연구업적을 높이평가하고 전 세계에 소개했다. 미래창조과학부와 한국과학기술한림원은 최석정을 '2013년 올해의 과학기술인' 명예전당 헌정 대상자로 선정했다.

"최 교리의 주장은 소탐대실을 모르는 소치입니다. 임진왜란 때 왜놈들이 약탈, 강간, 방화, 납치, 살인 등 행패를 저지른 것을 잊고 하는 얘기입니다. 왜놈들에게 조그만 덕을 보려다 나라를 빼앗기는 것을 왜 모르십니까? 무력 지배보다 경제적 지배를 받는 것은 몇 배 처참합니다."

서인들 모두가 앞으로 나서며 반대했다. 이순이 거부하고 내전으로 들어갔으나 절대로 자리를 뜨지 않았다. 그래도 이순이 거부하자 서인 관료들은 일괄 사직서를 제출했다. 이어서 성균관유생들과 지방사림선비들 모두가 탄원서를 연서명하여 올렸다.

이순은 보름을 버텼으나 중과부적으로 사직서를 모두 돌려주고 그들과 타협해야 했다. 허적이 일본에 가서 차관은 안 하고 개발기술만 협조받기로 했다. 이로써 폐4군 개발은 무위로 돌아갔다. 개간 후 8만 가구에 30마지기씩 분배하려던 계획도 수포로 돌아갔다. 이순은 편전에서 굴욕적이지만 물러서야 했다.

"허적 영의정의 국토개발계획 가운데 폐4군 개간은 없던 것으로 하겠습니다. 전국장시를 연결하는 도로와 교량 건설에만 진력할 것입니다. 도로와 교량 건설에 5년을 예정하고 있는데 3년 내 끝내도록 하십시오. 일에 소요되는 시간은 마치는 데 사용할 수 있는 시간을 채우기 위하여 늘어나도록 돼있습니다. 사람은 편지를 쓸 시간이 10각(10분)밖에 없다면 10각 안에 마칠 것이나 만약 두 시진(4시간)이 있다면 두 시진이 돼야 편지를 마치는 습성이 있습니다. 작업관리자들은 실질적인 작업량과 상관없이 시간을 끌면서 더 많은 부하들을 고용하려고 하는데 이는 자신들이 더 책임 있고 힘 있게 보이도록 하려는 심리입니다. 이것은 생산성에는 아무런 기여가 없는 채로 더 많은 부하와 더 많은 감독을 필요케 하는 병폐로 지출만 증가시킬 것입니다. 영상은 일본에 가서 개발기술을 협조받도록 수고 부탁합니다."

"예, 명심해서 행하겠습니다. 대지주들의 생산성을 증가시키는 것도 재정확충을 위한 방법입니다. 대지주들은 자기들이 필요한 이상으로 소출을 늘리지 않고 있습니다. 만약 평균소출량이 적은 지주는 땅을 회수해서 소작농들에게 분배한다면 소출을 올리기 위해 죽을힘을 다할 것입니다."

김익훈이 다시 나서서 말했다.

"전하, 영상께서는 섣부르게 농지를 농민들에게 나눠주었다가 지주들이 경영할 때보다 소출량이 적어서 재정에 손해를 보았습니다. 이것은 농민들이 굶지만 않으면 다행이라는 안일함에 빠져 소출을 늘리려 노력하지 않은 때문입니다. 이들의 농지를 회수하여 사대부에게 주어 대량생산방식을 채택하는 것이 옳을 듯하옵니다."

"전하, 통계를 보면 대지주 숫자가 점점 늘고 있습니다. 농민들 중 조세를 못내는 경우 토지를 팔도록 강제하고 토지겸병을 해서 대지주의 숫자가 증가한 것입니다. 대지주들이 늘어나는 것은 중산층은 줄고 상류층은 늘어나는 부의 편중을 보여주는 것으로 바람직하지 않습니다. 소농들은 처음에는 경영미숙으로 소출이 적었지만 개선될 것입니다. 권문세가들의 대지주화는 절대로 안 되옵니다."

"과인이 볼 때 조선의 계급분화는 잘못되었다고 보이오. 나라에서 생산이 넘쳐날 경우 한쪽에는 육체노동자가 있고 다른 한쪽에는 사냥 같은 고급 생활을 하는 유한계급 사람으로 나뉘게 됩니다. 그런데 조선에서는 생산은 매우 부족한데도 육체노동을 하는 사람과 글만 읽는 유한계급 사람으로 나뉘어 있습니다. 조선의 유한계급은 생산적 노동에서 멀어져 사회발전에 기여하지 못하면서도 존경은 받으려고 정치적으로 압박해서라도 부와 명예를 유지하려듭니다. 조선에는 유한계급이 생길정도로 사회발전이 되어 있지 않습니다. 영상대감, 유한계급이 발호하지 못하도록 토지겸병을 막고 대지주의 수를 줄이도록 하시오."

김익훈의 주장은 이순에 의해 보기 좋게 거부되었다.

화폐유통

    이순의 최대 업적은 화폐의 유통을 전국에 정착시킨 것이다. 조국근대화와 경제개발을 성공시킨 단초였다. 화폐가 통용되면서 저축과 교환이 살아나고 초기자본주의가 싹튼 것이다. 왜란 때 일본 군속상인들이 따라와 은화를 쓰면서 화폐가 장사에 필요함을 인식시킨 효과도 있었다. 왜란 전까지 조선인들은 화폐의 유용성을 몰랐었다.

    일본상인들은 골동품과 고서화, 고가구, 도자기, 놋그릇, 반상기, 민속품 등을 닥치는 대로 은을 주고 헐값에 샀다. 심지어 숟가락과 젓가락, 요강, 삿갓, 지게까지 샀다. 사람들은 곡식과 옷감 외에는 상품이 되는 줄 몰랐었다. 배고프던 차에 사람들은 일본인이 사겠다는 물건은 모두 팔았다. 팔다보니 교환에 눈을 떴다. 특히 칠패시장은 왜인들이 많아 장사 거점이 됐다. 상인들은 왜인들의 민첩하고 약삭빠른 행동에 혀를 내둘러야 했다. 전쟁은 상처도 남겼지만 경제마인드를 심어놓기도 했다.

이순은 조국근대화의 핵심은 경제개발임을 강조했다.

"화폐발행 결과 시중에서 쌀 1석은 상평통보 600문(은전 1냥 5전)에 거래되고 있으니 성공적이라고 할 수 있소. 그러나 동전에 대한 가치를 절하해서 물가가 올라 몇 달 만에 쌀 1석이 856문(은전 2냥 1전 4푼), 면포 1필이 300문으로 뛰었소. 앞으로는 일정하게 동전가치를 적용하는 불변의 시세를 유지할 것이오. 또한 수입하는 은 대신 구리동전인 상평통보가 유통되도록 해야 할 것이오. 지금 화폐발행과 관련해 어떤 문제가 있는 것이오?"

상평통보 단위는 문(文)인데 400문이 은 1냥으로 환산되었다.

대제학 김만중이 나서며 말했다.

"전하, 화폐발행에 문제가 있습니다. 화폐를 사용하라고 권장하면서도 상인들은 도대체 화폐를 구경할 수가 없습니다. 상평청에서 화폐를 주조한다면서 구리를 모두 수거해서 지금 시중에서는 구리가 천금이 나갑니다. 영상께서는 예방대책도 없이 이런 졸속행정을 시행해서 경제혼란을 야기시킨 책임을 지셔야 합니다."

"지금처럼 쌀이나 면포가 화폐역할을 해서는 교환과 저축이 안 돼 경제가 발전할 수 없습니다. 부작용이 있더라도 화폐를 유통해야 합니다. 화폐는 농업과 상업, 수공업 간의 매개를 합니다. 효종

임금 시절 영의정 김육이 주조청을 세우고 화폐를 권장했으나 신료들의 반발로 실패했었습니다. 그러나 내면에는 세금을 물건 대신 화폐로 내면 관리들이 눈속임을 할 수 없으니까 반대한 것도 있습니다. 아전들의 월봉이 적거나 없어서 공납물품수량을 좌지우지하며 뇌물을 받았기 때문입니다."

"아전들은 알아서 먹고살아야 하기 때문에 부정을 저지르는 것 아닙니까?"

"현재 부의 쏠림현상도 부정의 이유가 되고 있습니다. 인구 10할 중 1할이 전체 재산의 3분지2 이상을 차지하는데, 소비에는 참여하지 않습니다. 이들을 끌어내는 방법이 화폐사용입니다. 화폐유통으로 상업과 수공업, 농업이 살아나야 아전들의 월봉도 줄 수 있습니다. 화폐는 가치기능과 저축기능을 합니다. 쌀이나 면포의 가치는 지역이나 흉년과 풍년, 철에 따라 다르기 때문에 가치기능을 못합니다. 반면 동전은 전국 어디서나 가치가 일정합니다. 또한 동전은 작은 항아리에 몇 년씩이라도 넣어 둘 수 있는 저축기능이 있습니다. 저축이 생기면 투자와 소비도 자연히 일어나게 될 것입니다. 화폐는 손익이 계산되는 근거가 되고, 대부나 외상거래에서 연불(延拂)의 수단이 됩니다. 화폐가 없다면 돈을 빌리고 빌려줄 때 적정한 기준이 마련되지 않아 경제에서 중요한 신용도 생겨나지 않게 됩니다."

"그렇지만 구리 가격이 폭등해서 구리에 철을 섞어서 위조동전을 만들고 있습니다. 이것은 나라를 속이는 자들만 이롭게 하는 것 아닙니까?”

“위조화폐는 철저히 단속할 것입니다. 지금 함경도 혜산진 구리 광산에서 구리가 채굴되고 있어서 곧 수급이 안정될 것입니다.”

“영상대감은 거짓말을 하고 있소. 부자들과 상인들은 화폐를 유통수단으로 사용하지 않고 치부의 수단으로 삼고 있습니다. 이 때문에 동전을 대량 발행하면 할수록 사라지는 화폐가 많아져 유통화폐가 부족한 것입니다. 이러한 현상을 시중에서는 ‘전황(錢荒)’이라고 하지 않습니까? 화폐 유통으로 치부욕과 전황이 심해진 것입니다. 그로 인해 빈부격차가 가속화되고 있는 것은 심각한 사회문제라고 봅니다.”

동전화폐가 유통되자 부자들은 동전을 긁어모으는 데 열심이었다. 이 때문에 동전을 대량 주조해도 유통되지 않았다. 그러나 자본가가 생겨났고 투자가 살아났다. 경제학에서 저축은 투자로 본다. 돈이 돈을 벌었다. 부익부빈익빈 현상이 나타난 게 사실이었다.

“전하, 화폐주조실무를 지휘한 우의정 권대운이 답변하겠습니다. 화폐를 많이 주조하려면 조정에서 구리를 많이 구매해야 하는데 재정이 부족합니다. 전에 주조한 화폐를 조사해보니 동전을 장롱에 보관해서 화폐가 유통되지 않고 있었습니다. 이 화폐를 장롱에서 꺼내도록 해야 합니다. 금고(金庫)를 설립하는 게 좋은 방법이 될 것입니다. 금고에 맡기면 이자를 주는 방법으로 잠들어 있는 화폐를 끌어내는 것입니다. 그러면 화폐를 덜 주조해도 되고 구리 구매도 줄일 수 있을 것입니다."

"참으로 현명한 생각이라 여겨지오. 계속하시오."

"현재까지 조선에서는 경제운용에 대한 개념이 없었습니다. 지금까지 산업은 농업위주로 제조업과 운수업, 숙박업, 창고업 등 부수업(서비스업)은 전무해서 부가가치를 계산할 수 없는 상황이었습니다. 화폐유통으로 상업과 수공업, 농업, 광업이 활성화되면서 업종별로 부가가치가 살아나고 있습니다. 앞으로 국내총생산에 대해 자본, 노동, 토지와 기술에서 생기는 부가가치를 집계하고 매년 향상시켜나갈 것입니다. 지금까지는 전해에 얼마가 생산되었는가를 계산하지 않았습니다. 앞으로 매년 총생산액을 1할 이상 향상하는 경제계획을 세우도록 하겠습니다. 그러면 생산에 참여한 사람들은 자본투자로 이자를 받고 노동으로 임금소득이 생기며 토지는 임대료를 받을 것이고 기술도 이윤을 보상받을 것입니다. 그러면 모든 참여자들이 더욱 힘써서 경제는 매년 1할 이상 크게 성장할 것입니다."

권대운의 본관은 안동. 영의정 김육 아래서 화폐실무를 익혔다. 이후 한성부우윤, 호조판서, 형조판서 등을 거쳤다. 1674년에 숙종이 즉위하자 예조판서가 되고, 이듬해 병조판서를 거쳐 우의정을 지냈다. 1689년 기사환국으로 남인이 집권하자 78세에 영의정에 올라 유배중인 서인의 영수 송시열(宋時烈)을 임금에게 사사(賜

死)하도록 주청해서 관철시켰다. 조선의 경제발전에 방해가 되는 원흉이라고 생각한 것이다. 그러나 송시열의 사후에도 추종자들인 노론이 조선이 멸망할 때까지 정권을 독점하리라고는 상상 못했을 것이다.

"권 대감의 주장은 현실을 모르는 얘기입니다. 지금 업종별로 살아난다고 하시는데 한 예로 조선의 최대 철광산인 함경북도 무산군 철광산의 경우 덕대(자본가)가 들어와서 일대를 사들이고 대량 채굴해서 주변의 주민들은 그간의 수입원을 잃게 되었습니다. 전에는 주민들이 철을 채굴해서 생활이 넉넉했는데 지금은 광부로 전락하고 낮은 임금에 허덕이고 있다고 합니다. 광공업의 발전으로 주민생활이 나빠지는 것은 어찌할 것입니까?"

"기업이 도전적으로 일하는 것이 법에 어긋나지 않으면 막을 수 없습니다. 대신 호조에서는 이 기업들에게 수익금의 절반을 세금으로 납부하도록 하고 있습니다. 이 세금에서 현지 주민들의 생활개선에 3분지 1을 사용하고 조정에 3분지 2를 납부하도록 할 것입니다. 이런 현상은 광산뿐 아니라 농지와 산림, 어촌 등지에서도 일어나고 있습니다. 기업이 적극적으로 생산기지를 만드는 것은 정당한 것입니다. 이들은 악이 아니라 경제를 발전시키고 세금을 납부하는 공헌자들입니다."

"과인이 듣던 중 기쁜 일이오. 기업들이 많이 생기면 고용이 생기고 소득이 증가할 것 아니겠소?"

"예, 전하. 지금까지 고용은 모두가 농업에 국한돼 있었습니다. 화폐유통으로 상업과 제조업, 광업, 부수업(서비스)이 활성화되면서 고용이 증가하고 있습니다. 지금 한양에만 3대 시장인 배오개(梨峴), 칠패(七牌), 종루(鍾樓)가 있습니다. 이들은 대자본가인 도고(都賈, 도매상)와 객주, 보부상들을 통해 전국의 군현에 3~4개의 장시(場市, 5일장)를 1,000여 개나 개설했습니다. 일반인들도 이들과 연계해 장사를 함으로써 장시마다 상업농민과 장사꾼, 운송인, 잡일꾼이 번성하고 주변에는 주점과 여각 등을 운영하는 부수업자들도 늘고 있습니다. 모두를 합쳐 대략 1,000여 명의 일자리가 생겼습니다. 1,000여 개의 장터에서 총 100만 명의 고용이 생긴 것입니다. 현재 인구가 680만 명인데, 100만 명의 고용은 엄청난 소득과 소비를 촉진하게 될 것입니다. 그렇게 성장한 것은 화폐를 저축할 수 있었기 때문입니다. 동전은 사라지는 게 아니라 저축되었다가 투자에 쓰이는 것입니다. 상업인구가 늘어나면서 건설, 토목, 수공업, 운송업, 광업은 물론 농업 부문에서도 고용이 늘어나고 있습니다."

장시는 시장의 기능만 한 것이 아니라, 농민들이 보부상들과 서로 정보를 교환하고 음식을 나눠 먹기도 하며 남사당놀이, 약장수 만담, 판소리 민요 등 각종 공연도 볼 수 있는 축제 장소 역할도 했다. 장시는 일부가 상설시장으로 발전하기도 하고 통·폐합해서 대형화돼 전국적으로 시장권을 확대해 갔다. 특히 항구를 낀 장시에서는 대규모 교역이 행해져서 도매업과 위탁판매업, 창고업, 운송업, 숙박업, 대부업 등이 생겼다. 이에 종사하는 객주(客主), 여각 등이 나타나고, 거래를 붙이는 거간도 생겨났다. 또한 선박의 수송 능력이 커지고, 해로가 개척되면서 연안해상운수업도 발달하였다.

"권 대감, 산업이 발달하면 화폐의 대량 유통이 필요할 텐데 무슨 방법이 있소?"

"대량유통을 확보하는 방법이 금고의 역할입니다. 금고에서 상인들이나 백성들의 돈을 맡아 높은 이자를 주어 장롱속의 돈을 꺼내도록 해야 합니다. 가령, 이들이 금고에 맡긴 금액 합계가 500만 냥이라면 금고에서는 500만 냥에 대해 일정기간 예금에 이자상환 계약(정기예금)을 체결한 후 그 기간 동안 어음을 2,000만 냥까지 발행해서 대출해주면 총 2,500만 냥을 유통시킬 수 있습니다. 실제 금액보다 5배 많은 돈을 유통하는 것입니다. 이것을 신용창출이라고 합니다. 현재 개성상인들 간에는 어음을 사용하여 실제보다 많은 돈을 유통하게 되니 동전의 사용량이 적게 되었습니다."

"과인은 금고의 역할이 중요함을 알겠소. 조속히 설립하도록 하시오."

"금고를 전국의 주요 도시마다 세우는 계획을 전하께 품신한 바 있습니다. 선혜청을 흡수합병해서 중앙금고인 한양금고를 설립할 것입니다. 이는 주조권을 가지고 화폐량과 이자를 관리해서 화폐의 가치인 물가를 안정시키며 경제를 안정적으로 발전하도록 하는 기능을 할 것입니다. 또한 전국의 금고를 통할하게 될 것입니다. 금고에서는 돈을 맡긴 자에게 기간에 따라 차별해서 이자를 줄 것입니다. 그러면 장롱에 보관됐던 동전들이 금고로 몰릴 것입니다. 대토목공사를 위해 필요한 돈도 금고에서 이자율을 높이면 많은 돈이 들어올 것이므로 어느 정도 충당될 수 있을 것입니다."

한양금고는 요즘의 중앙은행 역할을 하는 것으로 물가의 안정과 금융의 안정을 위해 시중은행의 이자율을 통제하고 건전성을 감독하는 기능을 갖도록 한 것이다.

"참으로 좋은 생각이오. 속히 시행하도록 하시오."

"화폐를 주조하고 금고에서 운용하는 것만으로는 경제성이 없습니다. 화폐총량을 늘려야 하옵니다. 화폐총량은 주조한 돈의 수량이 아니라 유통속도에 의해 결정됩니다. 가령, 화폐를 100만 냥 주조했는데 유통회수가 2회면 200만 냥이 되고 3회면 300만 냥이 되는 것입니다. 화폐를 많이 유통할 수 있는 사람이 상인들입니다. 금고에서 돈을 상인들에게 대출해주고 장사하도록 보장해주면 유통속도는 절로 늘어날 것입니다. 또한 사상(私商)들에게 금고에서 발행하는 어음을 사용하도록 하면 화폐를 먼 곳까지 운반하는 불편함도 덜게 되고 동전의 수요도 줄 것입니다. 개성의 송상(松商)들은 고려시대부터 어음을 발행하고 전국의 송방에서 사용해 조선제일의 상인집단이 되었습니다. 한양의 경강(京江), 동래의 내상(萊商), 의주의 만상(灣商), 평양의 유상(柳商) 등도 어음을 상호간

교환한다면 상거래는 훨씬 편리할 것입니다.”

실제로 경강상인들은 한강을 이용하여 지방의 상인들과 동전 및 어음을 사용하기 시작했다. 우수한 조선기술로 돈을 벌기도 하고, 미곡, 소금, 어물 등을 경기도와 충청도 일대에 판매하여 막대한 이득을 취하였다. 경강상인의 활동으로 한강유역에는 뚝섬에서 양화진까지 많은 나루터가 생겼으며, 지방민의 한양 유입에 따라 도성 밖에 많은 신촌(新村)이 건설되고, 한양의 행정구역도 4대문 밖으로 확대되었다. 종로 육의전의 존재는 점차 미약해졌고 상업허가제는 유명무실하게 되었다.

김만중이 나서며 말했다.

“전하, 자본경제가 되면서 조선의 선한 풍속을 해치는 일이 생기기 시작했습니다. 거상들이 정치자금을 만들어 세력가들과 유착하고 있습니다. 정경유착은 애초에 엄단해서 발을 붙이지 못하도록 해야 합니다. 일전에 경기도 도고(都賈)인 김무제란 자가 호조와 평시서의 관리들에게 은 100냥을 주고 인삼을 매점매석하였다 하옵니다. 잡혀 와서는 영의정 영감과 호조판서 이름을 대며 큰소리쳤다고 합니다. 그런데도 포도청에서는 처벌을 미루고 있습니다. 이는 정경유착의 의심이 감으로 철저히 조사하여 일벌백계해야 할 것입니다.”

“과인도 그런 몰염치한 범죄는 일벌백계로 엄한 처벌을 해야 한다고 생각하오. 과인이 직접 국문할 것이오.”

"전하, 처벌을 미루는 것이 아니옵니다. 이런 경제범들은 정치범과는 다르게 다뤄야 하옵니다. 이런 일은 경제성장 초기에 피치 못하게 생기는 일들이옵니다. 만약 이들에게 징역형을 내리면 거래가 죽게 됩니다. 이자를 감옥에 넣기보다 벌금을 물리는 방안을 의논 중에 있습니다. 법에 어긋난다고 경제의 흐름을 강제적으로 파괴해서는 안 됩니다."

"권 대감, 이 무슨 해괴한 요설이오? 자고로 장사는 속이기 때문에 선비에게 삼가도록 한 것이오. 돈을 벌기 위해 사술을 쓰는 것을 용납하라니요? 경제가 죽는다고 처벌하지 않는다면 조선의 유교 사상은 무너지고 혼란이 올 것입니다."

김만중이 핏대를 올리며 항변했다. 그는 선비는 곧 죽어도 장사는 해선 안 되며 며칠을 굶어도 이쑤시개를 입에 물고 문밖을 나서야 한다는 생각을 가졌다.

"옳으신 말씀입니다. 그러나 이자가 역모를 한 것도 아닌데 감옥에 처넣는다면 관련된 상거래에 타격이 가고 그자의 경영능력도 사라져 손실을 보게 되는 것을 염려하는 것입니다. 지금 사대부들은 장사는 천한 것이라고 팔짱끼고 있는데 이런 장사꾼들을 죽이려 한다면 모두 숨어버릴 것입니다. 벌금을 물리고 상업은 계속하게 해서 경제에 기여하도록 하는 게 좋습니다. 이 자도 깊이 반성하고 전 재산을 사회에 내놓겠다고 했습니다."

"그래도 나라에는 기강이 있고 법도가 있는 법이오. 이자의 죄는 곤장 100대에 수십 년간 감옥에 처넣어야 마땅한 것입니다."

"경제범에 대한 형벌은 이해득실을 따져 결정해야 합니다. 이들을 감옥에 처넣으면 감옥을 지어야 하고, 간수를 고용하고, 먹여줘야 하는 등 많은 비용이 듭니다. 벌금형을 내리고 정경유착을 막는 게 이득이 될 것입니다. 자본가들의 목적은 독점에 있습니다. 자본가들이 상품판매를 독점해서 영세 상인들이 몰락하지 않도록 무거운 벌금을 내리면 될 것입니다. 상인들은 이익보다 손실이 크다는 것을 알면 감히 죄를 짓지 못할 것입니다."

"그렇게 해서는 독점을 막지 못합니다. 벌써 대감들의 자제들에게 마수가 뻗쳐 부정이 횡행한다고 소문이 돌고 있습니다. 일벌백계로 처단하지 않으면 재발될 것입니다. 이들이 권력자와 손을 잡고 있어서 솜방망이 처벌을 한다고 원망이 자자합니다. 이들의 독점 때문에 경쟁이 제약되고 가격은 계속 높아져서 독점자에게만 이익이 돌아가고 소비자는 손해를 보는 지경입니다. 국가는 일벌백계로 엄단해서 정경유착을 뿌리 뽑고 자유경쟁을 확보시켜줘야 합니다."

"김 대감도 저와 같은 주장을 하시는 것입니다. 나라에서는 공정한 경쟁만 확보시켜주면 사람들은 가격을 기준으로 자기에게 가장 유리하게 행동하면 되고 그 결과 경제의 균형은 저절로 이루어질 것입니다. 저는 경쟁 확보방법으로 벌금형을 주장하는 것입니다. 사대부들은 책만 읽고 일은 안 하는데 이들에게 재기할 기회를 주려는 것입니다."

"과인이 질문하겠소. 사대부들이 책을 읽는 것도 문화발전에 기여하는 것 아니오?"

"옳으신 하문이시옵니다. 현재 선비들의 문제는 현실을 외면한 직업의식입니다. 모두가 관리만 되려고 평생을 과거에만 매달리고 있습니다. 과거시험에 평균 30년을 소모합니다. 3년마다 치르는 식년시에 6만 여명이 응시하고 그 중 33명만 뽑히니 1년에 11명을 뽑는 셈입니다. 떨어지면 재수에 돌입합니다. 이런 고급 두뇌가 상공업에 투신할 수 있는 사회분위기를 만들어야 합니다. 사대부들이 직업의 귀천을 타파하고 노동은 귀하다는 사고의 전환이 절실합니다. 다행히 과거를 포기하고 장사에 뛰어드는 선비와 관료들도 있습니다."

허적과 권대운의 합리적인 답변에 서인들은 긴장했다. 내심 자신들이 경제에 걸림돌이란 것을 알고 있었다. 사실 화폐경제는 서인이 먼저 주창했었다. 효종 때 서인인 영의정 김육이 대동법과 화폐유통을 강력히 시행하려다 서인 중에서 김집과 송시열, 송준길이 격렬하게 반대해서 중단된 것이다.

송시열 등은 화폐경제가 성공하면 거상들이 사회주도권을 장악하게 되고 신분의 귀천이 무너질 것을 염려했다. 작은 이익을 위해 국가백년대계를 버린 것이다. 송시열처럼 뛰어난 학자가 화폐의 장점을 모를 리는 없었다. 서인 후학들에게 의리를 지키려는 생각에서였다. 만약 송시열이 의리를 버렸다면 역사는 바뀌었을 것이다. 이순은 후일 송시열을 죽였지만 이미 뿌리가 깊이 내린 노론에 막혀 그 효과는 정조 사후까지 이어지지 못했다. 실로 통탄할 일이었다.

"과인도 노동은 귀한 것이라 생각하오. 공자께서 유자(儒者)에게 이(利)를 밝히지 말라고 한 것은 속이지 말라는 것이지 열심히 일해서 버는 이익도 얻지 말라는 것은 아니었소."

"유자는 '돈놀이가 이자를 받으니까 나쁘다'고 합니다. 경제에서 돈놀이는 근본입니다. 산업생산의 요소는 자본과 노동, 토지 및 기술입니다. 그중 으뜸이 자본인데 이자를 받기 때문에 그런 것입니다. 이자는 자본의 부가가치에 대한 대가입니다. 고리대금이 나쁜 것입니다."

"시중에서 행해지는 돈놀이 상황에 대해 말해보시오."

"현재 호조나 선혜청에서 민간에게 적용하는 이자는 일 년에 4할입니다. 시중의 한 달 이자는 평균 4푼(4%) 입니다. 일 년에는 5할로 되어 있습니다. 이렇게 싼 금리를 사용하기는 어렵습니다. 실제로 상인들은 20~50할(200~500%)의 고리대금을 이용합니다. 높은 이자율 때문에 매년 물가상승률(인플레율)은 1할 내지 2할 이상이 되고 있습니다. 사람들은 곡물이나 물건을 비싸게 사야 합니다."

"과인 생각에도 이자문제부터 해결해야 할 것 같소. 그런데 왜

예전과 달리 이자가 급등하는 것이오?"

"예전에는 시장이 형성돼 있지 않았습니다. 동전이 유통되면서 저축과 구매력이 커졌습니다. 상인들이 큰돈을 필요로 하면서 이자가 급등하게 된 것입니다. 그런데 많은 사람들이 동전을 장롱에 쌓아두어 생긴 전황도 이자를 높이고 있습니다. 금고를 설립해서 이 돈들을 끌어내고 싸게 대여해주면 이자는 내려갈 것입니다."

"좋은 생각이오. 어떻게 해서든지 이자를 낮추어 투자가 일어나도록 하시오."

"화폐경제가 성공하려면 높은 이자를 낮추어 물가를 해결해야 합니다. 기업은 비싼 이자를 쓰니 가격을 올릴 수밖에 없습니다. 금고를 설립해서 절반의 이자로 대출을 해주면 시중의 고리대금업자들도 영향을 받을 것입니다. 그러면 시중물가도 지금보다 안정될 것입니다."

"우의정 대감, 금고에서 대출할 자금이 충분하지 못하면 관리와 결탁해서 특혜대출을 받아내고 관치금융이 횡행해서 부정은 더욱 커질 것입니다. 금고설립은 이런 폐단을 막을 방법을 사전에 마련한 다음에 설립하는 것이 옳을 것이라 사료됩니다."

민정중이 반론을 제기했다.

"금고설립은 시급합니다. 그런 부정은 단속과 감시로 예방할 수밖에 없습니다. 금고가 화폐유통과 상업발전에 기여하는 바에 비하면 아주 작은 우려에 불과합니다."

"오늘 논의는 좋은 것이었소. 권 대감은 조속히 금고를 설립하도록 하시오. 또한 벌금형제도를 신설해서 경제범들에게 적용하도록 하시오. 과인은 화폐유통은 상인과 백성들에게 유용할 것임을 확신하고 계속 추진할 생각이오. 관리 봉급부터 동전으로 주고 세금도 동전으로 받도록 하시오."

허적과 권대운은 금고설립을 위한 의견수렴에 들어갔다. 그러나 서인들은 임금의 결정에도 불구하고 결사반대했다. 서인의 반대를 무시하고 금고설립은 불가능했다. 이순도 할 수 없이 금고설립을 유보해야 했다. 금고설립으로 상인들이 부자가 되어 양반을 능가하는 세도가가 되는 것을 용납 못 한다는 속내 때문이었다.

허적은 금고설립을 마무리 못한 채, 며칠 후 일본으로 다이라를 만나러 갔다. 국토개발기술을 협조 받기 위함이었다. 임금의 친서와 조선인삼을 선물로 가지고 갔다. 다이라는 허적의 설명을 듣고 도로건설과 교량건설에 사용하라고 화약을 100수레 빌려주었다. 그리고 당장 800만 냥을 대여해주겠다고 했다. 조선으로서는 1년 예산의 30배를 넘는 돈이었다. 그러나 아쉽게도 차관을 사양해야 했다. 허적이 본 일본은 경제대국이었다. 다이라는 100만 냥을 마치 100냥처럼 가볍게 여겼다. 일본의 강함을 보면서 온몸이 얼어붙는 듯 했다.

임진왜란 때의 일본보다 많이 발전해 있었다. 만약 일본이 조선을 재침략한다면 임금이 피난할 틈도 없이 순식간에 점령당할 것이라는 생각이 들었다.

"영상대감, 만약 조선에서 전쟁이 일어나면 청국에서 원병을 파견하겠습니까?"

"당연히 파병하지요. 현재 조청군사협정(朝清軍事協定)이 맺어져 있습니다. 예산 때문에 매년은 실시 못하고 2년에 한번 씩 압록강 일대에서 군사훈련도 하고 있습니다."

다이라는 청국이 원병을 보낼 것인가를 궁금해 했다. 일본 군부 강경세력을 견제하기 위한 질문이었다. 실제로 군사협정은 없었다. 허적은 거짓말로 전쟁억지력을 과시했다. 전쟁은 이긴다 해도 몇 배의 이익이 있어야 당위성을 갖는 것이다. 도요토미 히데요시는 예상치 못한 명나라의 파병으로 이익보다 손실이 컸다. 그 여파로 도쿠가와 이에야스에게 정권을 넘겨준 바 있었다.

허적은 일본에 머무는 열흘이 마치 얼음 속과 같이 느껴졌다. 더구나 조선에서는 지도층들이 상공업발전을 훼방하고 있다. 나라 밖의 사정에는 관심도 없었다. 허적은 귀국하자 임금을 알현했다.

"전하, 다이라 재무대신이 소신을 극진히 환대하면서 800만 냥을 차용해주겠다고 했으나 아쉽지만 사양해야 했습니다. 일본 전국은 하나의 공장과 같았습니다. 작은 공장들이 마을마다 가득한데 굴뚝에서 검은 연기가 치솟아 하늘이 뿌옇게 변할 정도였습니다. 항구마다 많은 외국배가 정박해 있고 서양인들이 오르고 내리고 일본 인부들이 새까맣게 달려들어 하역을 하고 있었습니다. 시장에는 상품들이 넘치고 이를 사려는 손님들로 붐볐습니다. 농촌들은 한눈에 보아도 부농들이었습니다. 논에는 물이 가득히 채워져 있었고 농부들은 흥이 나서 일하고 있었습니다. 이는 오다 노부나가(織田信長)의 경제정책이 성공한 결과라고 합니다. 그는 전국에 시장을 개설하고 물산(物産)장려를 강력히 시행하여 지금까지 지방 다이묘(大名, 봉건영주)들의 특권적 수입 원천이었던 통행세와 동업조합의 세금을 폐지했습니다. 그들에게 제조업(물산업)으로 수입을 대체하도록 했다고 합니다. 또한 많은 장원과 사찰 토지를 빼앗아 사무라이와 부농들에게 분배함으로써 생산성을 향상시키고 지배력을 강화했습니다. 토요토미 히데요시는 오다 노부나가의 말단군관이었다가 후계자가 되어 조선을 침략한 것입니다. 도쿄에는 외국대학을 흉내 낸 사숙(私塾)이 세워져 있었습니다. 또한 병원들이 세워지고 학질(瘧疾, 말라리아)치료소가 세워져 치료약을 보급하고 있었습니다. 조선의 총생산은 일본의 100분지 1도 되기 힘들어 보입니다. 성리학의 주장대로 상공업을 천시한다면 앞으로 격차는 더욱 벌어질 것입니다."

"참으로 큰일 아니오? 그런 일본을 상대로 자주국방을 하려면 적은 국방비로 강력한 전쟁억지력을 확보해야 할 텐데 가능하겠소?"

"도체찰사부를 확대해서 강력한 군사력을 마련해야 합니다."

"과인은 군인숫자보다 강력한 억지력이 필요하다고 생각하오. 서양에서 보유했다는 폭탄을 소유한다면 국방비도 절약되고 전쟁억지력도 확보할 수 있을 것이오.”

“좋으신 말씀이지만 서인들 때문에 안 될 것입니다.”

이순은 폭탄개발은 자신이 비밀리에 특별팀을 구성해 추진해야겠다고 생각했다.

“사대부들이 앞날을 보지 못하니 걱정이오. 예전에는 우리가 일본에 기술과 학문을 보급했었지만 이제는 우리가 일본으로부터 배워야 할 것이오.”

“지당하신 말씀이옵니다. 예전에 신라는 무쇠기술을 일본에 전해주었지요. 지금 일본말로 사치(행복)란 단어는 무쇠로 만든 칼에서 나온 어원을 가지고 있습니다. ‘사’는 무쇠를 뜻하는 신라말이고 ‘치’는 낀다는 우리말입니다. 무쇠로 만든 칼에 나무자루를 낀다는 뜻입니다. 칼이 완성돼 안전하게 되어 ‘행복’하다는 뜻이 된 것입니다.”

“과인은 일본말을 잘 몰랐는데 그런 뜻이 있었군요.”

“더 재미난 이야기가 있습니다. 소신이 경상도관찰사 시절 다이라가 벚꽃을 보고 매우 찬탄하기에 벚나무를 수십 그루 선물한 적이 있사옵니다. 다이라가 제게 꽃 이름을 묻기에 잘 기억이 나지 않아 지금은 활짝 피어 아름답지만 곧 ‘사그라지는 꽃’이라고 말해주었습니다. 그런데 이번에 일본에 가보니 벚나무가 궁궐과 큰길가에 많이 배종되어 있었습니다. 놀라운 것은 일본에서 벚나무를 ‘사구라’라고 부르는 것입니다. 또한 스모씨름을 구경했는데 선수가 시합 중에 공격을 안 하면 심판이 '다가다가!' 하며 어서 싸우라고 소리치는데 이것도 우리말의 '다가가라'는 데서 연유한 것이라고 합니다."

이상의 일본어는 이영희의 《노래하는 역사 1, 2》와 《무쇠를 가진 자, 권력을 잡다》에서 '우리말에서 간 일본어'에 수백 개나 소개 되고 있다.

"영상대감, 우리가 과거에 빠져 있으면 안 됩니다. 경제력이 강한 일본이 바로 아래 붙어 있으니 자주국방을 해야 합니다. 청국의 힘이 약해지면 일본이 딴 마음을 먹을 것입니다."

이순의 예지대로 200년 후에 청일전쟁에서 청국이 패하자 조선의 5만 대군은 인천에 주둔한 일본의 1개 중대에 굴복해서 합병 당한다. 죽은 송시열에 빠진 노론의 정권독점을 깨지 못한 결과였다.

허적과 권대운의 어음유통으로 도로와 교량건설도 순조롭게 진행되고 연인원 50만여 명을 고용할 수 있었다. 이들에게 지급된 임금은 곧 구매력으로 나타났다. 교통이 편리해지자 1,000여 개의 장시는 불붙듯이 일어나서 이팝에 소고기무국을 먹는 사람들이 늘어났다. 장시를 돌아다니는 보부상과 장돌뱅이들은 물론 객주들에게 동전은 필수품이 되었다. 동전은 거래를 불붙게 했다.

이렇게 탄생한 상업자본가들의 유형은, 관료와 선비 가운데 신분을 팽개치고 돈을 벌고자 장사에 뛰어든 부류, 상업과 무역을 통해 축적한 자본으로 수공업에 투자한 부류, 기술자로서 소규모 제조업체를 경영하며 기업가로 성장한 부류로 나눌 수 있었다.

허적 정권초기에 우의정에서 삭직된 김수항은 원주에 머물고 있었다. 원주에는 김만중과 김익훈, 한중택 등이 수시로 찾아왔다.

"우의정 대감, 한양은 상놈들이 장사로 돈을 벌어 흥청망청합니다. 동전의 사용을 막지 않으면 우리 사대부들이 설 자리가 없을 것 같습니다."

"그런 자들이 부자가 되면 사대부들은 닭 쫓던 개 모양이 될 텐데 방법이 없겠소?"

동전으로 상인들이 돈을 벌어 좋은 기와집에 사는 등 신흥귀족처럼 변해가자 서인들은 동전의 사용을 반대할 구실을 찾았다. 이들은 농사보다 장사로 부자가 되는 것을 두려워했다.

"장사치들은 동전을 항아리에 모아두었다가 큰 자본을 만들고 있습니다. 그러나 지주들은 쌀로는 저축이 되지 않아서 제자리에 머물고 있습니다. 앞으로 이들이 사회에서 어떤 역할을 하게 될지 걱정됩니다."

동전이 나오기 전 저축방법은 토지밖에 없었다. 토지겸병으로 자본가가 된 사람들이 지주였다. 토지는 장사꾼의 이익을 쫓는 데 한계가 있었다. 또한 눈총을 받았다. 상인들 가운데 동전을 무한대로 저축하고 회전을 신속히 해서 신흥부자들이 우후죽순처럼 생겨났다. 돈이 돈을 벌었다. 이런 현상을 사대부 지주들은 크게 우려했다.

"그러나 염려할 필요 없소. 초기자본주의화 과정에서 장사치들이 돈은 많이 벌겠지요. 중요한 것은 유형의 물질문명이 아니지요. 경제주체인 신흥 소자본가들은 경제적 사고와 윤리적 행동에 문제가 있을 것입니다."

김수항이 이들의 염려를 파악하고 대처방법을 훈수했다.

"그들 소자본가들이야말로 정치적으로 주체가 될 수 없습니다. 천민자본주의로 조선을 격하시킬 수는 없지요. 천민 출신인 소자본가들은 배운 게 없어서 수익에 비례한 사회적 공헌문화를 만들어내지 못할 것입니다. 이들은 수익에 반비례해서 비인간적 사회를 형성하게 될 것입니다. 큰 자본을 축적하면서도 더 높은 도덕문화를 이끌어가지 못한 채 천민자본가들의 권위가 상승함으로써 사회는 후퇴하게 될 것입니다. 여기에 우리 사대부들이 나라를 이끌어나가야 할 당위성이 있습니다."

김수항의 논리 정연한 개진에 모두들 고개를 끄덕였다.

"사대부들의 본연지성(本然之性)에 따른 행위는 선한 것이며, 상업 같은 기질지성(氣質之性, 성리학에서 후천적 혈기의 성)에 따른 행위는 인욕에 의해 악으로 흐르는 경향을 갖게 마련입니다. 인간은 인욕을 없애고 천리를 보존하는 도덕실천을 통해 본연지성에 따르는 생활방식을 가져야 합니다. 즉, 사물에 존재하는 천리를 인식하는 궁리(窮理)와 인욕의 발동을 억제하는 내면적 수양을 해야 합니다. 천민자본가들이 정치적으로 주체가 되면 국가제도의 부실을 초래하게 될 것입니다."

한중택이 나서며 말했다.

"우리가 경제적 주도권을 잃지 않으려면 현 정권의 화폐사용과 금고설립을 막아서 장사꾼들의 힘을 잃게 만드는 방법이 있습니다."

"좋은 생각이오. 근원을 제거해야 하오. 김익훈 대감은 남인들의 허점을 찾아내시오. 김석주 대감은 서인이면서도 허적 가까이에 있습니다. 이들의 허점을 찾지 못하면 우리 서인들은 평생 손가락이나 빨고 지내야 할 것이오."

"빌미를 찾아내도록 하겠습니다. 우리 뒤에는 송시열 대감과 전국의 서원, 서당이 있습니다."

김수항을 위시해 성리학의 낡은 사고를 절대적 대다수의 힘으로 정당화하는 모의를 했다. 불행하게도 이들은 2년 후인 1680년에 허적 정권을 몰아내는 데 성공하게 된다. 허적 정권은 금융개혁과 농지개혁을 서두르다가 도중에 쫓겨나게 된다. 이순의 경제개발은 힘을 잃게 된다.

역관 장현

장현(張炫, 1613년생)은 장옥정의 일생에서 가장 중요한 인물이다. 그는 장옥정의 아버지 장경의 사촌형으로,《통문관지》에 의하면 풍채가 좋고 매우 부지런했다고 기록돼 있다. 조선 인조에서부터 숙종 때까지 역관으로서 외교를 맡으며 첩자로도 활약했고 무기중개상도 한 거물이다.

일반 역관과 달리 첩자로 공을 세운 것이 국가공식문서에 기록돼 있을 정도다. 숙종 때에 장현(61세)이 청국에서 첩자로서 행한 공로를 특진관 목래선(睦來善)이 주강(晝講) 입시 때에 아뢴 것이 《비변사등록》에 기록돼 있다.

"신이 작년에 연경에 갔을 때 설관(역관)을 시켜서 저들(청국)의 사정을 자세히 탐문할 때 역관 장현, 김기문, 방이민, 김진립 등이 사재인 은화를 많이 소비하여 사정을 탐지하였습니다. 그러므로 별단으로 서계하니 격려하고 권장하는 수단으로 논상하는 일이 있어야 하겠습니다."

장현은 청나라 심양에 볼모로 잡혀가는 소현세자와 봉림대군을 수행해 6년을 모시면서 청나라의 주요 인물들과 인맥을 쌓았다. 귀국한 후 봉림대군이 효종임금이 되면서 40년간 무려 30여 차례나 북경(北京)에 다녀오며 조선의 대소사를 잘 처리했다. 인삼과 비단, 무기무역을 주도해 막대한 돈을 벌어 국중거부(國中巨富)라는 별칭이 붙었다. 장현은 화포와 화승총, 화약, 군사기밀 등을 조선에 제공한 밀사였다.

그는 사행 때마다 허가된 수량 이상의 인삼을 가져다 팔아서 엄청난 이문을 남겼다. 불법이 지나치자 사간원(司諫院)까지 들고 일어나 효종도 할 수 없이 귀양을 보내기도 했다. 효종은 적당한 시기에 그를 유배에서 풀어줬다.

장현은 뛰어난 외국어실력과 넓은 인맥을 이용한 외교수완으로 수차례 조선을 위기에서 구했다고 전해진다. 사재를 아끼지 않고 청나라의 기밀을 탐지하고 비밀문서를 입수하는 공을 세웠다. 호란 이후 조선에선 제조가 금지된 화포 등의 무기를 목숨을 걸고 밀반입해 들여왔다. 효종은 공로를 인정하고 1657년(효종8년)에 중인 신분임에도 45세에 정2품 자헌대부에 봉했다. 역관은 중인 출신이라 아무리 공적이 커도 동반(문관)은 못되고 서반(무관)직책만 부여받았다. 장현은 83세 때인 1694년에 생을 마감했다.

옥정은 외국어로 의사소통을 잘해서 장현의 무기무역 실무를 대리하였다. 옥정은 한 달에 한 번 꼴로 무기와 화약을 인수하기 위해 예성강 하류의 벽란도와 제물포나루, 삼개나루 등지로 가서 서양과 청국, 일본에서 오는 선박에서 무기를 하역해서 운반했다. 장현이 미리 손을 써서 세관에서는 무사통과했다.

옥정은 무기중개 심부름을 하다 보니 새로운 생각이 떠올랐다.

"큰아버님, 무기를 수입하니 가격이 너무 비싸고 수량도 제한적이라 국산화를 해야 합니다. 세계에서 가장 먼저 금속활자를 만들었다는 우리나라를 보십시오. 인쇄물을 백성들이 쉽게 보도록 배려한 세종대왕의 뜻과는 달리 국가가 금속활자를 수백 년간 독점해서 민간이 활용하는 길을 막았고 백성들은 지식에 접할 수 없었습니다. 반면 우리보다 늦게 금속활자를 만든 독일은 민간에 개방해서 서적이 넘쳐납니다. 무기도 우리 민간인들이 만들어야 생산과 보급이 확대될 것입니다."

"참 좋은 생각이다. 나는 전에 화포를 들여오다 요동의 봉황성 책문에서 청국관리한테 들켜 1년간 노역에 끌려간 적도 있다. 귀국해서는 청국의 압력으로 벼슬도 2단계 강등 당했었지. 국내에서 생산하면 그런 수모는 안 당할 것이다."

옥정은 무기거래 심부름을 하면서 무기의 중요성을 터득하게 되었다. 군인 숫자보다 강력한 무기를 가져야 강소대국(强小大國)이 될 것이란 신념이 생겼다.

옥정의 가문은 장현과 같은 역관을 많이 배출했었다. 할아버지 장응인(張應仁), 아버지 장경(張炯), 당숙 장현, 오빠 장희식 등 20여 명의 역관을 배출했다. 조선시대에 역관은 중인, 또는 그 이하의 미천한 출신들이었다. 사대부들은 청나라의 말을 못해서 역관들의 역할이 커졌다. 자연히 역관의 인기는 높아지게 됐다.

조선에서 역관이 되려면 역과(譯科) 시험을 쳐야 한다. 역과는 과거시험과 달리 하류출신들만 응시가 가능해서 인기가 높았다. 역관은 3년마다 과거시험인 역과(譯科)를 통해 선발되었다. 간혹 국가경사가 있을 때 증광시(增廣試)가 실시되었다.

시험과목은 한학, 몽학, 왜학, 여진학(청학) 등이다. 역과는 일반 과거시험과 같이 보았는데, 한학은 1회에 13명, 나머지는 2명씩 뽑았다. 합격자는 종9품에서 종7품까지의 관직을 주었고 승진은 정3품 당하관까지로 한정되었다. 역관 기본교과서로는 《노걸대》와 《박통사》가 있었다. 걸대는 중국양반을 호칭하는 것이고 박통사는 박씨 통역사란 뜻이다.

통역사 양성과 외국어 교육을 맡은 기관으로 사역원(司譯院)이 있다. 사역원의 학생정원은 75명인데 중국어가 35명, 몽고어 10명, 청국어(여진어) 20명, 일본어 10명이었다. 사역원은 중국어 교수 4명, 훈도 4명, 몽고어, 일본어, 청국어 교육으로 편제돼 있고 훈도 2명씩을 두었다. 관리 중에 7품 이하에게도 외국어를 가르쳤는데 비천한 출신의 역관들이 사심을 먹고 내용을 와전시키거나 오역, 졸역 등을 하는 것을 감시하기 위해서였다.

역관이 된 후에도 시험은 평생 계속 되었다. 외국 출장을 명령받으면 시험을 치렀는데 불합격하면 출장을 못 갔다. 역관들은 실력을 철저하게 검증 받은 전문가들이었다.

임진왜란과 병자호란 등을 겪으면서 변방에도 역관이 필요하게 되자 평양, 의주, 황주에도 30명씩 중국어 역관을 양성하도록 허가했고, 청국어 역관을 위해 북청에 10명, 의주, 창성, 만포, 이산, 벽동, 주원 등에서 각 5명씩 교육시켰다. 일본어 역관은 부산과 제물포에서 16명씩, 염포에서 6명을 양성했다.

이상은 제도가 그렇다는 것이고 실제는 엉터리가 많았다.

중국 거상 왕상치

옥정은 불과 스무 살 나이에 칠패시장뿐 아니라 한양상업계에서 유명해졌다. 옥정이 높은 무도실력에도 겸손한 것이 찬사를 받았다. 특히 청국상인들이 옥정을 신뢰했다. 이들은 머나먼 한양에 와서 사기당하는 것을 가장 두려워해 옥정의 신용을 높이 평가했다.

그 중에 왕상치라는 거상이 있었다. 그는 무역을 크게 하는 대상이면서도 북경에서 상업외국어학원을 경영하는 선각자였다. 내국인을 위한 상업교육과 외국인을 위한 중국어 과정, 청국인을 위한 영어와 독일어, 프랑스어 과정을 운영했다. 요즘으로 치면 사립 외국어대학교와 같다. 그는 국가의 번영은 인재양성에서 온다는 철학을 가지고 있었다. 장사꾼이라기보다 선비풍채를 가진 선각자였다.

왕상치가 변화된 것은 북경 천주회당의 아담 샬(Adam Schall)이라는 주임신부를 만나면서였다. 아담 샬은 소현 세자에게도 엄청난 변화를 준 사람이었다. 왕상치는 아담 샬을 통해 교육으로 인재를 양성해야 국가가 발전한다는 신념을 얻었다. 독일에서는 뮌헨대와 하이델베르크대, 괴팅겐대 등이 수백 년 전에 세워져 인재양성을 한다는 것을 들었다. 왕상치는 청국에도 대학과 비슷한 교육기관이 필요하다고 판단해서 사설 상업어학원을 개설한 것이다.

왕상치는 조선에 왕래하면서 장차 큰 인재가 될 재목으로 장옥정을 발견한 것이다. 그는 국내정치와 국제정치에 관해서도 높은 식견을 가지고 있었다. 왕상치는 옥정에게 정치 지식을 전해주기도 했다.

"명나라가 공자와 맹자의 도덕으로 무장되었음에도 무식한 여진 오랑캐인 청나라에게 망한 것은 경제에 대한 열의에서 졌기 때문이다. 명나라는 공맹(孔孟)을 외치면서도 백성의 먹는 것은 외면하고 예와 의리만 중시했다. 나라는 경제가 제일이다. 전쟁은 정치적으로 일어나는 것이 아니라 경제 때문에 일어나는 것이다. 조선은 양반들이 교육을 독점하고 백성은 배우지 못하게 해서 인재양성을 막아왔다. 서양에서는 공부하는 자유가 허용돼 누구나 배울 수 있다. 내 중국어학원에서 수백 명의 외국인이 공부하고 있는 것이 그 증거다. 너는 무조건 많은 서적을 읽고 지식함양에 게을러서는 안된다."

왕상치는 옥정에게 상업과 과학에 관한 책을 여러 권 주었다.

"감사합니다. 대인어른의 말씀을 명심하고 주신 책을 열심히 읽고 공부하겠습니다."

"서양에서는 백성의 재산을 나라에서 절대로 지켜준다. 이를 사유재산보호라고 한다. 세금만 내면 얼마든지 부자가 될 수 있다. 내가 일본에 가보니 농부들은 행복해 보였다. 그들이 조선농민들보다 더 부지런한 것도 아니었다. 수차례 가본 결과 일본농민은 조선보다 낮은 소작료를 내고 자신의 소출을 보호받기 때문임을 알게 되었다."

그의 말을 들으면서 옥정은 시장원리와 사유재산보호, 자유가 부국강병의 원리임을 깨달았다. 옥정은 정치에 관해서도 의식을 갖기 시작했다.

"대인어른, 국력은 강요해서 되는 게 아니란 걸 알았습니다. 백성들이 일해서 거둔 사유재산을 보호해줄 때 재산을 지키기 위해 싸우는 것이 진정한 국력이라고 생각합니다. 저는 장사꾼으로는 그치지 않겠습니다. 이 나라의 병폐를 고쳐 굶주린 사람들에게 국가의 은혜가 미치도록 헌신하고 싶습니다. 우선 장사에서 성공할 것입니다. 장사에서 지켜야 할 요령을 말씀해주십시오."

왕 대인은 장사하면서 지켜야 할 원칙을 말해주며 나라경영도 같다고 했다.

- 모든 거래를 가능하면 현금(동전)으로 하라.

- 이익만을 생각하는 사람과 교제하지 마라. 돈으로 관계를 맺으면 발전하지 못한다.

- 인격과 신용은 재력 이상의 역할을 한다.

- 장사는 예절이 중요하다. 먹고 입어야 예절이 나오는 게 아니라 예절을 알면 스스로 먹고 입는 것이 따라온다.

- 이익분배를 분명하게 하라.

- 이익금은 상업자본과 별도로 분리시켜 적립하라.

- 우는 소리를 하지 마라.

- 지불기일에 지불하기보다 지불일보다 먼저 지불하도록 하라.

- 장사에 방해되는 사람이 있다면 그건 바로 자기 자신임을 명심하라.

"대인어른, 감사합니다. 앞으로 평생을 살면서 명심하겠습니다."

"항상 멀리 내다봐라. 이 세상에 존재하는 모든 불행과 고통은 모두 나로부터 비롯되는 것이다. 따라서 그 해결도 나에게 달렸다. 장사에서는 남녀구분이 없다. 중국 같은 큰 나라에서도 여자가 큰 꿈을 가지고 황제가 된 측천무후란 여자가 있다. 너는 자비와 돈 가운데 돈을 택하는 사람이 되어라. 그래야 남을 도울 수 있다."

왕 대인은 측천무후에 대해서 얘기해주었다. 옥정으로서는 처음 듣는 얘기였다. 옥정은 자라면서 여인비하발언만 듣고 자랐기 때문에 이해가 되질 않았다. 여자가 조금이라도 활달하면 '화냥년'이라고 몰아붙였다. 옥정은 이런 편견에 화가 나서 화냥년인 배금을 데려온 것인지도 모른다. 옥정에게 갑갑한 것은 가난한 사람들이 서로 보호는 하지 못할망정 상대방을 헐뜯는다는 사실이었다.

이들은 시기와 질투가 죄악임을 모른다. 남의 고통은 자기의 기쁨으로 착각하며, 자기의 축복은 젖혀두고 남의 실패를 찾는 데 혈안이 되고 있었다. 이 때문에 '사촌이 땅을 사면 배가 아프다'는 속담이 생긴 듯하다.

약한 사람과 여자는 물건보다도 취급 못 받는 상황에서 미천한 여자가 성공한다는 것은 어려운 일이다. 이런 걱정을 눈치 챈 왕 대인은 말한다.

"지금 너의 처지는 청나라 여자보다 훨씬 낫다. 청의 여인들은 태어나면서부터 전족(7세부터 발에 신발을 고정해 작은 발을 만드는 것)을 해야 취급받는다. 전족을 한 여자는 걷거나 뛰는 게 힘들어 사회활동을 거의 할 수 없다."

그러고 보니 조선 여인들은 행복하다는 생각이 들었다. 결국 '중정유경'이 해결책이라고 마음에서 솟아올랐다.

"중요한 것은 네가 품은 큰 뜻을 끈기 있게 실천하는 것이다. 세상 사람들이 실패하는 가장 큰 이유는 핑계를 대고 실천을 중단하기 때문이다. 사람들이 모르는 것보다 더 무서운 것은 행동하지 않는 것이니라."

"예, 대인어른. 저는 이 나라 백성들을 배고프지 않도록 해주고 싶습니다."

"내가 볼 때 너는 남자 열 명을 합쳐도 모자라는 배포와 능력을 가졌다. 너의 꿈을 반드시 이루도록 하여라. 조선에도 뛰어난 여인이 있었다. 율곡의 어머니 신사임당은 여성의 사회진출이 불가능했지만 재능을 살려낸 분이었다. 시문과 그림에 뛰어나 여러 편의 한시와 서화를 남겼고, 안견의 영향을 받은 화풍은 중국에서도 최고의 여류화가로 평가받았단다."

옥정은 왕 대인의 말을 듣는 순간 가슴속에서 뜨거운 힘이 솟는 것을 느꼈다. 미래에 자신의 소용돌이치는 운명이 싹튼 것이다. 꿈을 갖고 보니 중국과 일본상인들을 만나 나라 밖의 얘기를 듣는 게 재미있었다.

서인들은 이런 외부세계와 달리 기득권을 현재가치로 환산한 가격과 기득권 때문에 포기한 미래의 경제 가치를 비교하지 않았다. 수천 배의 차이가 난다는 사실을 외면했다. 이들은 기득권이 나라의 미래 경제보다 크다고 생각했다. 그들의 양민 교육기회 박탈은 막대한 인적자원 손실을 초래했고 산업발전의 기회를 막았다.

무역 상단

옥정은 조정에서 개방을 안 하더라도 자신은 청국과 무역을 하기로 결심했다. 무기거래는 이익이 컸지만 국익에는 보탬이 되지 않았다. 장사는 역시 비단과 인삼 등 물건장사가 장사답다고 생각됐다. 상품무역이 고용을 창출하고 국익을 증진시키는 것이라고 생각했다.

그동안 일본상인들에게서 무역이 국가발전의 원동력임을 보았다. 무역은 국가경제를 발전시킬 수 있는 방법이란 확신이 섰다. 청국과 일본 사이에는 무역이 금지되고 있었다. 조선 상인들은 중간에서 양국상품을 중개해서 큰 이문을 남길 수 있었다. 무역은 만상(灣商)이 담당했다. 만상은 의주상인이지만 무역상의 통칭이다. 의주의 고려시대 명칭이 용만(龍灣)인 데서 유래했다.

통상적으로 청국과의 교역은 만상과 개성 송상(松商) 사이에 분업이 형성돼 있었다. 만상은 청국상품을 수입해 송상에게 넘겨주고, 송상은 국내 상품을 만상에게 넘겨주면 청국에 수출했다. 옥정은 만상을 통해 교역하기보다 직접 무역을 해서 실전을 경험해보고 싶었다. 돈 버는 것보다 도전하고 쟁취하는 시장원리가 마음을 끌었다.

옥정이 조사해 보니 국가별 상품 간에 우열이 있었다. 국제경제학에서 말하는 비교우위(Comparative advantage)를 발견한 것이다. 청국은 비단과 유리그릇, 장신구, 약재, 신발, 서적, 약품, 악기류, 그림 등이 강했다. 일본은 은과 은제품이 강했다. 조선은 인삼과 금, 한지(韓紙), 놋그릇, 소가죽, 한산모시 등이 강했다.

옥정은 청국에 비교우위가 있는 상품들을 직접 수출하기로 했다. 만상을 통하지 않고 왕상치의 도움을 받아 중강후시(中江後市)를 통해 청국상인과 직접 거래를 하기로 하고 상단을 꾸렸다.

상단의 행수는 면포상을 하는 최달준에게 맡겼다. 그는 50줄에 든 나이에 한양에서는 소문난 무명천 도매상으로 종로육의전을 압도하는 실력자였다. 여러 차례 청국사행단(使行團)을 수행해서 북경에 다녀왔었다. 통이 크고 아는 것도 많았다. 최행수와 옥정은 칠패시장에서 원하는 상인들 가운데 50명으로 상단을 만들었다. 수행원과 말꾼을 합하면 200명에 이르고 짐수레가 오리에 걸치는 큰 상단이 됐다.

옥정은 한 달 전 왕상치가 왔을 때 무역상단을 이끌고 갈 테니 중
강후시가 열리는 동지(冬至)에 의주에서 만나자고 사전 약속을 했
었다. 옥정은 인삼, 한지, 우피, 유기그릇 4가지를 5수레 준비했다.
다른 상인들도 비슷하게 준비했다.

드디어 1678년 10월 상단은 장사진을 이루며 숭례문 앞에서 출
발했다. 돈의문(서대문)을 거쳐 한 시간쯤 가니 무악재언덕 가까이
에 청국사신을 맞이하는 모화관(慕華館)이 보였다. 모화관 입구에
는 영은문(迎恩門)이 있다. 관의 조경을 아름답게 하느라 남쪽에는
연못을 만들었고 주위에는 소나무와 버드나무를 줄지어 심었다.

최행수가 설명한다. 청국 사신이 오면 원접사(遠接使, 2품 이상)
를 의주에 보내 영접한다. 한양까지 연도를 5개로 나누어 선위사
(宣慰使, 2품 이상)가 차례로 간격을 두고 연회를 베풀어 위로했다
고 한다.

병자호란에서 항복한 이후 청의 사신에 대한 영접은 더욱 요란
했다. 이 때문에 '칙사대접'이란 말이 생겼다. 세상에서 더 이상 잘
할 수 없는 최고의 대접이란 뜻이다. 옥정은 모화관을 지나가면서
조선의 비참함을 뼈저리게 느꼈다. 자신도 모르게 몸이 떨렸다. 왜
조선은 부강할 수 없단 말인가.

상단은 모화관을 지나 홍제원에서 40여 리를 가서 고양에 도달
해 벽제관에서 점심을 먹고, 다시 40여 리를 가서 파주의 파평관
(坡平館)에서 묵었다. 다음날 일찍 출발해서 장단을 거쳐 송도에

도착해 태평관(太平館)에서 묵었다. 고려의 옛 수도인 송도 땅에 들어서니 볼 만한 곳이 많았다. 성의 구조는 반달 모양이다. 이름난 다리인 취적과 탁타를 건너니 길가에 석등과 7층 석탑이 있는데 고려의 유적들이라고 한다. 성의 남쪽 문으로 들어가면 번화한 시가지가 있는데 한양을 방불케 한다. 상인들은 저녁에 만월대에 올라가 한바탕 마시며 흥을 돋았다.

다음 날 70여리를 이동했다. 개성으로부터 서쪽은 산세가 서로 이어 닿고 험악했다. 행길이 산을 끼고 뚫려 있는데, 10여리를 빙빙 돌아가니 뱀처럼 꼬불꼬불해진다. 멀리 보이는 요새인 토산(兔山)은 병자호란 당시 도원수 김자점이 무방비로 있다가 패전한 비애가 서린 곳이라 했다.

산과 강, 하천, 들판을 지나 드디어 평양에 도착했다. 평양은 상가가 즐비하고 동리가 이어져 있어 한양과 맞설 정도지만 땅은 좁은데 사람이 많아 집들이 촘촘히 들어서 있다. 부벽루에 올라보니 훌쩍 날듯이 치솟은 암벽을 강물이 때리며 물보라를 일으킨다. 뒤에는 모란봉이 있고 앞에는 능라도가 마주 보고 있어 절경이었다.

상단은 한양에서 1,000리 길인 의주(義州)에 도착했다. 비를 맞고 길을 우회하면서 꼬박 20일이 걸렸다. 의주부에는 외성문이 있는데 문에는 문루가 없고 거대한 돌로 무지개 같이 문을 세웠다. 이것을 지나 내남문(內南門)으로 들어가는데 현판에는 '해동제일관(海東第一關)'이란 판액이 걸려 있다. 과연 제일관처럼 압록강을 건너서 오가는 큰 관문이었다. 강 건너 광경은 광활한 요동평야가 펼쳐져 있어 호연지기(浩然之氣)를 불러일으켰다. 조선에는 그리 큰 평야가 거의 없기 때문인 듯하다. 상단은 의주에서 30여 리를 가서 용만관(龍灣館)에 묵었다.

의주는 옛 선비들이 호연지기를 읊조린 시가 많다. 이색(李穡), 정몽주(鄭夢周), 이숭인(李崇仁), 예겸(倪謙), 김식(金湜) 등의 시가 유명하다. 그 가운데 정몽주가 명나라에 진사사절로 가면서 지은 시가 의주를 명료하게 잘 설명해준다.

"의주는 우리나라 문호(門戶)여서, 예로부터 중요한 관방(關防)이네.
장성(長城)은 어느 해에 쌓았는가, 꾸불꾸불 산언덕을 따라 있네.
넓고 넓은 말갈(靺鞨)의 물이 서쪽으로 흘러 봉강(封疆)을 경계 지었네.
내가 벌써 천리를 떠나왔는데, 여기 와서 이렇게 머뭇거리네.
내일 아침 강 건너 떠나가면, 요동 벌판에 하늘이 망망하리라."

밀무역시장을 후시(後市)라고 하는데 중강(中江)에서 열린다. 중강은 지금의 중강진으로 압록강 건너 쪽의 섬인 난자도(蘭子島)를 일컫는다. 해서 시장이름도 중강후시라고 했다. 중강후시는 1년에 4번 정도 열리는 밀무역시장이다. 인조 26년에 민간에게 자유

거래를 허용해서 번성해 왔다.

조정이 후시를 허용한 것은, 엄격한 통제무역으로는 국내 생산품을 수출하고 국내 수요품을 조달하는 데 한계가 있었기 때문이다. 한양과 개성, 의주상인들에게 국가통제를 받지 않고 청국과 자유경제교류를 통해 물품조달을 확대하도록 밀무역을 허용한 것이다. 후시는 중강후시 외에 요동의 구련성(九連城)과 봉황성(鳳凰城) 중간의 책문에서 행해지던 책문후시(柵門後市)와 함경도 경원 등에서 야인과 거래한 북관후시, 부산 의 왜관에서 거래한 왜관후시가 있었다.

용만관에는 북경에서 왕상치 대인이 심양의 몇몇 상인을 데리고 와서 기다리고 있었다.

"왕 대인어른, 저희가 조금 늦어서 죄송합니다. 저녁식사하면서 상담을 하시면 어떻겠습니까?."

"좋네, 그럼 우리 저녁을 함께 하세나."

옥정은 최행수와 상인대표 3명, 왕 대인 외 청국상인 5명과 함께 식사를 했다. 왕 대인은 청국상인 한 사람을 사대부라고 소개했다. 중국에서는 사대부라도 장사를 했다. 그렇다고 체면이나 명예는 그대로 인정되었다. 조선은 사대부가 일을 하지 않아 굶기를 밥 먹듯 했다. '체면이 밥 먹여 주나'란 비아냥거림은 여기서 나온 것이다.

양측은 식사 후 거래 목록을 비교해보니 조선에서 팔 것들은 금,

인삼, 종이, 우피(牛皮), 모직물, 주(紬), 면(綿) 등이었다. 청국 측에서는 비단, 당목(唐木), 곡식, 약재, 보석류 등이었다. 일단, 필요한 상품교환목록을 작성했다. 이어서 교환비율을 은으로 환산했다.

조선의 금은 청국에서 3배, 인삼은 10배 이상, 종이는 3배, 우피는 3배, 모직물은 3배, 면은 2배의 값을 받을 수 있었다. 반면 청국의 비단은 조선에서 5배, 약재는 4배, 보석류는 5배의 값을 받을 수 있었다. 곡식만이 10분의 1값으로 저렴했다.

청국의 상품값 비율이 높았다. 모두 합하니 조선 측이 5,000냥 손해였다. 왕 대인이 값을 조금 내리라고 해도 청국상인들은 거절했다. 그러자 상단일행은 거래를 못 하겠다고 버텼다. 이틀이 지나도 해결이 안 됐다. 옥정은 상단일행을 설득하기로 했다.

"여러분, 우리가 지불하는 은 냥은 일본에서 반값을 주고 수입한 것입니다. 그렇게 따지면 적자가 아니라 흑자입니다. 또한 지닌 돈으로 몽땅 청국의 고급상품을 사려니까 적자입니다. 고급상품에 수요가 몰리니까 값이 비싼 것입니다. 고급상품 대신 청국의 싼 곡식을 사야 합니다."

"허지만, 내가 올 때 약재와 보석을 주문받아 왔는데 꼭 사야 한다면 어떻게 해야 합니까?"

"그러면 약재만 사시고 나머지는 돌아가서 두 배로 변상하십시오. 아픈 사람을 위해 약재를 사시는 것은 반드시 해야 합니다. 그런데 곡식을 사면 변상해주고도 몇 배 이문이 남습니다. 청국의 곡식을 사면 비단이나 보석류 등에 대한 수요가 없어지니까 값은 많이 하락할 것입니다."

"그럼 옥정 낭자는 어떻게 할 셈이요?"

"저는 모두 1만 5,000냥을 가지고 있습니다. 그중 5,000냥은 비단과 다른 상품을 수입하고 나머지 1만 냥으로 콩을 살 계획입니다. 조선에서는 1만 5,000가마를 살 수 있지만 만주의 콩은 10만 가마를 살 수 있습니다. 운반비와 제비용을 빼더라도 8만 가마가 됩니다. 제가 6만 5,000가마의 엄청난 이득을 보는 것입니다. 이것은 조선의 경제에게도 그만큼 이득을 주는 것입니다. 지금 흉년으로 양곡과 군량(軍糧)이 부족한데도 돈이 없어서 구입 못하는데, 이렇게 싸게 공급하면 나라에 큰 이득을 주는 것입니다. 무역은 '1 더하기 1은 2'의 공식이 아니라 3 또는 5, 10의 답이 나오는 요술입니다. 서로가 유리한 것을 교환하면 양국에게 큰 이득을 줍니다."

옥정은 경험으로 터득한 것이지만 현대국제경제이론상 무역성립의 교역조건과 후생효과(厚生效果)를 말하는 것이었다.

모두들 옥정의 의견에 동의했다. 합의가 되자 다음날 일찍 상단은 중강후시로 이동했다. 이들은 고급상품은 조금 사고 나머지 돈은 모두 콩과 수수를 샀다. 왕 대인이 도와줘서 곡식을 모두 구입했다. 그러자 청국상인들이 비단과 약재류, 보석류를 반값에 팔겠다면서 찾아왔다. 모두들 옥정의 예지에 감탄했다. 그러나 이미 곡식을 샀기 때문에 구매할 수 없었다.

청국상인 중 사대부라는 사람이 옥정을 찾아와 협상을 했다. 옥정은 그를 존중해서 2개월 후 지불하기로 하고 외상으로 떠안았다. 상인들은 옥정 덕에 원래 사려던 물건들을 외상으로 반값에 사게 되자 칭찬과 감사를 표시했다.

"옥정낭자, 우리가 나이 더 먹었다고 건방을 떨었는데 사과합니다. 낭자 덕택에 우리는 청국상인들에게 대접 받고 물건도 싸게 살 수 있었습니다."

"여러분은 내년에는 청국 비단이나 기타 상품들을 싸게 구입할 수 있게 되었습니다. 그러니 전처럼 고급상품만 집중 구매하지 마시고 싼 곡식도 함께 구매하시면 청국상품의 가격이 떨어지게 될 것입니다."

며칠 후 양측의 대금결제는 끝나고 상품인도인수도 완료됐다. 왕상치는 심양에 일이 있다고 떠났다. 옥정은 구매한 상품들과 곡식을 의주창고로 배달해달라 부탁하고 배금과 함께 중강의 숙소로 돌아왔다.

청국상인이 찾아왔다. 처음 보는 상인이었다. 말투를 들어보니 몽골인이었다.

"제가 식량이 필요한데 콩 1만 가마만 저에게 인도해줄 수 있겠습니까? 만주에는 콩이 동나서 없다고 합니다. 왕상치 대인이 찾아가서 부탁하면 들어줄 것이라고 해서 왔습니다. 값은 좀 더 쳐드리겠습니다."

"왕 대인 말씀이라면 무조건 따라야지요. 제가 양도서를 작성해 드릴 테니 의주창고에서 인수받아 가십시오."

옥정은 왕 대인의 부탁이라면 이보다 더한 일도 들어야 했다. 옥정은 즉시 양도서를 작성해주고 돈 1,000냥을 받았다. 그리고 조선 세관에 신고했다. 몽골인은 떠났다.

홀가분한 마음으로 여장을 풀고 치부책을 정리하는데 청국 세관원 3명이 쳐들어왔다. 중강에는 청국과 조선의 세관원이 공동으로 상주했다. 그 중 한 젊은이가 방금 몽골인에게 써준 양도서를 보이며 발음이 시원치 않은 청국말로 물었다. 그자는 변발을 하고 만주족 전통의상인 치파오를 입고 있었다.

"너는 외몽골반란군에게 금지된 군량미를 밀무역으로 판매하고 세관을 속였다. 심문할 것이 있어서 체포한다."

그들은 다짜고짜로 옥정을 포승줄로 묶었다. 그리고 방을 수색했다. 몽골인이 준 1,000냥이 나왔다. 옥정은 순간적으로 함정에 빠진 것이라 생각했다. 화가 난 청국상인들이 그랬을 지도 모른다는 생각이 들었다. 옥정이 끌려간 곳은 청국세관이었다. 허름한 의자에 앉히더니 묶었다. 청국 말을 어둔하게 하던 세관원이 죄인처럼 심문한다.

"너는 알고 보니 여자인데 왜 남장을 했냐? 너는 장사꾼이 아니라 첩자 아니냐?"

군량을 밀무역했다고 하더니 엉뚱하게 남장을 트집 잡고 첩자로 몰아세우는지 의아했다. 첩자라고 한다면 청국상인들이 꾸민 짓은 아닐 성 싶었다. 무언가 이상한 느낌을 받았다.

"나는 장거리 상행에서 여자는 위험하기 때문에 남장을 한 것뿐이오. 내가 써준 양도서는 정식거래서인데 왜 문제가 됩니까? 1만 가마를 조선세관에 신고했으니 확인해 보시오."

"허튼수작 말아라. 바른 대로 댈 때까지 혼이 나봐야겠구나!"

그자는 몽둥이를 들더니 옥정의 허벅지를 내리쳤다. 옥정은 다리가 부서지는 듯했다. 그자는 몇 번을 더 내리쳤다. 무슨 원한이 있기에 엉뚱한 허물을 씌워 몽둥이찜질을 하는 것일까. 옥정은 입을 꽉 다물고 대답을 하지 않았다. 할 말이 없었다. 그자가 흥분하자 다른 세관원이 말한다.

"김 선생, 더 고신을 해도 소용없을 것 같소. 장부를 조사해보니 거래내역이 맞는 것 같소. 그만 풀어주는 게 어떻겠소?"

"여보시오. 이 년은 동창(東廠, 명나라 영락제시절 창설된 정보기관)에서 요주의 인물로 내사하던 년인데 그렇게 쉽게 풀어주면 청국의 정보는 누가 지킵니까? 귀관이 책임질 수 있겠소?"

"알았습니다. 죄송합니다."

옥정은 깜짝 놀랐다. 김 씨라면 조선 사람이 아닌가. 발음이 신통치 않다 했더니 이자가 동창의 조선인 앞잡이란 말인가? 조선인 동창의 앞잡이는 몇 배 악질이라는데, 눈앞이 깜깜했다. 그자는 한 시간을 더 때리고 묻고 했지만 옥정은 대답을 안 했다. 그자는 별 수 없는지 옥정을 창고에 가두었다. 아무리 생각해봐도 몽골인에게 판 것이 잘못은 아니었다. 그가 반출할 때 절차를 밟으면 밀무역도 아니다. 그자가 반란군이라면 중강까지 돈을 가지고 들어올 수도 없다. 왕상치 대인은 이런 무모한 추천을 하실 분이 아니다.

다음 날은 새벽부터 심문이 시작됐다. 심문장 밖에는 상단의 최행수와 배금, 일행이 와있었다. 모두들 겁을 먹고 있었다. 동창은 없는 죄도 만들어 사람을 물고 낼 수 있다. 옥정은 가만히 있지 않았다. 마음속에는 '중정유경'이 자리 잡았다.

"당신은 누구인데 나를 이렇게 괴롭히십니까?"

"나는 김춘추라는 사람이다. 내 할아버지가 영의정을 지내셨고 아버지도 당상관을 지내셨다. 나는 조선에게 청국과 동맹관계를 잘 엮어주려고 이러는 것이다. 동맹관계를 깨뜨리면 병자호란처럼 조선은 또 망하게 된다. 나는 그런 자들을 색출해서 전쟁을 예방하려는 것이다."

"당신이 동맹관계를 핑계로 내 재산을 빼앗으려는 불법을 혐오합니다. 아무리 좋은 뜻을 가졌다 해도 불법은 불법이란 것을 모르시나요?"

"불법, 불법 하는데 요즘 세상에 합법과 불법을 구분할 수 있느냐? 힘이 곧 정의이고 합법이다. 나는 청국의 안보우산 아래에서 조선이 태평하게 지내는 것이 목표다."

"당신은 권문세가의 자손으로 어떻게 조선을 청국의 변방처럼 말하시오? 조선은 엄연한 독립국가이고 주권이 존재합니다. 주권을 내던지고 무슨 나라라고 할 수 있습니까? 또한 그런 나라에서 잘 산들 무슨 희망이 있습니까?"

"이년아, 네가 하는 짓은 청국을 배반해서 결국 병자년 같은 전쟁을 불러일으킨다는 것을 모르냐? 그때 주전파인 김상헌 같은 무리가 결국 전쟁을 나게 해서 나라를 폐허로 만든 것인데 왜 모르냐?"

"내가 무슨 짓을 했기에 청국을 배반했다는 것입니까?"

"네 당숙인 장현은 영의정 허적과 대사헌 윤휴 같은 자에게 자금을 대주고 북벌을 부추겼다. 네가 이번에 의주에 온 것은 국경사정을 탐지해서 북벌론자들에게 첩보를 넘겨주려는 게 아니냐?"

그제야 몽골인이 반란군이 아니고 단순한 함정을 판 것임을 알았다.

"북벌이요? 나는 그런 내용은 알지도 못합니다."

"그럼 왜 다른 상인들에게까지 군량미를 그렇게 많이 사도록 했느냐? 이게 북벌준비를 위한 짓이 아니냐?"

"이것은 굶주린 사람들을 위한 무역거래일 뿐이지 전쟁과는 상관없습니다."

옥정은 피멍이 든 허벅지를 내려다보니 기가 막혔다. 김춘추라는 사람을 어디선가 본적이 있는 듯했다. 아무리 생각해도 떠오르지 않았다. 그자가 변발을 하고 치파오를 입고 있어서 더욱 생각이

나질 않았다. 옥정은 다시 창고에 갇혔다.

저녁에 배금이 왔다.

"언니, 우리가 산 곡식을 모두 압수당했어요. 청국으로 가져간다고 하네요."

"김춘추란 자가 내 곡식을 뺏으려는 게 목적이라 생각했는데 맞구나. 청국에는 아무런 힘도 없으니 큰일 났다. 비단과 다른 상품들이나 잘 챙겨라."

배금이 돌아간 후 김춘추가 들어왔다.

"장옥정, 네가 이 서류에 서명하면 풀어줄 수 있다. 내가 상부와 의논해서 해결될 수 있도록 한 것이니 잘 생각해라. 목숨보다 곡식이 중하진 않을 테지?"

내민 서류를 읽어보니 곡식을 모두 헌납한다는 각서였다.

"나는 절대로 서명 못 한다. 죽이든 살리든 네 맘대로 해라!"

옥정은 죽는 게 무섭지 않았다. '중정유경' 때문인지 모른다.

"좋다. 너는 내일아침 심양에 끌려가서 혹독한 취조를 받게 된다. 죽은 목숨이다."

"너 같은 개와는 말도 하기 싫다. 너는 내 곡식이 탐나서 이 짓하는 걸 내가 모를 줄 아느냐? 반드시 너는 천벌을 받을 것이다."

김춘추는 화가 났지만 더 이상 몽둥이질을 하지 않았다. 하지 않은 게 아니라 못 했다. 옥정이 심하게 다치는 경우 문제가 될 수 있기 때문이다. 김춘추 말대로 다음날 이른 아침에 옥정은 손이 묶인 채 끌려 나갔다. 심양으로 간다고 했다. 배금이 울며 말했다.

"언니, 심양에는 제가 오래 살아봐서 잘 아는데 가을에도 무척 추워요. 특히 요동에서는 대변볼 때 꼭 집안 변소를 쓰셔야 돼요. 그렇지 않으면 변이 나오다 얼어서 죽게 돼요. 부디 몸조심하시고 식사 잘 챙겨 드세요."

요동은 워낙 추워서 야외에서 소변을 보면 고드름이 되어 떨어졌다. 또한 대변을 보면 변 끝이 얼어들어가면서 대장 속까지 얼어붙어 걷지도 못하고 그 자리에서 비실거리다 죽었다. 배금은 그런 것을 실제로 봤기 때문에 신신당부한 것이다. 배금은 옥정에게 두꺼운 겉옷을 씌워주었다.

"걱정 말아라. 네가 심양에서 빼앗긴 아기를 내가 찾아 낼 수도 있잖겠냐? 호호."

"언니는 농담이 나오세요? 가게는 제가 잘 지키고 있을게요."

옥정은 끌려갔다. 책문을 넘으니 청국이 됐다. 청국호송관리가 10명이었다. 김춘추는 없었다. 요동의 찬바람은 11월 말인데도 한양의 겨울보다 더 매서웠다. 옥정은 두꺼운 겉옷을 입었지만 몸이 떨리고 이가 턱을 때렸다. 함께 끌려가는 남자가 2명 있었다. 한 사람은 청국선비 같았는데 아마도 유배지로 끌려가는 듯 했다.

옥정은 훗날을 위해 지나는 길을 하나씩 기억에 넣어두려고 자세히 살폈다. 요동에 나온 뒤로 4~5백리 사이는 길이 모두 평원(平原)이었다. 아무리 바라보아도 끝이 보이지 않았다. 매일 걸어도 넓은 육지가 하늘과 들로 맞닿아 있다. 원근에 언덕 하나 보이는 것이 없었다. 오랜만에 북쪽 변방에 산이 보였다.

함께 가는 선비에게 궁금해서 물었다. 그는 심심하던 차에 옥정이 말동무가 되자 열심히 설명해주었다. 북쪽 산은 몽골(蒙古) 지방이라고 했다. 행산요새를 지났다. 송산과 행산은 숭정(崇禎) 말년 전쟁에 명나라가 패한 곳이라고 한다. 청 태종이 송산과 행산을 얻은 후에 계속 쳐들어와서 천하를 석권하자 명나라가 더 이상 지탱하지 못하게 된 지가 80년이 넘는다고 한다. 장군 묘인 탑산소(塔山所)를 지났다. 이곳은 일찍이 송산과 행산이 함락될 때 이 성을 지키던 장수가 포화 속에 스스로 몸을 던져 죽은 곳이라고 했다.

심양 부근에 왔을 때 짐수레 스무 대가 무리지어 지나갔다. 뒤에 떨어져서 오는 수레 또한 스물 남짓으로 모두 50수레가 넘어보였다. 선비가 설명해주었다. 한 수레에 궤짝이 네다섯 개씩 실렸는데, 한 궤에 은자(銀子) 5,000냥씩 들었다고 했다. 궤 수가 250개이니 은자는 125만 냥이 되는 셈이다. 옥정은 중국에 재물이 얼마나 많은지 탄식이 나왔다.

옥정은 청국의 부유함과 사치함을 처음으로 직접 볼 수 있었다. 그날 밤 묵은 여각인 참(站)의 주인집만 해도 우마(牛馬)와 나귀가 여러 필이고, 두어 짐을 싣는 크기 수레가 여러 대였다. 이웃한 낮참[晝站]과 숙참(宿站) 집에도 수레와 우마가 마찬가지로 많았다. 상인들의 부유함을 알 수 있었다.

한 하인은 작년 겨울에 황태자가 사냥을 하러 심양에서 나와 이곳에 나흘 머물렀다고 말했다. 사냥한 짐승이 3백 수레에 이르는데, 큰 범이 4마리, 작은 범 10마리, 노루·사슴·꿩은 몇 마리인지 알 수가 없었다고 한다. 태자가 코끝에 동상을 입었다고도 얘기했다.

옥정은 잡혀가는 몸이지만 청국의 부강함과 풍요로움을 보고 들으면서 조선에 대한 생각을 했다. 조선이 나라도 가난하고 백성도 가난한 것은 중국의 풍요함이 조선의 어려움을 모르기 때문이라는 생각이 들었다. 99개 가진 자가 1개 가진 자의 것을 빼앗는 것은 못 가진 자의 고통을 모르기 때문이다. 이를 막기 위해서는 국방력을 길러서 1개를 지키는 길밖에 없다고 생각했다. 그 길은 강력한 무기를 갖는 것이라고 확신했다.

객사에서 어떤 사람이 다가오기에 여기가 어딘가 물었더니 심양 밖 100리라고 대답하며 청심환(淸心丸)을 달라고 해 1개를 주었다. 그날 이후 잠시라도 말을 주고받거나 눈인사라도 하면 환약(丸藥)을 달라고 졸라서 매우 난처했다. 갑자기 오느라 가진 것이 없었다. 말을 걸고 물어보기가 무서웠다. 상상을 초월하는 부자들과는 너무나 다른 모습이었다. 부(富)의 귀천이 극명한 데 또 놀랐다.

어둑해지자 김춘추란 자가 또 나타났다. 호송관군을 대동하고 왔다.

"장옥정, 이 서류에 서명하지 않을 테냐? 내일 심양에 들어가면 죽은 목숨이다."

옥정은 이 자가 철저한 사대주의 망상환자인 걸 알았다. 그는 조국을 망치는 것이 아니라 애국한다고 몽상을 꾸는 듯 보였다. 더 이상 말도 하기 싫어 눈을 감았다. 김춘추는 한참 궤변을 늘어놓더니 돌아갔다.

밤이 깊어졌다. 밖에서는 승냥이 우짖는 소리가 적막을 깨고 있었다. 이때 정말 적막을 깨는 함성과 말발굽 소리가 크게 들렸다. 객사에서 비명소리가 들리고 사람들 도망치는 시끄러운 소리가 귓가에서 들렸다. 옥정이 일어나 창고문틈으로 내다보니 비적이 야습을 한 것이다. 갑자기 큰칼을 든 비적 두 놈이 창고로 뛰어들어와 묶인 옥정을 끌어냈다. 밖으로 끌려나가보니 호송관군과 객사의 손님 모두가 묶인 채 무릎 꿇려 있었다. 비적들은 수레 20대에 강탈한 물건을 가득 싣고 있었다. 물건을 다 싣자 어둠을 뚫고 어디론가 출발했다. 옥정과 일행도 끌려갔다. 아직도 승냥이 떼의 울음은 그치지 않았다.

대장인 듯 보이는 자가 서두르라고 고함을 질렀다. 옥정은 고함소리가 떨어지자 채찍을 맞으며 발길을 서둘렀다. 이렇게 비적에게까지 끌려갈 줄은 몰랐다. 한양 식구들과 호주상회가 걱정됐다. 이제는 끝인가 여겨졌다. 밤새 걷고 새벽부터 온종일 걸어서 어느 산모퉁이에 도착했다. 그제야 휴식을 하라고 했다. 발이 퉁퉁 부었고 몽둥이로 맞은 허벅지는 아직도 피딱지가 붙어있었다. 차라리 죽는 게 낫다고 생각될 정도였다.

다시 한 시간 쯤 더 가서 산속으로 들어갔다. 이미 어두워졌다. 놀랍게도 웅장한 산채가 있었다. 산채에는 수백 명으로 보이는 부녀자와 아이들이 있었다. 모두는 산채 한구석에 던져지듯 앉았다.

비적 한 놈이 귀 띰 해주는데, 모래아침에 노예상인이 와서 사갈 것이라고 했다. 비적들이 관군도 노예상인에게 팔아먹는 것에 놀랐다. 무법천지였다. 올 때 길에서 본 부자들의 호화스러움과 부유함은 별개의 세계였다. 각자 알아서 뜯어먹고 살면 되었다.

잡혀온 무리들과 창고에서 잠을 청하는데 비적 한 놈이 들어와 옥정을 끌어냈다. 끌려 가보니 수령방인 것으로 보이는 제법 꾸민 곳이었다. 한 가운데 수령으로 보이는 자가 호랑이털옷을 입고 앉아 있다. 그 옆에 김춘추가 앉아 있다. 옥정은 정말 깜짝 놀랐다. 저 자가 동창의 앞잡이가 아니라 비적이었단 말인가?

"장옥정, 놀라지 말거라. 나는 네가 서류에 서명할 줄 알고 미리 와 있었다. 지금이라도 서명하면 너를 안전하게 의주로 돌려보내겠다."

김춘추는 뻔뻔하게도 서류타령이었다. '중정유경'. 옥정은 글귀를 되새겼다.

"죽어도 서명 못 한다. 그 곡식은 굶는 사람들을 위한 것이다."

"네가 서명만 하면 그 곡식은 압록강을 통과해 이곳으로 올 수 있다. 그러면 여기 계신 비적수령이 곡식을 인계받고 너를 풀어줄 것이다."

"당신은 동창의 앞잡이가 아니라 남의 재산을 빼앗아 비적에게 팔아먹는 악질이었군. 나는 죽어도 서명을 못 한다."

김춘추는 옥정의 결의를 보았는지 조금 누그러진 태도로 말했다.

"장옥정 낭자, 고집 부려야 헛일이요. 내일까지 기다리겠소. 내일도 거부하면 이들이 노예상인에게 팔아먹을 거요."

옥정은 겁이 났다. 그러나 서명하는 순간 그 곡식은 압록강을 통과하게 되고 조선에는 못 가게 된다. 그리고 서명을 했다고 풀어준다는 보장도 없었다. 옥정은 입을 꽉 다물었다. 그러자 김춘추는 내일 아침까지 답변하라며 돌려보냈다.

아까 끌고 왔던 비적이 옥정을 다시 끌고 나왔다. 비적은 올 때의 길과는 다른 길로 한참을 갔다. 옥정은 이상한 예감이 들어 마음의 준비를 했다. 어두컴컴한 마구간으로 끌고 들어가더니 옥정의 묶은 손을 풀어주었다. 그리고는 느닷없이 옥정을 바닥에 쓰러뜨렸다. 옥정은 못이기는 척 슬며시 넘어졌다. 그러자 비적이 안심하며 옥정을 덮쳐왔다. 옥정은 몸 위로 덮치는 비적의 고환을 무릎으로 걷어차고 수도로 뒷목을 쳐서 기절시켰다. 끈으로 그자를 묶고 재갈을 물렸다. 비적의 옷을 벗겨 겉에 입었다.

옥정은 마구간에서 가장 날렵한 말을 하나 골라서 조용히 끌고 나왔다. 다행히 마구간이 산채 끝에 있어서 문만 통과하면 나갈 수 있었다. 옥정은 비적의 옷차림을 한 채 문지기에게 다가가서 말을 거는척하다가 그자의 목을 쳐서 쓰러뜨렸다. 그리고 재갈을 물렸다. 옥정은 말을 타고 달렸다. 오던 길을 익혀둔 것이 이렇게 도움이 될 줄 몰랐다. 옥정은 해가 중천에 떴을 때 심양의 남문에 도착했다. 남문수비대 문지기에게 급히 신고할 일이 있다고 해서 우여곡절 끝에 수비대장을 만났다. 수비대장은 기골이 장대한 중년이었다. 그의 눈은 술에 취한 듯 보였다.

"수비대장님, 제가 간밤에 청국호송관원 10명과 비적에게 납치됐다가 도망쳐 나왔습니다. 빨리 이들을 구하지 않으면 내일 아침에는 노예로 팔려갈 것이라고 했습니다. 김춘추라고 하는 조선인이 꾸민 것 같습니다. 길은 제가 안내하겠습니다."

수비대장은 놀라지도 않았다. 그는 옆에 서있던 비장에게 조용히 말했다.

"김춘추? 어제 여기 왔었지 않은가?"

김춘추가 이곳에 있었다고? 그리고 이자는 관군이 팔리는 것에는 흥미도 없는 듯했다. 옥정은 수비대장이 당장 수백 명 병사를 이끌고 달려가 산채를 박살 낼 줄 알았다. 엉뚱하게도 김춘추만 들먹였다. 비적과 한통속으로 서로 나눠 먹고 사는 모양이라고 생각했다. 옥정은 돈이 된다면 관군이라도 팔아먹는 것에 놀랐다. 아마도 돈을 나눠먹는 것인지도 모른다. 그러자 은근히 겁이 났다. 이자가 다시 비적에게 돌려보낼지도 모른다는 생각이 들었다. 이때 밖에서 누군가 들어오는 소리가 들렸다. 그자는 김춘추였다. 그는 수비대장과 막역한 듯 보였다.

"수비대장님, 이 처녀가 밤에 비적을 때려눕히고 탈출했습니다. 너는 무술실력이 대단하구나. 네가 도망쳐봐야 내 손바닥 안이라는 걸 몰랐지? 어서 서명해라."

옥정은 김춘추의 신분을 알 수가 없었다. 이자의 신출귀몰한 처신이 놀라웠다. 이때 왕상치가 들어왔다. 그는 수비대에 무기를 팔기 위해 왔다가 우연히 옥정이 잡혀온 것을 알게 되었다고 했다. 그는 수비대장과 잘 아는 듯 반갑게 인사를 했다. 왕상치는 옥정에게 귓속말을 했다. 반만 주고 타협하라고 했다. 장사꾼은 손해 볼 줄 알아야 된다고 했다. 옥정은 왕상치의 말이면 무조건 따랐다. 옥정은 김춘추에게 말했다.

"좋소. 서명하겠소. 대신 곡식의 반만 헌납하는 것으로 하겠소."

"아니, 네 처지가 어떤 줄도 모르고 큰소리냐? 안 된다."

옆에서 듣던 수비대장이 끼어들며 말한다. 그도 이미 내용을 알고 있는 듯했다.

"김 선생, 그렇게 하시오."

수비대장의 중재로 타협이 됐다. 옥정은 중강에서 서명하기로 했다. 그래야 안전이 보장되기 때문이다. 옥정은 김춘추가 딸려 보낸 자와 중강까지 왔다. 중강에서 경계를 넘기 직전에 서명했다. 귀한 곡식 5만 가마를 빼앗겼다. 이것도 '중정유경'의 덕분이란 생각이 들었다. 옥정은 왕상치에게 안전하게 처리된 것에 감사했다.

"옥정아, 그런데 김춘추란 자와 무슨 원한이 있느냐? 세관원이 그러는데 그자는 네게 원한이 있는 듯이 작정하고 덤벼들더라고 하더라."

"저도 어디서 본 듯한데 도무지 생각이 나지 않습니다. 왕 대인 어른 이 은혜를 어떻게 갚을지 모르겠습니다."

"은혜? 나를 발길로 차지만 않으면 은혜 갚는 것이다. 네가 왈패 세 놈을 해치우는 것을 보니 나도 맞을까봐 겁이 난다. 허허허."

왕 대인은 옥정이 왈패들과 싸운 얘기를 들었던 모양이다.

"부끄럽습니다. 대인 어른."

옥정은 왕상치 대인과 작별하고 서둘러서 한양으로 돌아왔다. 김춘추란 자가 또 무슨 꼬투리를 잡아서 붙잡아두면 낭패라고 생 각했다.

다행히 5만 가마를 무사히 가져왔다. 일본에서 수입한 은은 청국 에서는 3배로 값을 쳤다. 은으로 곡식을 샀으니 5만 가마를 빼앗기 고도 5배의 싼값으로 산 셈이다.

옥정은 최행수와 의논해서 콩과 수수를 비변사에 헐값에 넘겨주 기로 했다. 오빠 장희재에게 거래를 부탁했다. 며칠 만에 비변사에 서 절반을 샀다. 나머지 절반은 싸전에다 도매가로 넘기고 절반은 시장 뒤 구석의 간이식당에서 굶은 사람들에게 무료급식을 했다. 배고픈 사람들에게 쌀밥은 아니지만 콩밥이나 수수죽이라도 먹게 했다.

옥정은 이익만큼 따로 떼어내 적립했다가 세금을 납부했다. 큰 장사를 하려면 법을 지켜야 한다는 생각에서였다. 세금을 속이면 관리와 결탁해야 하고 앞으로 정상적 상행위는 어렵다고 판단했다.

옥정은 장사에 필요한 공부도 열심히 했다. 특히 송상들로부터 치부요령을 배웠다. 매일 물품의 입출목록을 계정별로 분류하고 매입과 매출, 재고와 외상 등 금전대차관계를 치부책에 기장하고 나름대로 대차대조표를 만들어보니 한눈에 경영성과를 알 수 있게 되었다. 잘 팔린 상품과 안 팔린 상품을 분석해보니 이유가 확연하게 나왔다.

시장에서는 싸고, 품질 좋은 물건을 내놓으면 잘 팔렸다. 고객의 수요는 가격과 품질이 만족스러울 때 생기는 것이었다. 이것이 경쟁에서 이기는 원리란 것을 터득하게 된 셈이다. 요즘의 시장원리를 익힌 것이다.

옥정은 손님이 물건에 대해 작은 트집을 잡더라도 친절히 설명하고 그래도 납득 못하는 손님에게는 새 물건으로 바꿔줬다. 일 년간은 적자를 면치 못했다. 그러나 차츰 그 손님은 단골로 변했고 그 소문은 몇 배의 신용과 구매력 향상으로 돌아왔다.

시장경쟁에는 친절, 정직, 신용(서비스) 같은 비가격요인도 크게 작용한다는 것을 체득했다. 《논어》에서 공자는 중궁(中弓)이라는 제자에게 "집을 나서는 순간 만나는 모든 사람을 큰손님 섬기듯 하라(出門如見大賓)"고 말했다. 요즘으로 치면 '손님은 왕이다'란 말과 같다.

호주상회는 청국의 고급비단을 싸고 친절하게 판다는 소문이 퍼져 내로라하는 양반들과 부자들이 모여들었다. 주력상품이 비단이지만 상층가정에서 필요한 물목은 고루 갖췄다. 2층에는 한산모시 전문 진열대를 설치했다. 일본상인에게 인기가 있었다.

한산모시는 날씨가 후덥지근한 일본인들에게 매우 인기가 있었다. 한삼모시 1필에는 침이 3되, 손길 3,000번이라고 했다. 일본에서는 이렇게 세공된 모시가 없어 귀한 선물이나 가보처럼 대접했다.

옥정은 '장사는 개인도 나라도 살릴 수 있다'고 믿었다. 당숙이 한양 제1의 거부가 된 것은 역관의 월봉이 아니라 장사에서였다. 좀 부적절하지만, 양반도 벼슬장사를 하면 부자가 됐다. 물건장사든 벼슬장사든 장사를 해야 부자가 되는 것이었다.

간혹 청빈한 관리가 있었지만 가족들은 생고생을 했다. 결국 행복은 돈이다. 장사치가 돈을 버는 데는 청빈이란 말이 필요 없다. 옥정은 행복이란 결국 시장에서 이기는 자의 것임을 깨달았다. 그녀는 뼈 속 깊이 시장원리를 재삼 터득했다.

제2장

천지개벽

조총의 위력

날이 어두워졌다. 옥정은 꺽쇠에게 상품들을 정리하고 문을 닫으라고 말했다. 옥정이 밖에 내건 호롱불을 끄려 문을 나서는데 수려하게 생긴 청년이 서있었다. 하얀 얼굴에 키는 보통으로 깨끗한 도포를 입고 있었다. 밤에 찾아왔기에 급한 용무인가 물었다.

"늦은 밤에 무슨 일로 오셨는지요?"

옥정은 선비를 안내해서 자리를 권하며 물었다. 청년은 자리에 앉자 가게 안을 이곳저곳 두루 살펴본다. 그리고 옥정을 뚫어지게 바라보았다.

"낭자, 혹시 일본의 최신 조총을 구할 수 있는가?"

"예, 제가 왜관에서 구할 수 있습니다. 그러려면 의금부 허가를 받아와야 합니다."

"여기 의금부 허가서를 가져왔네."

청년은 소매에서 허가서를 꺼내 건네준다. 옥정이 펼쳐보니 맞았다.

"열흘만 빌미를 주시면 구해오겠습니다. 값은 100냥입니다."

"그럼 동전으로 4만 문이군 그래."

청년은 동전 4만 문과 노자로 400문을 지불했다. 옥정은 영수증을 작성해 건네며 열흘 후에 전할 수 있다고 했다.

"선비님, 조총을 어디에 쓰시려는지 여쭤도 될까요?"

"자주국방에 참고하려고 하네. 조총 때문에 조선이 일본에 패망할 뻔 했잖은가? 당시 영의정이었던 유성룡은 《징비록》에 '조총이 사정거리와 명중 도에서 활과 비할 바 아니고 우박처럼 쏟아지는 탄환세례를 피하기 어려웠다'고 적고 있네."

"선비님, 차 한 잔 드릴게요. 자주국방에 관심이 있으시니 높은 분이시네요."

"비슷하게 맞췄네. 헌데 자네는 밤늦게 혼자 집에 가는 게 무섭지도 않은가?"

"저는 배금이와 함께 다녀서 무섭지 않습니다."

"밤길에 만리재에서 매를 맞고 피 흘린 처녀를 본 적이 있어서 그러네."

옥정은 번뜩 전에 매 맞고 쓰러진 자신을 구해준분이 아닌가 직감했다.

"혹시 전에 저를 구해주신 선비님이 아니신가요?"

"맞네. 내가 낭자를 업어다 주었지. 자넬 찾으려고 말순 어멈한 테 물었지."

옥정은 설마 하다가 깜짝 놀랐다. 그리고 바닥에 엎드려 큰 절을 올렸다.

"선비님, 참으로 감사합니다. 제 생명의 은인이신 줄도 몰랐습니다. 백골난망입니다. 소녀 때문에 호조참의 대감이 파직당하고 저를 때린 선비를 엄한 벌을 내리시도록 조정에 신고해 주신 것도 들었습니다."

옥정의 이 말을 듣자 선비는 크게 웃었다.

"허허허, 내가 신고를 했다고? 내가 신고했다고 말하는 사람은 처음 보네. 우선 차를 한 잔 주게나. 차 맛이 좋으면 은혜를 갚는 것으로 하지. 허허허"

"너무 작지 않은가요? 하여튼 정성껏 차를 대접하겠습니다."

옥정이 차를 끓이는데 청년은 곰방대를 꺼내더니 담배를 한 대 피웠다.

"선비님, 권련은 요초(妖草)로 폐를 상하게 한다는데 괜찮으신가요?"

"그런 얘기를 들었네. 내가 피워보니 담(痰)을 치료하고 소화에 도움을 주었네. 쓰고 맵고 성질이 더워 독성은 강하지만 기분이 답답할 때는 가슴에 얹힌 것을 치료해 주는 것 같아 도움이 되고 있다네. 아직 나쁜 점은 모르겠네."

"평소에 골치가 아픈 일을 많이 하시는가 보군요. 제 가게 손님 한 분은 담배에 빠져 절간에서도 피우다가 스님에게 법당에서 연기를 피우면 안 된다고 제지당했다고 합니다. 그러자 '부처님 앞에는 향로가 있지 않습니까' 라고 답해서 스님도 물러났답니다."

"허허 그 사람도 나처럼 골치깨나 아픈 모양이구먼."

"그런데 선비님, 임금님께서도 담배를 좋아 하신다는데 혹시 알고계신가요?"

청년은 흠칫 놀라며 어쩔 줄 몰라 한다. 잠시 숨을 고르더니 반문한다.

"임금이 담배를 좋아하면 무슨 문제가 있는가?"

"앞에 선 사람이 좋아하면 모두가 따라하게 마련이지요. 지금 기름진 논과 밭은 너도나도 담배와 차를 심어서 벼와 밭작물이 줄게 되었습니다. 엄청난 돈이 연기가 되어 허공으로 날아가는 반면 배를 굶주리는 사람은 늘어나니 큰 문제가 아닐까요?"

"그런 어려움이 있다 해도 담배를 피우는 상쾌함이 있는데 그걸 어찌 법으로 막을 수 있겠는가? 담배경작문제는 전적으로 지방의 감사가 판단할 문제가 아닐까?"

"그뿐이 아닙니다. 담배는 귀한 뇌물로도 쓰입니다. 소문에 의하면 2년 전에 무인 서치(徐穉)가 담배 1태(짐)를 이조판서 민점의 사위에게 주고 감찰에 제수됐다가 파직됐다고도 합니다."

"지금 조정에서는 뇌물을 엄단하는데 그런 일들이 생길 수가 있 나? 불평분자가 지어낸 엉터리 소문일 걸세."

"선비님은 산속에서 오셨나요? 지금 육조와 전국의 관아는 뇌물 천국입니다. 그 자리에 있는 동안에 먹을 것을 마련해 놓지 않으면 빈껍데기 양반이 되니까요. 이 모두가 나라님이 합당한 월봉을 못 주시니까 뇌물로 대신 배를 채우는 것이지요. 식구가 굶고 있는데 눈이 뒤집히면 무슨 짓인들 못하겠습니까?"

청년은 얼굴색이 하얘지며 입가의 근육이 실룩거렸다. 한참 후 화난 듯 말했다.

"나라님 책임이라고? 낭자는 선동자군 그래. 그런 얘기 들으면 궁궐에 불이라도 놓겠는걸."

"선비님은 굶어보지 않으셨지요? 저는 홀어머니 밑에서 하루에 수수죽 한 공기로 겨우 연명하며 자라서 '먹어야 산다'라는 생각이 뼛속 깊이 새겨져 있습니다. 그런 정신으로 장사를 해야 살아남을 수 있다는 것도 배웠지요. 선조임금 27년의 《실록》을 보면 '기근이 극심하여 사람고기를 먹기에 이르렀는데, 아무렇지도 않게 생각 해 괴이함을 알지 못하더라. 길바닥에 굶어 죽은 사람의 시신을 베 어 먹어 완전히 살이 붙어있는 것이 하나도 없을 뿐 아니라, 산사 람을 도살하여 장과 위, 뇌의 골도 함께 씹어 먹는다'고 기록돼 있 습니다. 또 같은 기록에 '부자, 형제 간에도 서로 잡아먹는 일이 있 다'고 기술했습니다. 그래서 아버지는 딸을 지키느라 외출도 못했는데 잠자는 사이에 아들들이 누이를 잡아먹었다고 합니다. 후일에 쓰이게 될《실록》에 비슷한 기술이 없을 거라고 장담할 수 있을까요?"

청년은 갑자기 벌떡 일어났다. 그러더니 가게 안을 부산스레 왕래하며 마음을 진정하려는 듯 보였다. 다시 좌정하더니 한참 허공을 바라보며 담배를 깊숙이 빨았다. 그러더니 옥정을 뚫어지게 바라봤다.

"그러나 훌륭한 선비들도 있어서 나라가 유지됩니다. 조선의 선비로 이름을 날린 개성부유수 이해(李瀣)란 분 얘기입니다. 그분은 인조반정공신 33명 중에서 2등 공신으로 150결(結)의 공신전을 하사받았지요. 상등지 1결은 1,998평이니 150결은 약 3만 평이 되지요. 한 마지기가 198평이 되니 1,500마지기가 됩니다. 이해는 공신전 전부를 사양했습니다. 엄청난 재산을 포기한 것이지요. 공신전에는 사형을 당한 반대당파 대신들의 적몰재산(籍沒財産)이 많다는 이유에서였습니다. 그러나 이러한 선비는 한 사람뿐이었고 거의는 권력이 돈이라는 공식을 가지고 부정축재에 몰입했습니다."

청년은 떨리는 목소리로 물었다.

"낭자, 그 선비 이름 좀 적어주게."

"무엇에 쓰시려고 하는지요?"

"과인이 그 선비의 후손들에게 후한 상을 내리도록 해보겠네. 낭자, 이런 문제를 어떻게 해야 해결할 수 있다고 생각하나?"

과인? 옥정은 선비가 말실수를 하는 건지, 아니면 임금은 아닌가 하는 생각이 들었다.

"소녀 같은 장사꾼이 많으면 됩니다. 나라에서 상업과 수공업을 일으켜 많은 일자리를 만들어내야 합니다. 농업만으로는 일자리가 생기지 않습니다. 누구에게나 허가 없이도 장사를 할 수 있도록 해줘야 합니다. 토지개혁을 해서 대지주들의 농지를 일부회수하고 농민들에게 나눠줘야 할 것입니다. 농지를 **빼앗긴** 농민들이 한양으로 몰려와 인구가 늘어난 것입니다."

"지금 조정에서는 은결농지를 찾아내서 많은 농민들에게 새 농지를 분배하고 있다네. 또한 도로와 교량을 개설해서 장시상인들 생업에 도움을 주고 있지 않나? 또한 화폐를 주조해서 상업과 수공업이 살아나고 있지 않은가? 또 다른 문제가 있다면 구체적으로 말해보시게."

"그동안 임금께서는 농지개간사업과 화폐유통을 강력히 시행하시고 도로와 교량을 대대적으로 건설하셔서 경제가 회복되고 있습니다. 성리학을 신봉하는 양반들은 일을 하지 않아서 인적자원낭비가 심합니다. 성리학은 가난한 사람들에게 가난을 받아들이는 방법을 강요하고 있지요. 경제에 보탬이 되지 않는 정신수양이나 예의 같은 겉치레를 중요시하고 자연과 더불어 살아가는 게 올바른 군자의 길이라고 가르칩니다. 그런데 왜란과 호란 때 보니 이렇게 말하던 왕족과 사대부들은 자신들만 살려고 백성을 버리고 도망갔지요. 그런 말들이 백성을 굴종하게 하려는 얕은 수임을 알게 되었습니다."

"낭자는 현실을 냉정하게 잘 보고 있네. 계속해보게."

"백성들은 왜란 때 수천 명의 일본상인들이 군대를 따라와 장사하는 것을 보고 배웠습니다. 일본상인들이 성실하고 재빠르게 움직여서 큰돈을 버는 것을 보았지요. 품위를 지키라는 말이 얼마나 헛된 소리인가를 알게 된 것입니다. 상인들은 먹고사는 것은 성리학에 있지 않고 장사하는 데 있다고 믿고 있습니다. 성리학을 깨부수지 않는 한 조선의 경제는 무한히 낙후될 것입니다."

청년은 입을 꽉 다물었다. 무언가 마음에 결심을 하는 듯 물었다.

"나도 낭자처럼 이수광이나 유몽인, 한백겸, 허균 등 실학(實學)을 주장하는 학자들의 서적을 많이 읽어서 문제를 잘 알고 있지. 성리학은 조선의 대학자들이 대대로 정립해서 전국에 뿌리가 깊이 박혀 있다네. 특히 조선을 넘어 동양의 대학자로 일컫는 성리학의 지주인 송시열에게 반박할 이론을 제시하고 대항할 만한 학자가 없다네. 지금 이를 바꿀 방법이 없는데 무슨 좋은 생각이 있는가?"

"네, 있습니다. 전국의 1만 6,000여 개 서원과 서당을 폐쇄하면 됩니다. 성리학이 조선을 위기에 빠뜨리게 된 것은 선비들이 농촌을 기반으로 삼았기 때문입니다. 선비들은 농촌마다 서원과 서당을 세우고 세상 밖을 보지 못한 채 어린이들에게 옛날의 낡은 글귀들을 가르치고 있습니다."

옥정은 이수광의 《지봉유설》을 서가에서 꺼내 펼치며 말을 이었다.

"이수광은 북경에서 안남(베트남), 유구(대만 근처), 섬라(태국), 회회국(아라비아), 불랑기국(포르투갈), 남번국(네덜란드), 영길리국(영국), 대서국(이탈리아), 대진국(로마) 등 50여 개 나라의 사신과 상인들이 활발히 외교하고 장사하는 것을 보고 성리학보다 실학(實學)이 필요하다는 사실을 깨달았습니다. 외국들은 성리학을 모르고도 대포와 멋진 옷감도 만들어 팔며 호의호식하고 있었습니다. 반면 조선에서는 실학을 주장하던 유몽인과 허균이 반역죄로 사형 당했지요. 허균은 저잣거리에 목이 걸렸습니다."

이수광(李睟光)은 조선의 실학원조라고 할 수 있는 학자이다. 그는 농업기술이나 제도를 개선해야 한다고 했다. 또한 성리학보다 과학기술과 역사, 지리처럼 실생활에 도움이 되는 학문을 연구하고 이를 현실에 맞게 시행해야 한다고 주장했다. 그는 빠르게 변화하고 발전하는 세상 속에서 살아남는 길은 '새로운 생각', '새로운 기술', '새로운 실천'이라고 생각했다. 유몽인, 한백겸, 허균, 신흠 등과 함께 조선을 더 강한 나라로 만드는 방법을 연구했다. 한백겸은 토지제도와 세금제도를, 유몽인은 상업과 공업을 발전시킬 방법을, 허균은 신분에 관계없이 능력에 따라 대가를 받는 세상을 만들 방법을 각각 연구하고 글을 썼다.

이수광은 조선 최초의 백과사전인 《지봉유설》을 썼다. 그는 조선

백성들이 우선 배우고 깨우쳐야 한다고 생각했다. 348권이나 되는 책에서 서구의학, 지리학, 천문학, 곤충학을 비롯해 인체의 구석구석에 대한 지식을 추려내고 응급처치법 등 가정에서 필요한 상식도 넣어 편집한 것이다. 최고의 군자부터 장바닥의 장사꾼까지 총 2,265명이 등장해서 각자의 지식을 알려주는 방식으로 책을 엮었다. 그의 영향을 받아 유형원, 김육, 박제가, 박지원, 유수원 등 중상학파 실학자들이 탄생하게 된 것이다. 후일의 정약용은 농상학파로 분류된다.

옥정이 말을 마치자 선비는 곰방대를 재떨이에 탁탁 털며 담뱃대를 다시 물려고 했다. 갑자기 근심스러운 얼굴이 되었다.

"선비님, 담뱃대는 나중에 물으시지요. 제가 잠시 혓바닥을 볼 수 있을까요? 젊으신데 담배가 맛있다면 혀에 진액이 배었을 것입니다. 아마 중병일 수 있습니다."

옥정은 선비의 답도 들을 필요 없다는 듯이 얼굴을 들이밀며 혀를 내밀라고 했다. 그러자 선비는 주춤하며 옥정을 쳐다본다.

"잠시 혀를 내밀어보셔요. 큰 일하실 선비신데 건강을 조심하셔야지요."

옥정의 재촉에 선비는 얼굴색이 풀리며 흥미롭다는 듯이 혀를 조금 내밀었다. 그러자 옥정이 손으로 혀를 덥석 잡아당기며 들여다본다. 순식간에 일어난 일에 선비가 깜짝 놀라며 몸을 빼려 하자, 옥정은 어깨를 붙잡으며 꼼짝 못하도록 했다. 그리고는 오른손 검지로 혀를 훑었다.

"무엄하다! 어디 더러운 손가락으로 과인의 혀를 문대느냐?"

"선비님은 임금님인냥 말씀하시네요. 제 손가락은 비단을 만지던 귀한 손입니다. 비단은 사람 혀보다 깨끗하답니다."

"어떻게 비단이 사람 혀보다 깨끗하단 말이냐?"

"사람의 혀는 하루 종일 좋은 말보다 나쁜 말을 해대지요."

옥정이 너무도 자연스럽게 행동해서 선비도 더 이상 큰소리는 칠 수 없었다.

"아직은 혀의 색깔이 붉고 맑아 진액이 있더라도 염려 없으니 담배를 피우셔도 괜찮을 것 같습니다. 혀가 붉은 것은 심장에 열이 많다는 것을 말합니다. 평소에 성미가 급하신 게 틀림없습니다. 화를 식히시도록 하십시오. 수시로 깊은 숨을 쉬시고 음식을 골라서 잡수시면 괜찮을 것입니다."

"자네는 한약방을 하면 더 어울리겠네 그려. 사실 나는 칠정(七情) 가운데 급한 것(怒)을 억제하지 못해서 걱정일세. 허허허."

칠정(七情)이란 유학에서 인간의 여러 감정들을 기쁨(喜), 노여움(怒), 슬픔(哀), 두려움(懼), 사랑(愛), 싫어함(惡), 바람(欲)의 일곱으로 묶어 일컫는 말이다.

"한의학 서적을 많이 읽고 한의사들을 많이 상대해서 짧은 식견을 가졌을 뿐입니다. 선비님께서는 심장박동이 강해서 위(胃)에 열이 많으신 체질입니다. 이런 체질은 근육을 길러야 심장병이 생기지 않습니다. 근육은 제2의 심장이라고 합니다. 제가 꼭 필요한 운동을 가르쳐드릴 테니 따라해 보시지요."

옥정은 장희재에게서 배운 대로 5번의 팔굽혀펴기 시범을 보였다. 그리고 선비에게 따라서 해보도록 잡아 이끌었다. 선비는 옥정에게 신들린 사람처럼 쾌히 도포를 벗더니 따라서 했다. 그러나 3번도 못하고 털퍼덕 엎드러졌다. 옥정은 부지불식간 크게 웃었다.

"선비님, 정식으로 보여드릴게요. 1회 100번은 해야 됩니다."

옥정은 치마를 엮어 매고 팔소매를 걷은 후 가볍게 100번을 했다. 선비는 믿어지지 않는 듯했다.

"참으로 놀라운 괴력을 가졌네. 어디서 그런 힘이 나오는가?"

"연습과 반복입니다. 소녀는 매일 아침과 저녁에 반드시 100번씩 합니다. 그리고 발차기도 100번씩 합니다. 선비님께서는 근육이 없는 데다 심장박동이 강하니 근육을 만드셔야 심장 부담을 덜수 있습니다. 팔굽혀펴기 운동을 하시면 근육이 생길 것입니다. 식사 때 반찬으로 나물이나 채소, 메밀 같은 차가운 음식을 드시면 소화도 잘 되고 건강해지실 것입니다."

"어찌 그리 잘 아는가? 과인은 나물과 메밀을 참 좋아한다네. 특히 메밀전병을 좋아하지. 그것을 먹지 않으면 소화가 잘 안된다네."

"아까도 과인이라 하시고 무엄하다고도 하셨는데, 정말 임금님이신가요?"

"내가 잠시 실언한 것일세. 농담도 못하나?"

청년은 당황해하며 얼버무렸다. 옥정은 혹시 청년이 왕은 아닌가 하는 의문이 들었다. 그러나 왕이 늦은 밤에 올 리가 없다고 생각했다.

"선비님, 심장이 운동만으로는 튼튼해지지 않습니다. 죽염차를 하루에 서너 번 드시는 게 좋습니다. 천일염을 대나무 통에 넣어 황토로 봉한 후 천도의 뜨거운 불에 9번 구워서 나쁜 성분을 제거한 것이 죽염(竹鹽)입니다."

"짠 것을 많이 먹으면 나쁘다는데 괜찮을까?"

"죽염은 나쁜 성분을 태운 것입니다. 심장은 우리말로 염통(鹽筒)이라고 부릅니다. 소금 통이란 뜻입니다. 심장에 소금이 부족하면 변고가 생기게 됩니다. 우리 몸의 온갖 부분이 적(積, 암)에 걸리는데 심장만 걸리지 않는 것은 짜기 때문입니다. 죽염으로 심장에 힘을 넣어줘야 합니다. 제가 죽염차를 끓여드릴 테니 음미해보시기 바랍니다."

옥정은 죽염을 뜨거운 물에 적당량 타서 주었다. 선비는 훌훌 불면서 마신다.

"허어, 참으로 신기하게 마음이 아주 편해지네. 심장박동이 안정되는 모양이지?"

"그렇습니다. 심장에 짠 기운이 부족하면 억지로 박동을 하게 되지요. 그러면 삼장에 열이 나고 성질도 급하게 되는 것이지요."

"고맙네. 이번엔 낭자가 나를 살려준 셈이니 서로가 비긴 것이네. 죽염을 조금 싸서 주게. 돌아가서 구할 동안 먹으려고 하네."

옥정은 죽염 1통을 싸서 드렸다. 그러자 선비는 기뻐하며 서둘러 돌아갔다.

옥정은 서신을 써서 꺽쇠에게 왜관에 가서 조총을 사오라고 했다. 그리고 일본의 최고급 담배도 사오라고 했다. 꺽쇠가 열흘 후 왜관의 무기상과 함께 왔다. 열흘 되는 날 조총을 주문한 청년도 시간을 맞춰 왔다.

"선비님, 제가 일본의 최고급 담배를 선물로 드리겠습니다. 좋은 담배를 피워야 혀에 진액이 덜 생깁니다."

"고맙네. 자넨 참으로 눈치 빠르고 비위를 잘 맞추는 재주가 있네 그려. 다음에 두둑하게 보답하겠네."

"황공하신 말씀이십니다. 제 생명의 은인이신데 은혜를 갚을 길이 없습니다."

"그럼 언젠가 내가 부탁하면 어렵더라도 꼭 들어줘야 하네."

"당연하옵지요. 어려운 부탁이시라니요?"

"그런 일이 있을 것일세. 낭자가 이 가게를 떠나야 하는 힘든 일일 수 있지."

청년은 웃으며 조총을 집어 들고 자세히 살펴본다. 전의 총보다 총구가 작아졌고 그 속에는 강선이 파여 있었다.

"일본은 기계공작기술이 대단히 발달했군요. 우리나라도 훈련도

감에서 조총을 만들지만 아직 총구가 크고 강선도 파지 못합니다. 좁은 총구에 강선을 파는 일본의 공작기술에 놀라움을 금할 수 없습니다."

옥정이 중간에서 통역했다. 일본인 무기상은 성심껏 대답한다.

"조총은 1543년 다네가섬(種子島)에 표류한 포르투갈인이 화승총을 휴대한 데서 소개되었습니다. 당시 16세의 소년영주인 도키타카는 사격법과 총기제조기술을 배워 생산하도록 명령했습니다. 그는 1569년 기독교 포교를 공인하고 가끔 선교사들을 집무실로 불러 유럽과 인도에 대한 지식을 배웠지요. 세계지도와 지구의를 앞에 놓고 선교사들에게 항로를 자세히 묻기도 하였습니다."

"100년 전에 개방했군요."

"그 후에도 일본의 바쿠후(幕府)는 기독교와 무관한 서적의 수입을 허용하고 서양기술을 배우기 위해 유학자들에게 화란(네덜란드)어를 배우도록 했습니다. 그때 수입한 서적들은《근대전을 위한 보병, 기병, 포병술》,《축성학 입문》,《대포학개론》,《포병술》,《야포 조작술》등이었습니다. 이 조총은 도쿠가와 쯔나요시(德川綱吉) 쇼군께서 그 기술로 만든 것입니다. 또한 쇼군께서는 나가사키 부근에 있는 5,000평 정도의 테지마 섬(出島)에 네덜란드와 서양인들의 체류를 허용했습니다. 이 섬이 쇄국에서도 숨구멍이 된 것입니다."

일본사람들은 속이 보일 정도로 변신을 잘했다. 네덜란드인이 최고인 줄 알고 네덜란드어로 쓰인 서양서적을 무조건 수입해서 읽고 난학(蘭學)이라고 존중했다. 이 난학이 조선과 일본 간 근대화의 분기점이 되었다. 조선에서는 성리학이 의리를 중시해서 변신을 거부하고 쇄국을 고수했다. 옥정은 즉시 이 책들을 사서 읽기로 했다. 청년은 무기상의 말에 매우 놀라는 눈치였다. 그는 조총에서 눈을 떼지 못한 채 묻는다.

"총구가 전보다 작아진 것은 무슨 이유입니까?

"총구를 총알크기에 맞게 만들면 명중률이 높아집니다. 강선을 파면 총알이 회전하면서 날아가 파괴력이 몇 배 강합니다."

청년이 잠시 뒷간에 간다며 자리를 비웠다. 그러자 일본 무기상이 물었다.

"낭자, 저 청년을 잘 아십니까? 여러 모로 봤을 때 보통 인물이 아닌 듯 보이오."

"처음 보는 분입니다. 비변사의 군관 정도가 아닐까요?"

"그렇지 않습니다. 일본 바쿠후에도 뛰어난 청년들이 많은데 저런 청년은 못 봤습니다. 깊은 눈동자에서 온갖 고뇌와 불같은 꿈이 보였습니다. 큰 인물이 될 것입니다."

무기상은 청년이 돌아오자 작별하고 왜관으로 떠났다. 옥정은 청년이 조총에 대해 너무 신기해하자 엉뚱한 질문을 했다.

"조총이 아무리 좋아도 총알 성능이 떨어지면 효과가 없잖습니까?"

"낭자가 어떻게 그런 걸 다 아는가? 일본에서도 총알의 성능을 높이려고 화약의 폭발력을 연구하는데 시약이 발달돼 있지 않아서 진전이 없다고 하더군."

"화약을 염초만으로 만들면 한계가 있습니다. 염초 외에 유황이나 새똥에서 나오는 가스 같은 것을 사용하면 폭발력이 훨씬 강해집니다."

"낭자의 말이 맞네. 그런데 어떻게 그런 걸 다 아는가?"

"제가 만난 서양인들로부터 들은 얘기입니다. 조선도 우수한 조총을 만들고 폭탄도 개발해 자주국방을 이룩해야 합니다. 대신들은 청국에 조공이나 바치며 안보우산 속에서 편히 살려고 하지요. 조선의 국방은 너무 허약합니다. 제가 무기거래를 하느라 병기고에서 무기들을 살펴본 적이 있습니다. 칼날은 쉽게 상하고 갑옷은 쉽게 뚫어지는데 이는 쇠를 단련하는 기술이 나쁜 때문입니다. 활은 좀을 먹어 시위를 당기면 줄이 끊어지고 화살은 들고만 있어도 깃촉이 우수수 떨어집니다. 활은 비를 맞으면 휘어지지가 않아서 쏠 수가 없습니다. 이런 국방력으로 청국만 바라보고 자주국방은 포기하니 큰일입니다."

"낭자는 조선의 국방문제를 정확히 알고 있네. 해결할 방법도 알겠네 그려."

"선비님은 아셔도 어찌할 수도 없을 것입니다. 소녀가 말하면 조정 대신들은 저를 죽이겠다고 야단일 것입니다."

"설마 자네를 죽이려 하겠나? 어서 말해보게. 내가 힘이 되어줄지 아나?"

"그럼 말씀드려보겠습니다. 지금은 강력한 폭탄 몇 개가 군인숫자보다 중요합니다. 왕상치라는 중국 거상에게 들은 바로는 영국 함대가 대포를 쏘면 중국의 성곽 정도는 한방에 뚫린다고 합니다. 조선도 폭탄과 대포만 있으면 칼이나 활, 갑옷은 필요도 없고 현재의 군편제도 포병직업군인제도로 바꾸면 됩니다. 소수 정예포병과 소수 정예보병만 있으면 나라를 지킬 수 있습니다. 적군에 대고 폭탄 몇 발만 쏘면 먼지처럼 날아가 버릴 테니까요."

청년은 깜짝 놀랐다. 편전에서 대신들에게 자신이 한 말과 같아서였다.

"내가 평소 생각한 것을 낭자가 말해줬네. 폭탄이 있으면 국방비는 적게 들면서 전쟁억지력도 확보될 것일세. 낭자는 예사로운 장사꾼이 아니네. 오늘은 시간이 없어 그냥 가지만 후일 다시 와서 얘기를 나누고 싶네."

청년은 작별을 하고 떠났다. 옥정은 피 흘리며 길바닥에 버려진 자신을 업어다 치료를 부탁한 청년을 만난 것이 신기했다. 그러나 그가 지체 높은 선비이니 은혜를 갚을 방법도 특별히 떠오르지 않았다. 두 사람 간의 이런 기연이 후일 조선 역사에 두고두고 회자하리라고는 꿈에도 몰랐다.

칠패시장

 장희재가 왈패들을 처치한 후 저자에서 왈패들은 보이지 않았다. 옥정은 오빠 덕에 왈패들을 쫓아냈지만 사람들이 싸움패는 아닌가 하는 눈빛으로 보는 것 같아 거북했다.

 옥정은 가슴 한 구석에서 왈패들이 집혔다. 그들도 태어났을 때 엄마는 미역국을 먹었을 것이다. 그간 대화해보니 착한 사람들인데 굶다보니 변한 것이다. 왈패들을 포용하기로 했다. 나라님이 못한다면 내 힘으로라도 이들을 구제하고 싶었다.

 옥정은 이들에게 일을 가르치면 제몫을 할 것이라고 생각했다. 이들은 일이 없었다. 소득이 없으니 국민생산성에 기여하는 것도 없었다. 장희재에게 부탁해서 그들을 주막 국밥집에 모이게 했다. 정확히 32명이었다.

옥정은 이들에게 모이게 한 취지를 설명했다.

"여러분은 지금까지 노동을 통해 생산을 해본 적이 없을 것입니다. 여러분들은 일을 해서 대가를 받아야 태어난 본분을 다하는 것이 됩니다. 여러분은 하나의 통과 같습니다. 물을 담으면 물통이 되지만 똥을 담으면 똥통, 쓰레기를 담으면 쓰레기통이 됩니다. 지금부터 제가 칠패시장을 조선 제일의 장터로 만들려고 하는데 저를 도와서 물통이 돼주십시오. 물론 보수를 드리겠습니다. 여러분은 떳떳하지 못한 삶을 살았습니다. 사람들은 넘어지지 않고 잘 달리는 사람에게는 박수를 보내지 않습니다. 넘어졌다 일어나 달리는 사람에게 박수를 보냅니다. 다시 일어나 달립시다."

왕초가 벌떡 일어나며 박수를 치자 모두가 함성을 질러댄다.

"앞으로 저를 도와 몇 가지 일을 하면 됩니다. 첫째 저자거리를 깨끗하게 청소할 것, 둘째 경비를 강화해 도둑을 단속할 것, 셋째 모든 상품을 운반하고 보관하는 일을 할 것. 그러면 손님들은 시장에서 안심하고 장을 보게 될 것입니다. 여러분의 책임자로 제 오라버니를 삼고 싶습니다. 동의하십니까?"

그들은 모두 동의한다고 대답하고 크게 박수쳤다.

"여러분이 일하는 데 대한 임금을 알려드리겠습니다. 통솔자들은 월급으로 쌀 9말인데 화폐로 9전(쌀 1석이 1냥), 면포 3필인데 화폐로 6냥(면포 1필이 2냥), 그 밑의 사람들에게는 쌀 6말(6전)과 면포 2필(4냥)을 지급하겠습니다. 이것을 상평통보로 1냥이 400문으로 환산해서 드리겠습니다."

그날부터 장희재는 장정들을 통솔하기 쉽도록 조직을 만들었다. 먼저 우두머리 김깍쟁이에게 도수라는 이름으로 대장자리를 맡겼다. 도수 밑에 부도수격으로 좌수를 두 명 두었다.

가게마다 상품을 운반하는 일이 시급했다. 상인들이 무거운 상품과 부피가 큰 상품운반에 매달리느라 장사를 못하기도 했다. 대금으로 받은 쌀이나 면포를 창고에 보관하는 것도 큰일이었다. 때로는 자리를 비운 사이 도둑을 맞기도 했다. 옥정은 창고를 수십 개 짓고 지방에서 오는 상품들은 무조건 창고에 입고시켰다. 창고사용료를 최소한으로 받았다. 장정들에게 창고재고관리와 상품출납 교육을 시켰다. 상인들은 필요할 때마다 창고에서 반출해서 팔도록 했다. 반출과 운반은 장정들이 해줬다. 손님 중에 집으로 배달을 원하면 해줬다. 놀랍게도 배달이 폭증했다.

옥정은 연말이 되자 한해를 회고해봤다. 첫 해에 거둔 성과는 컸다. 성과를 보고 받고 장현은 옥정과 장희재를 칭찬했다. 칠패시장은 상조회를 결성하고 시장터도 두 배로 넓히면서 손님들은 두 배나 늘었다.

옥정은 시장정비에 착수했다. 우선 시장의 중앙통로를 넓히는 일에 매달렸다. 선반을 달아 가게 물건들을 올려놓도록 하고 통로에 꼭 내놓아야 할 물건들은 두 자 정도만 내놓도록 했다. 전보다 통로가 넓어졌다. 수레가 자유롭게 왕래할 수 있어 물건도 신속히 배달되었다. 원활한 유통은 상품가격을 낮추고 신선도를 유지한다. 물건들이 다른 장보다 더 빨리 진열되고 배달도 신속하니 손님들도 더 모였다.

시장이 어느 정도 정비되자 옥정은 꿈꾸던 계획을 실천했다. 저자 뒤편 새로 닦은 터에 큰 농산물시장과 약령시를 개장했다.

농산물시장

농산물시장에서 농민들에게 직접 판매기회를 주면 이문도 많이 남을 것이다. 옥정이 조사해보니 지역별로 특산물이 생산되고 있으나 공물납세로 인해 농민에게는 이익이 적게 돌아갔다. 특산물들을 팔아 화폐로 공납세금을 내면 관료들의 재량권이 배제되어 농민들에게 이익이 그대로 돌아갈 것이라 판단했다. 옥정은 깍쟁이와 도수들을 전국으로 보내 시장조사를 시켰다.

이들은 조사한 것을 가지고 와서 옥정에게 보고했다. 지방에서는 진안의 담배 밭, 전주의 생강 밭, 강진의 고구마 밭, 임천과 한산의 모시 밭, 안동과 예안의 왕골 밭, 황주의 기황 밭 등이 특산물 재배지로 추천되었다.

한양 일대에서는 왕십리에서 무, 살곶이다리에서 순무, 석교에서 가지·오이·수박, 연희궁에서 고추·부추·해채, 청파에서 미나리,

이태원에서 토란 등 특산물이 있었다.

옥정은 생산지역들의 특산물을 소비자와 연결해주어 농민들에게 제대로 된 이익을 얻게 해주기로 했다. 지금까지 이들은 중간상인들에게 싼 값으로 작물을 넘겨주었다고 했다. 옥정은 농사도 잘 지으면 돈을 많이 벌 수 있음을 보여주기로 했다.

도회지 주변에는 파 밭, 마늘 밭, 배추 밭, 오이 밭 등이 많다. 서도의 담배 밭, 북도 지방의 삼 밭 수확은 상등의 논에서 나는 수확보다 이익이 10배에 이르고 있었다.

옥정은 지역별로 도수를 책임자로 배정했다. 도수들에게 농민들이 특산물을 칠패시장에 가져와서 팔 수 있도록 책임을 분담시켰다. 도수들이 농간을 부릴 것에 대비해서 담당 농산물에 대한 매출액 경쟁을 시켰다. 도수들은 이런 거래를 경험해보지 못했기 때문에 농민들과 유착할 가능성이 있었다. 옥정은 일정 기간마다 각 농산물에 대한 매출액을 검사하고 매출액이 적은 품목에 대해서는 추궁을 했다.

농산물시장에 대한 소문이 퍼지면서 전국에서 작황물이 쏟아져 들어왔다. 배오개시장에서까지 찾아와 특산물을 구입해 갔다. 이들은 값을 더 얹어서 팔아 이문을 남겼다. 칠패시장은 마치 도매시장처럼 되었다. 옥정은 장터의 중요성을 체감했다. 옥정이 분석해보니 독과점이 없는 게 경쟁력이었다.

농산물들은 중간도매상들이 거래를 독점해서 값을 올리고 폭리를 취했으나 칠패시장에서는 그렇지 않았다. 농민들이 직접 장터에 와서 직거래를 했다. 옥정은 제대로 된 판을 벌려주면 사람들은 모여든다는 것을 깨달았다.

약령시장

약령시는 큰 뜻이 있었다. 가난한 사람들이 슬픈 것은, 아픈 데도 약값이 비싸서 병이 악화되는 것이다. 이런 사람들일수록 돌팔이들에게 당하는 게 보통이었다. 옥정은 의술에 능하고 약재식별능력이 있는 한의사를 5명 선발했다. 그에게 국내에서 구입하는 약재를 검사하도록 했다. 중국에서 수입하는 약재는 쓰지 않기로 했다.

사대부와 부자들은 중국약재를 최고로 알았다. 역학적으로 십리만 떨어져도 풍속이 다르고 백리가 떨어지면 풍토가 달랐다. 옥정은 지역마다 약초성분도 다를 텐데 수만 리 중국의 약재를 선호하는 것은 이치에 맞지 않다고 생각했다. 그 땅의 성질에 따라 나오는 약이 질병 치료에 적합하다고 판단하고 국내산 약재만을 고집한 것이다.

처음에는 약재의 9할 이상이 불합격되었다. 거의가 가짜였다. 그러자 약종상들은 깡패를 동원해 옥정과 약령시를 위협했다. 옥정은 그런 자들을 못 본채 했다. 보름이 지나자 본격적으로 약재가게들을 때려 부수는 등 행패를 부리는 자들을 알 수 있게 되었다. 옥정은 행패부리는 자 중에서 제일 못된 자를 막아섰다. 그자가 옥정에게 발길로 올려 찼다. 옥정은 발길을 수도로 막고 비호처럼 돌려차기로 면상을 찍으니 그자는 길바닥에 나가떨어졌다. 옥정이 그자의 가슴을 발로 밟고 소리쳤다.

"앞으로 약령시에서 행패를 부리면 성해서 돌아가지 못할 것입니다. 여기 경비를 맡은 김깍쟁이와 수하들은 조선 제일의 수박고수들입니다. 이제부터 행패부리는 사람들은 죽기를 각오해야할 것입니다."

옥정의 말이 떨어지자 김깍쟁이는 벽돌을 공중에 던졌다 떨어지는 것을 이마로 박살냈다. 수하들은 수도로 돌덩이를 박살냈다. 이를 본 구경꾼들은 벌린 입을 다물지 못한 채 옥정과 수하들을 번갈아 바라보았다. 깡패와 약종상들은 슬슬 꽁무니를 빼고 다시는 나타나지 않았다.

옥정은 혜민서가 부담스런 가난한 환자들을 대상으로 최대한 저렴하게 진품 약재만을 사용했다.

약령시는 공동운영방식으로 했다.

- 선정된 좋은 국내산 한약재를 공동구매하고 싼 값으로 판다.
- 우수한 한의사들을 고용해 양질의 치료를 싸게 해준다.
- 병자들에게 무료 의료상담을 해준다.

- 약재의 품질에 대해서는 끝까지 책임진다.

- 치료받은 환자는 계속 관리해준다.

- 조선의학서와 중국의학서도 판매한다.

- 조선의학서와 중국의학서들을 약령시 서고에 비치하고 열람을 허락한다.

누구나 절차를 밟아 책을 볼 수 있다. 의학도서관 같은 기능을 하게 한 것이다. 의학서적으로는《향약집성방(鄕藥集成方)》과《의방유취(醫方類聚)》,《향약채취월령(鄕藥採取月令)》등 귀한 우리 의학서적들을 구비했다.

《향약집성방》은 세종대왕이 '우리 땅에서 나는 약재로 백성들의 병증을 고치겠다'는 뜻에서 편찬한 대표적인 의학서적으로, 고려시대에 편찬된《향약(鄕藥, 우리 땅에서 자란 약재)》등의 서적들을 참고삼아, 959가지 병증과 17만 706가지의 약방문(藥方文), 1,416조(條)의 침구법(鍼灸法)과 향약본초(鄕藥本草) 등을 담은 방대한 한방의학서였다.

《의방유취》는 세종대왕이《황제내경(黃帝內經)》(중국의학서)에서부터 원(元)나라 시대에 이르는 150여 종의 의학서적들을 총망라하여 정리한 종합백과사전이었다. 집필하는 데 3년이 걸렸고 모두 365권이다.《향약채취월령》은 전국 방방곡곡 향약(鄕藥)의 분포와 실태를 조사해서 각 지역의 약재를 채취하는 가장 알맞은 시기를 적은 서적이다. 물론 한의학 공부를 하는 서생들을 위해 중국 의학서적도 구비했다. 이것들은 왕상치를 통해 수입했다.

또한 인체에 관한 그림, 약을 빻는 그릇, 약탕기, 약을 빻을 때 쓰는 접시와 막자, 약재의 무게를 재는 저울, 침과 침통, 약을 짜는 데 쓰는 틀 등도 구비해서 판매했다.

안타깝게도 명의 허준이 편찬한 《동의보감》은 판본인쇄가 적어 보급이 안 됐다. 오히려 청국과 일본에서 필사본이 널리 퍼져 많이 읽혔다. 청국과 일본에서는 전적으로 동의보감을 이용해 약방을 여는 사람들이 많았다.

이러한 운영방식이 알려지자 각지에서 약종상과 환자들이 몰려들었다. 사람이 모여드니 칠패시장도 자연히 번성하게 되는 일석이조의 상승효과를 거두었다.

옥정은 바쁜 가운데도 약방에 들려 중국의학서들을 읽고 약재들에 대해 배웠다. 자연히 의학과 약재에 대해서 상당한 지식을 갖게 되었다. 옥정이 무식하면 약재검사원이 속일 수도 있기 때문에 열심히 공부했다. 놀라운 건 병자들이 너무 많다는 사실이었다. 머리부터 발끝까지 병이 안 든 곳이 없었다. 한 예로, 어떤 여인은 아프면서도 농사짓고 빨래하고 바느질하고 막일하고 밥을 짓고 아이들을 길렀다. 이들은 아픈 것을 숙명으로 알고 참고 살았다. 불쌍하다고 해야 할지 바보라고 해야 할지 몰랐다. 여인들은 약 한 첩을 먹고 침 한 대만 맞으면 언제 그랬냐는 듯이 싹 나았다. 평생 처음이라 내성이 없기 때문이었다.

약령시가 잘 돼가자 전국의 왈패들이 모여들었다. 이들은 가짜 약을 팔아먹기도 했다. 이들은 장구나 북을 두드리며 사람을 모은 후 흥을 돋우려고 타령을 하거나 마술을 부리기도 했다. 사람이 제법 모이고 나면 약에 대한 장광설이 그럴듯했다.

설명으로는 영약임에도 값은 의외로 쌌다. 사람들은 재미에 홀린 채 약 값이 싸다면서 한 뭉치씩 사들고 돌아갔다. 그러나 약을 사가지고 집에 가보면 속은 것을 금방 알 텐데 얼마나 허탈할 것인가?

옥정은 이들이 발을 붙이면 낭패라고 생각했다. 애써서 개장한 약령시에서 엉터리 장사꾼들이 판을 친다면 약령시의 신용에도 문제가 생길 수 있다. 옥정은 감찰부에 고해 이들이 장판을 벌이는 것을 철저히 막도록 했다. 그러자 의외로 손님들의 항의가 빗발쳤다. 시장에 와도 아무런 재미가 없다는 것이다.

옥정은 재미난 판을 짜줘야겠다는 새로운 생각이 떠올랐다. 남사당패와 판소리꾼을 불러다 하루에 여러 번 장판을 벌리면 되겠다고 생각했다. 전국의 남사당과 판소리꾼에게 무대를 마련해줬다. 그러자 구경꾼들이 다시 모여들었다.

청하옥 안숙정

저자에서는 모든 일들이 잘 진행되고 있었다. 불만이던 상인들도 장사가 궤도에 오르는 것을 느끼자 신나서 열심이었다. 저자에서 장사가 잘되고 보니 가까운 염천교 일대에 술집들이 들어섰다. 그 가운데 '청하옥(淸河屋)'이란 술집이 유명했다. 그 술집은 예쁜 여인이 많기로도 유명했다.

장희재는 여기서 안숙정(安淑正)이란 여인을 만나 부인과 결별하는 지경에 이르렀다. 안숙정은 눈이 맑고 지적인 미모에 적당한 체격의 탐스러운 자태를 지니고 있었다. 옥정은 오빠 일에 뭐라고 말도 할 수 없어서 고민하던 중 안숙정이 찾아왔다. 옥정은 예를 다해 맞이했다.

"어서 오세요. 얘기 듣고 있었습니다. 옥정이라고 합니다."

"처음 인사드립니다. 제가 보잘것없는 잡부인데 이렇게 환대해 주시니 고맙네요."

옥정이 가만히 살펴보니 안숙정은 풍전등화의 고초를 이겨낸 의지의 얼굴이었다. 그러나 무척 행복해보였다. 안숙정의 관상을 보니 예사롭지 않았다. 단순히 술집 잡부감은 아니었다. '각관 기생 열녀 되랴'라는 속담이 해당되지 않아 보였다. 그동안 오빠에게 많은 변화가 있었던 것도 안숙정의 영향이었음을 알았다.

"별 말씀을요. 앞으로 자매처럼 친하게 지내도록 해요. 언니라고 부를게요. 남자는 좋은 아내를 얻으면 행복한 사람이 되고, 악한 아내를 얻으면 철학자가 된다는 말이 있지요. 요즘 오빠가 행복해보여 이상하다고 생각했어요."

"명심해서 오빠를 잘 섬길게요. '싸움터에 나갈 때에는 한 번 기도하라, 바다에 갈 때는 두 번 기도하라, 그리고 결혼을 할 때에는 세 번 기도하라'는 말처럼 남녀의 만남은 전쟁보다 어렵다는 말을 명심하고 있습니다. 오라버니는 제게 행복을 알게 해주신 분이예요. 서방님은 큰일 하실 분이라고 생각해요. 열심히 뒷바라지해드리겠습니다."

"오빠는 신분제도 때문에 신세를 한탄하며 가정생활을 외면했었지요. 이제 언니와 제2의 결혼생활을 하면서 변화가 온 것 같아요. 결혼은 열병과는 반대로, 발열로 시작하고 오한으로 끝난다고 하는데 언니가 힘이 돼주세요."

"부끄러운 제 얘기지만 저는 원래 양반집 딸이었어요. 서방님을 섬겨 저의 한 맺힌 삶을 보상받고 싶어요. 행복해지니까 벽으로 보이던 것들이 문으로 보였어요."

그녀는 장희재를 만나게 된 얘기를 했다. 안숙정은 열세 살에 팔자가 비참하게 됐다. 아버지는 귀주의 절도사 밑에서 부장으로 용맹을 떨쳤다. 어느 날 청나라 장수가 와서 외몽고를 치는데 부장과 군사 5,000을 파견하라고 요청했다. 조정에서 거절했는데도 횡포를 부렸다. 숙정의 아버지는 청나라 장수를 매를 친 후 쫓아 보냈다. 이후 청의 심양왕이 압력을 가해 아버지는 심양으로 잡혀갔고 어머니와 숙정은 관비가 됐다.

숙정은 열다섯 살까지 귀주관아의 노비였다. 귀주는 청천강 이북에 있는 강동6주의 하나다. 거란과 금나라(여진)와 싸워 패한 적이 없는 철옹성이었다. 관비로 제법 자리를 잡을 만큼 되었을 때 선술집에 팔렸다. 인물이 반반해서 남정네들에게 인기가 있었다. 술집 단골이던 양반이 주모에게 큰돈을 주고 첩을 삼았다. 숙정은 졸지에 늙은 양반의 소실이 돼 한양으로 따라왔다. 이후 늙은 남편이 죽자 본처는 그녀를 청하옥에 팔았다. 숙정은 습관처럼 괴로운 하루를 보내며 극한의 고통 속에서 나를 잊으려했다. 그러기를 여러 해가 되고 보니 스무 살이 되었다.

어느 날 늦은 저녁 장희재는 청하옥에 들렸다. 그는 목이 말랐는지 술 한 병을 숨도 쉬지 않고 들이켰다. 숙정이 여러 장정들이 난

장판을 벌이는 데서 노리개처럼 술시중을 들다가 술 취한 장정으로부터 화풀이를 당했다. 숙정이 참다가 그자를 밀쳤다. 그자가 따귀를 때리자 숙정이 피하려 장희재 쪽으로 왔다. 그자가 뒤따라오자 장희재가 가로막아줬다.

"여보시오, 술을 곱게 드시오. 여자를 때리면 안 되지요!"

"이놈 봐라! 너 죽고 싶은가 본데, 한 대 먹어라!"

그가 주먹을 날린다. 장희재는 가볍게 얼굴을 돌리며 그의 면상을 받아쳤다. 그가 땅바닥에 나가떨어졌다. 그러자 여러 친구들이 한꺼번에 달려들어 공격했다. 그러나 그는 가볍게 여러 명을 때려 눕혔다. 그리고 숙정을 이끌고 밖으로 나왔다.

"아가씨, 다친 데는 없소?"

"괜찮습니다. 저는 이런 일을 수 없이 겪어서 아무렇지도 않은데 저놈들이 복수를 할 텐데 큰일입니다."

"걱정 없소. 저런 놈들은 100명이 달려들어도 문제없소."

"저놈들은 한양 수구문 깡패들이라 곧 진짜 두목이 올 텐데 큰일 났습니다."

"그래도 상관없소. 놈들에게 내일 저녁에 다시 온다고 전해주시오. 허허허."

장희재는 동전 하나를 쥐어주고 검불이 묻은 옷자락을 털며 돌아갔다.

장희재는 약속대로 다음날 저녁에 청하옥으로 갔다. 벌써 십여 명의 떼거리가 와 있었다. 모두가 가죽신을 신고 삿갓을 내려쓰고 있었다. 이들은 삿갓에 뚫은 구멍으로 장희재를 바라봤다. 장희재는 누가 누군지 알 수가 없었다. 이때 한 녀석이 소리친다.

"두목님, 저놈입니다!"

그자가 장희재를 손가락으로 가리킨다. 두목이 삿갓을 올리고 얼굴을 드러내며 앞으로 나선다.

"네가 우리 아이들을 쳤냐? 제법 힘깨나 쓰는 모양인데 나하고 한판 겨뤄보자!"

"나는 힘 겨루려고 온 게 아니다. 앞으로 이 술집에서 불쌍한 여인을 괴롭히지 말라고 부탁하러 온 거다."

"네가 나를 이기면 다시는 괴롭히지 않을 테다. 어떠냐?"

"좋다. 한판 붙자! 내가 이긴다면 다른 말 없기로 한다."

두 사람은 술집 앞의 마당으로 나갔다. 덩치가 큰 두 사람이 격투 자세를 취하자 마당이 꽉 찬듯했다. 술 마시던 사람 모두가 뛰어나와 구경꾼이 되었다. 두 사람은 호흡을 가다듬으며 서로 공격을 하지 못한 채 빙빙 돌았다. 빈틈이 없었다. 한 동안 시간이 흘렀다. 그래도 빙빙 돌뿐 공격은 없다.

"자, 그만 합시다. 형씨의 기세에 내가 눌렸소. 내가 만나본 중에 최고의 고수를 오늘 보았소. 우리 들어가서 통성명하고 술이나 한잔 합시다."

의외로 왕초가 품밟기자세를 풀며 말했다. 장희재도 상대의 실력을 가늠하고 자세를 풀며 말했다.

"나도 형씨에게 눌렸소. 술이나 한 잔 합시다."

두 사람은 헤어졌던 형제가 만난 듯했다. 숙정이 두 사람의 술시중을 들었다.

"내 이름은 황박통이라고 하오. 금년에 서른 살이 되오."

"제 이름은 장희재라고 합니다. 제 나이가 스물일곱이니 형님으로 부르겠습니다."

둘은 의형제가 됐다. 박통은 시구문에서 시체처리를 하며 한양의 궂은일들을 청부받아 대가를 챙긴다고 했다. 그는 양반으로 군관이었다. 포부를 가지고 남해안에서 왜놈들을 물리쳤고 북방에서는 오랑캐들을 무찔렀다. 하지만 고관들과 장수들의 부정과 불법에 꿈은 사라졌다. 견디다 못해 군인생활을 접고 청부업자가 되었다고 했다.

"숙정아, 이 아우님이 너를 위해 아끼던 힘을 썼는데 오늘 밤 네가 잘 모셔야 할 것 아니냐? 숙정은 아주 까다로운 여자로 소문나 있다네."

"저처럼 천것이 어찌 이런 분을 모실 수 있겠어요. 그래 주신다면 영광이지만요."

"처자, 아니오. 내가 오히려 영광이지요."

"그럼 됐다. 둘이서 서로 영광이라니 성사된 것이다. 이제 우린 그만 돌아갈 테니 아우님 오늘 밤 회포를 푹 푸시게나. 허허허."

박통은 호탕하게 웃으며 패거리를 이끌고 돌아갔다. 장희재는 어쩔 줄 몰라 당황했다. 많은 여자를 안아봤지만 숙정 앞에서는 이상하게 주저했다. 숙정이 다가와 장희재를 자기 방으로 안내했다.

"서방님이라고 불러도 되지요? 우선 제가 목욕물을 준비하겠습니다."

숙정이 방 밖으로 나가자 장희재는 방안을 둘러보았다. 벽 옷걸이에 두루마기와 무명치마가 걸려 있다. 경대에는 분 그릇이 놓여 있고 그 옆에 곱게 꾸민 함지가 놓여 있다. 장희재는 궁금해서 함지를 열어봤다. 그 속에는 책이 몇 권 있다. 동몽선습, 소학 등 양반 댁 규수들이 읽는 책이었다. 그는 동몽선습을 꺼내 펼쳐봤다. 여러 번 읽은 흔적이 보였다.

"오래 기다리셨지요? 윗목으로 오세요. 제가 씻겨드릴게요."

숙정이 따뜻한 물을 한가득 담은 다래를 들고 들어왔다. 그녀는 장희재가 서책을 펼쳐보고 있는 모습을 보고 말했다.

"서방님, 부끄럽게 서책을 검사하시나요? 제가 꿈도 희망도 없이 살면서 위로받으려고 가끔 읽는 것이에요."

"아닐세. 처자는 대단한 여인이오. 내가 함부로 할 수 없는 기품이 있으니 나 같은 한량은 그만 돌아가겠소."

장희재가 자리에서 일어나자 숙정이 화들짝 달려들며 붙든다.

"제 몸이 더럽혀졌다고 그러시는 거지요? 서방님께는 순정을 바치고 싶어요. 제발 받아주세요."

숙정이 장희재의 가슴에 얼굴을 묻고 애원한다. 장희재의 가슴에서 아직까지 느껴보지 못한 뜨거운 피가 박동 쳤다. 참 아름다운 냄새다. 장미는 쓰레기 더미에서도 향기가 나는가? 이 아름다운 한 송이 장미를 꺾고 싶은 충동이 일었다. 장희재는 숙정을 힘껏 안았다. 숙정은 장희재의 가슴에 얼굴을 묻은 채 흐느꼈다.

"서방님, 고마워요. 정말 행복해요. 제가 살아있기를 잘했다고 생각돼요."

숙정은 장희재의 옷을 벗기고 자신도 몽땅 옷을 벗은 채 다래 옆에 바짝 다가앉았다. 그리고 수건을 따뜻한 물로 적셔 장희재의 몸을 구석구석 문지르고 닦았다. 장희재는 숙정의 손이 닿을 때마다 희열을 느끼며 소름이 돋았다. 그녀가 손을 움직일 때마다 흔들리는 젖가슴을 보니 숨이 넘어갈 듯 꼴깍하고 침을 삼켰다. 그는 벌거벗은 여인을 보면 열흘 굶은 거지 숟가락질 하듯 허겁지겁 덮쳐들곤 곧 나가떨어졌는데, 이런 한심한 작태는 무슨 일이람? 자신도 놀랄 일이었다. 시간이 흘러도 황홀하기만 할 뿐 달려들어 요절을 내고 싶은 마음이 없었다. 사랑이었다. 사랑에 빠진 것이다.

목욕을 끝내고 둘은 이불 속으로 들었다. 장희재는 숙정을 꼭 안았다. 참으로 아름다운 살결을 느꼈다. 솜털 같은 부드러운 그녀를 한없이 품고만 있었다. 행복을 느꼈다.

"자네는 고급 책을 읽는 여자인데 왜 술집에 나왔는가?"

장희재가 궁금해서 물었다. 숙정은 자초지종을 얘기했다. 지금까지 생을 포기했는데 장희재에게서 인간대접을 받고 다시 꿈이 생겼다고 말했다. 장희재는 가능하면 빠른 시일 내에 집을 마련해 데려오겠다고 했다.

옥정은 요즘 장희재가 좀 유식한 말도 하고 도수들을 다루는 것이 상당히 격식을 갖췄다 여겼더니 숙정의 영향이었음을 깨달았다. 장희재는 확실히 변했다. 그는 자신이 맡은 문제들을 뒤탈 없이 잘 마무리하는 능력을 보였다. 어떤 문제가 생겼을 때 전과달리 많이 듣고 한참 후에 신중히 대답했다. 그의 능력은 시장경비에서 화폐운용, 분쟁해결, 상인들의 신용향상, 상품신속배달, 불량상품단속 등 다양한 데서 발휘되었다.

옥정은 오빠가 두뇌가 좋았는데도 계발하지 않았다가 숙정이란 유능한 여인을 만나 변화한 것임을 알았다. 숙정 역시 술집작부로 무의미하게 살다가 오빠를 만나면서 인생에 대변화가 일어났다.

옥정은 시장 근처의 집을 구했다. 청하옥 주인에게는 거금을 주고 숙정을 데려왔다. 다음 날부터 숙정을 호주상회에서 일하도록 했다. 숙정은 글을 읽고 쓸 줄 알았지만 일단 초보 일을 맡겼다. 객장에서 손님에게 차를 대접하고 물건을 들어다 주는 일이다. 옥정은 숙정이 장사에 익숙해지면 장부정리를 맡길 예정이었다.

문제가 생겼다. 숙정이 청하옥 작부였다는 소문이 퍼졌다. 남정네들이 숙정을 만나려고 호주상회 앞이 번잡했다. 그들은 숙정에게서 술을 한 잔이나마 시중 받았었다. 숙정이 머리에 은비녀로 쪽

틀고 옥색치마에 분홍저고리를 입은 모습은 아름다웠다. 귀부인처럼 변모한 것에 놀라는 눈치였다. 한 남자가 숙정을 부르며 희롱한다.

"숙정이, 여기서도 술을 파는가? 나 좀 한 잔 마실 수 있을까?"

"안녕하세요? 술 대신 차 한 잔 드릴 테니 들어오세요."

숙정은 쫓아나가 그 남정네를 붙들고 들어온다. 그리고 차를 한 잔 대접하고 옷감을 앞에 펼쳐 보인다. 그는 할 수 없이 옷감을 이것저것 들춰보다 열자를 샀다. 이를 본 다른 남정네들은 슬금슬금 꽁무니를 뺐다. 지켜보던 옥정은 숙정의 능란한 화술과 행동에 놀랐다. 앞으로 자신이 하던 일 가운데 일부를 맡기고 다른 일도 할 수 있을 것이라 생각하니 뿌듯했다.

검계

박통이 장희재를 만나러 호주상회로 찾아왔다.

"형님 어쩐 일로 여기까지 오셨는지요?"

"자네 나 좀 잠깐 볼 수 있을까?"

박통은 장희재를 부근의 선술집으로 데리고 가더니 장희재의 귀에 대고 말했다.

"사실, 나는 막된 깡패를 하려고 관직을 버리고 시구문에 있는 게 아닐세. 나는 조정의 권세를 업고 백성을 등쳐먹는 탐관오리들을 징치하고 있네. 이 조직은 검계(劍契)란 것으로 전국에 수십 개가 있네. 검계 중에는 살인, 폭행, 겁탈, 약탈 등의 폭력을 일삼는 곳도 있어서 조정과 백성들로부터 외면 받기도 한다네."

박통은 검계에 관해 자세히 설명해준다. 검계는 원래 향도계에서 출발하였다. 향도계는 장례비용을 충당할 목적으로 결성한 계다. 계원을 뽑을 때는 착하고 악함을 가리지 않았는데, 상여를 멜 때 상주에게서 노자를 더 받아내려고 소란을 피우고 폭력을 휘두르다 보니 관가에 잡혀가는 일이 생겼다. 잡혀갈 사람들이 피신 오면 도가(都家, 계를 맡는 집)에서는 숨겨주었다. 그렇게 도가에 모인 무리가 검계가 되었다.

계원은 맑은 날에는 나막신을 신고 비오는 날에는 가죽신을 신는 등 일반인들과는 반대로 처신했다. 강하게 보이기 위해 얼굴과 팔뚝, 가슴에 칼자국을 내고는 겉으로 드러내 보여주었다.

"나는 한양의 검계 수장일세. 시구문에서 모든 상여를 받아 처리하다보니 항상 폭력이 그치지 않아 포도청에서 잡으러 왔는데 내가 숨겨줬더니 자동으로 수괴가 되었네. 나는 검계를 민중저항운동화 하여 포악하고 부패한 관리와 양반지주들을 혼내주고 이들에게 쪽지를 남겨 패악을 부리지 못하도록 경고하고 있지. 가혹한 봉건적 착취의 금지, 민생 안정을 위한 상업자본의 보호, 행상에 대한 가세(苛稅)의 금지, 토지사점에 의한 고율소작료의 금지, 악형의 폐지 등을 요구하고 있다네. 의외로 조금은 시정되고 있다네. 그런데 요즘 조정에서는 내면적으로 우리를 반체제 무리라고 단속하고 있지. 그러나 상당수의 백성들은 우리를 의지하고 우리 뒤에 숨기를 바라고 있네. 임진왜란과 병자호란 뒤에도 권세가와 부자들은 부패와 폭정을 자행하고 있지 않은가? 앞으로 우리 패에는 들지 않더라도 우리를 이해하고 협력해주면 고맙겠네."

장희재는 놀라운 얘기를 듣고 전율을 느꼈다. 잘못하다간 역모로 몰릴 수도 있다. 포청에서 역모로 엮으면 빠져나갈 수도 없을 것이다.

"참으로 놀라운 얘기를 들었습니다. 이런 공분은 젊은 사람이라면 누구나 가지고 있습니다. 저도 피가 끓습니다. 관리들의 마수에 걸려들지 않도록 조심하십시오."

이때 밖에서 누군가 박통을 불러냈다. 밖에서 박통이 큰 소리로 호통을 친다.

"실패했다고? 잡힌 놈이 누구야?"

"장쇠입니다. 지금 포도청 옥사에 있다고 합니다."

박통이 화난 얼굴로 돌아왔다.

"검계 활빈조(活貧組)가 호조정랑 임사홍 집을 급습했다가 형제 한 사람이 잡혔다네. 아직 검계원이라고는 불지 않은 모양인데 몸의 흉터를 보면 곧 알아차릴 걸세."

"형님, 포도청에는 제가 알아보고 조치하겠습니다."

장희재는 포도청 종사관인 강장원을 찾아갔다. 그는 장희재가 무과 초시에 합격할 때 동기였다. 그는 다시 복시(覆試)에도 합격한 데다 가문이 좋아 몇 해 전에 포도청에 부임 받아 승승장구했다. 장희재는 신분 때문에 복시를 치루지 못해 임직을 못하고 있었다.

"장형, 글쎄 이놈이 잡혀 와선 탐관오리를 혼내주는 게 무슨 잘

못이냐고 소리소리 지르며 칼로 제 살을 깎고 가슴을 베기까지 하는 등으로 그지없이 흉악한 짓을 했네. 이 보고를 받고 형조의 민영익 대감이 이자를 가볍게 다스리면 그 무리가 늘어나게 될 것을 염려하여 중법(重法)으로 다스려야 한다고 하네. 내가 봐 줄 수 없게 됐네."

"잘 알았습니다. 그럼 그자의 자상 난 곳을 치료나 부탁하겠습니다."

강장원에게 치료를 부탁하며 엽전을 쥐어주었다. 아직 검계원이라는 신분이 탄로 나지 않은 것만이 다행이다. 민영익은 서인 강경파로 반체제무리를 강경진압해야 한다고 주장해왔다. 장희재는 박통에게 사실을 말했다.

"형님, 민영익 대감이 절대 반대를 한답니다. 임사홍 집에서 뺏은 돈과 귀금속을 저에게 주십시오. 제가 그 재물과 장쇠를 맞바꾸도록 해보겠습니다. 임사홍이 민영익 대감과 친분이 두터우니까 적극 나설 것입니다. 종사관을 통해 전달해보겠습니다."

장희재는 강장원을 만나 뜻을 전했다. 곧 임사홍에게서 후환이 없는 조건으로 좋다는 답이 왔다. 임사홍은 포악무도한 왈패들의 후환이 두려웠다. 장희재는 빼앗은 재물을 하나도 손대지 않은 채로 전달했다. 임사홍은 약속대로 장쇠를 옥에서 풀어줬다. 장희재는 장쇠를 인계 받고 옥정에게 맡겼다.

옥정은 장쇠를 호주상회 지하방에 잠자리를 마련해주었다. 목욕을 시키고 옷도 새로 사서 입히니 새 총각이 되었다. 칠패시장의 의원으로 데리고 가서 한약과 고약을 지었다. 상한 몸과 상처 치료에 정성을 다했다. 한약을 하루에 3번씩 다려 먹였다. 몸의 흉터마다 일일이 고약을 발라주었다. 매일 고약을 바꿔 붙였다. 지성이면 감천이라더니 보름 만에 장쇠의 칼자국과 흉터가 아물고 건강해졌다.

"장쇠야, 너의 의협심은 대단하다. 네가 몸을 칼로 베는 것은 목표가 없기 때문이야. 사람답게 사는 세상을 목표로 세웠으면 참을 줄도 알아야 하고 함부로 칼자국도 내지 않아야 해. 좀 더 값있게 써야 한다. 검계에 돌아가면 큰 뜻을 세우고 살아라."

장쇠는 진정으로 눈물을 흘린다. 덩치가 범만 한 장정이 눈물을 흘리니 신기했다. 장쇠는 태어나서 이렇게 따뜻한 보살핌과 사랑을 받아보긴 처음이었다.

"누님, 제게 베풀어주신 사랑과 은혜를 절대로 잊지 않겠습니다. 저는 오늘로 새로 태어났습니다. 저는 누님의 가르침대로 살겠습니다."

옥정은 장쇠의 변화가 기뻤다. 작은 사랑이 칼로 몸을 베고도 고통을 모르는 장정의 마음을 녹인 것이다. 옥정은 새로운 사실을 확인했다. 사랑! 왜 이 사회는 이리 사랑과 정이 부족하단 말인가! 조선의 가장 큰 위험인자는 궁핍과 고통이 아니라 사랑 결핍이라고 느꼈다.

옥정은 장쇠를 통해 사랑이 있으면 적은 것도 많게 느껴지고, 무례함이 없어지며, 유·불리를 따지지도 않고, 모든 것을 견딜 수 있음을 보았다. 옥정은 가진 모든 것으로 구제하고 몸을 불살라 내주더라도 사랑 없이 행한 것은 아무것도 아님을 알았다. 옥정은 자신의 능력이 아무리 뛰어나도 사랑이 없으면 소용없다는 것을 깨달았다.

자주국방

　추석명절이 가까워지자 시장은 붐볐다. 옥정은 가게 문을 닫기 전에 하루의 매상을 계산하고 있었다. 하루 결산을 해보니 2,000문이나 이문이 남았다. 옥정은 배금에게 500문을 떼어주며 보름에 무료급식하는 데 사용하라고 했다. 400문이면 쌀 한 가마를 살 수 있다. 옥정은 시장 남쪽 끝에서 무료급식소를 운영해왔다.

　이때 지난번에 조총을 구입했던 청년이 들어왔다.

　"낭자, 내가 다시 오겠다고 했지? 그간 죽염차를 마셨더니 내가 많이 편해졌네. 고마우이. 고급 담배선물에 답례코자 옥비녀를 가지고 왔네."

　옥비녀는 은비녀보다 귀한 것이었다. 은비녀는 대가 댁에서 흔히 사용했지만 옥비녀는 궁중에서 주로 사용했다.

"옥비녀요? 저는 처녀입니다. 저를 유부녀로 보셨다니 실망입니다. 하지만 이렇게 귀한 옥비녀를 주시니 상관치 않겠습니다."

"미안하네. 병자호란 후에 조혼풍습이 생겼다고 해서 유부녀로 착각한 것 같네."

조혼풍습(早婚風習)은 청국에서 공녀를 요청하면 전국에 금혼령을 내리고 처녀들을 차출했기 때문에 이를 피하려고 앞 다퉈 조혼을 시켰던 풍습이다.

"그러셨군요. 이제라도 제가 처녀인 것만 알아주시면 됩니다. 호호호."

"그대가 처녀라니 반갑네. 물어볼 수도 없어 갑갑했지. 자네는 일반 처녀와 달리 농지개혁과 서원철폐, 폭탄개발 등에 대해 대단한 식견을 가졌었지. 더구나 내 혓바닥까지 잡아당기면서 샅샅이 검사해주지 않았는가? 허허허. 이제까지 내 손도 잡은 사람이 드문데 내 혓바닥을 만지기까지 한 사람은 자네가 유일하네. 내 혓바닥을 잡아당긴 걸 의금부에서 알면 곤장 100대에 제주도 감옥으로 갈일일세. 또 얘기하고 싶어서 다시 찾아온 것일세."

"소녀를 곤장 100대와 제주도 감옥에서 구해주시니 제 목숨을 두 번씩이나 살려주신 셈이네요. 그 은혜 백골난망이옵니다. 선비님은 저를 살려주시는 운명인가 보죠?"

"나는 이제껏 누구를 위해 몸을 써본 적이 없었네. 자네를 업고 도포에 피가 흥건히 묻은 채 5리 길을 뛴 것은 큰 경험이었다네. 자네가 이렇게 건강히 살아 있으니 더욱 기뻤다네. 내가 오히려 자네에게 고마워해야 할 걸세."

옥정은 선비가 너무 순수하고 먼지 하나가 묻어도 못 견디는 사람 같아 보였다. 화관(花冠)처럼 1줄로 곡옥(曲玉)을 주렁주렁 달아놓은 팔찌를 팔목에 찬 게 눈을 끌었다. 옥정이 팔찌를 찬찬히 바라보자 선비는 웃으며 말했다.

"이 팔찌가 좋아 보이는 모양이지? 처녀에게 비녀를 주었으니 이 팔찌를 선물하겠네. 이 팔찌의 곡옥은 태아의 모습을 하고 있어서 다산(多産)을 의미하는 것이기도 하지. 자네가 차고 있으면 아이를 잘 낳을 수 있을 것일세."

"아니, 귀한 팔찌를 제게 주시다니요? 소녀 같이 천한 여인이 이 팔찌를 차서 아이를 많이 낳으면 고생길이지요. 소녀는 처녀로 살 작정입니다."

선비는 팔찌를 풀더니 옥정의 팔에 채워주었다. 팔찌를 차는 옥정이나 채워주는 선비나 손이 떨렸다.

"왜 내 손이 떨리지? 이런 일은 처음일세. 내가 처녀를 좋아하나? 허허허. 자네 팔도 떨리네 그려. 자네도 나를 좋아하나 보지? 허허허."

"부끄럽습니다. 소녀도 이렇게 팔이 떨려보기는 처음입니다. 선비님 손이 닿으니까 얼굴이 달아오르고 온몸에서 소름이 솟아나며 숨도 가빠집니다."

"벌이 아닐까? 남녀칠세부동석인데 성인남녀가 손과 팔을 만지는 것은 벌 받을 일이니 말일세. 허허허. 자네가 나보다 훨씬 어울리네. 앞으로 더 큰 선물도 할지 모르잖은가? 허허허."

선비는 계속 허허대며 웃어댄다. 옥정이 이제야 주의해서 보니 날렵한 무사 몇 명이 가게 문 앞을 슬쩍 지나가며 선비의 동태를 살피는데 그의 안전을 염려하는 호위무사로 보였다.

"낭자는 대단한 군사지식이 있어서 귀한 그림을 한 폭 선물하겠네. 〈사현파진백만대병도(謝玄破秦百萬大兵圖)〉라는 것이네. 이 그림은 전진(前秦)의 부견이 이끄는 100만 대군을 동진(東晉)의 장수 사현(謝玄)이 8만의 군사로 맞서 비수 부근에서 격퇴하는 장면을 그린 것일세. 비수전의 고사는 적은 군사지만 훈련을 잘 받고 정신력만 있으면 얼마든지 승리할 수 있다는 부국강병에 대한 교훈을 주어 왔다네."

"귀한 그림을 주시니 감사합니다. 이 그림처럼 이순신 장군께서도 소수로 다수를 이기셨지요. 조선은 소국이니까 작은 것이 큰 것을 이기는 전략을 개발해야 합니다. 선비님처럼 유비무환의 정신을 가진 분이 계셔서 나라에 큰 복입니다. 지금 임금님께서도 선비님 같은 분이셨으면 얼마나 좋을까요?"

옥정의 말을 들은 선비는 무척 기쁜 듯이 크게 웃었다.

"그런 왕이면 괜찮겠는가? 허허허. 차 한 잔 마실 수 있겠나?"

"찻값은 팔찌로 내신 것으로 하겠습니다. 호호호."

"물론이지. 자네의 탁견을 들려주면 몇 배 더 비싼 찻값을 지불하겠네. 허허허. 사실은 조총을 10정 더 구입하려고 왔네. 할 수 있겠나?"

"허가서만 있으면 가능합니다."

"당연히 가져왔네."

청년은 소매에서 허가서를 꺼내 촛불 가까이 와서 읽어본다. 촛불에 비추인 선비의 얼굴은 하얀 피부에 오뚝한 콧날, 맑고 빛나는 눈동자, 얇지만 일직선으로 꽉 다문 입술이 돋보였다. 옥정이 선비를 물끄러미 바라보며 말했다.

"선비님, 촛불 가까이에서 뵈오니 참으로 귀하신 분 같습니다. 앞으로 큰일을 하시려면 심장을 잘 관리하셔야 하옵니다."

"고맙네. 나는 낭자처럼 솔직하고 발랄한 여인이 맘에 드네. 지난번 조총 탄환과 폭탄에 관해서 상당한 지식을 가진 것도 참으로 마음에 드네."

옥정은 선비의 맘에 든다는 말에 순간 얼굴이 붉어졌다.

"낭자도 처녀는 확실하구만. 맘에 든다고 하니 얼굴이 빨개지니 말일세. 허허허."

"소녀는 아직 남자를 모릅니다. 오직 장사 상대로 겪은 남자들만 있었습니다."

"그럼 첫 남자가 나라는 말이네 그려. 참 흥분되는데? 비밀스러우니 더 흥분되는 느낌이 드네. 내가 사는 곳은 모든 게 법도에 따라 결정되니 개인감정은 생길 수가 없지. 내가 낭자와 이렇게 개인적 얘기를 하니 이상하게도 빨려 들어가는 느낌이 드네. 더 얘기하기 위해 언젠가 가까이에 불러도 괜찮겠는가?"

선비가 부를 날이 있다고? 옥정은 갑자기 가슴이 콩닥거리며 다리가 후들거려 서 있기가 힘들 지경이었다. 숨이 멈출 듯이 가빠지며 자제할 수가 없었다. 생전 이런 일은 처음이었다. 옥정이 머뭇거리자 청년이 말했다.

"갑자기 낭자의 다리가 후들거리는데 어디가 불편한가?"

"선비님이 놀리시는 것 같아 부끄러워서 그런 것입니다."

"사실 나도 낭자와 말을 하면서 심장이 콩닥거리고 다리가 후들거리는 게 이상하다네. 내게 이런 감정은 생전 처음이네. 혹시 흥분제가 들어 있는 차를 마신 때문인가 생각하는 중이네."

"소녀는 차도 안 마셨는데 그러니 참으로 이상합니다."

"그럼 차 때문은 아닌 것 같군 그래. 낭자는 내 혀까지 문질러본 사람이 내말에 부끄럽다니 놀랍네. 남녀칠세부동석이라는데 나는 낭자를 업고 오리 길을 뛰었고 낭자는 나의 은밀한 곳까지 문지르지 않았는가? 허허허."

"그리 말씀하시니 이제야 제 손에서 선비님의 부드러운 혀의 감촉이 느껴집니다."

"우리가 좀 이상하게 된 것 같네 그려. 그런데 이상하게도 갑자기 이곳에 매일 오고 싶어지는 것은 웬일인지 알 수가 없네. 이 모두가 낭자의 마술 때문이 아닌가 의심이 드네. 혹시 마술을 하지 않는가?"

"소녀는 마술을 할 줄 모릅니다. 선비님께서 매일 오시고 싶다는 말씀을 들으니 소녀도 매일 선비님을 뵙고 싶습니다. 소녀도 이상해진 것 같습니다."

"내가 낭자 좀 안아 봐도 되겠는가? 갑자기 안아주고 싶네 그려. 이것이 삼강오륜에 어긋난다는 걸 잘 알지만 비밀히 허락해줄 수 있겠나? 부탁일세."

"선비님은 제 생명의 은인이신데, 소원이시라면 그리 하십시오." 옥정은 왠지 거절할 수가 없었다. 내숭을 몰라 더 안기고 싶었다. 말을 마치자 선비는 옥정을 덥석 안았다. 옥정은 선비의 품에 안겨들었다. 선비의 가슴 뛰는 소리가 들렸다. 선비는 제법 힘이 있었다. 한 동안 적막이 흘렀다. 한참 후 선비가 겸연쩍은 듯 팔을 풀며 말한다.

"우리가 왜 이러고 있지? 내가 이러는 걸 어머니가 알면 야단날 일일세. 낭자, 화약 얘기를 좀 더 해주게."

옥정은 숨을 깊이 쉰 후 정신을 가다듬었다. 그리고 무기무역을 하면서 상인들로부터 들은 것과 서적에서 읽은 지식을 얘기했다.

"이곳에 들르는 아랍상인들에 의하면, 서양에서는 화약성능 개발경쟁이 대단하다고 합니다. 화약이 강해야 사거리가 긴 탄환을 만들 수 있기 때문입니다. 전에는 철의 강도에 의해 칼의 무기등급이 정해졌지만 지금은 총탄의 사거리로 무기등급이 결정됩니다. 조총이 활을 이긴 것은 사거리가 몇 배 긴 때문이었습니다. 이것은 아군에게 공포를 일으켜 전의를 상실케 했습니다. 이순신 장군의 전승도 포탄의 사거리와 신속한 발사에 비결이 있었습니다. 또한 전술에서 수학적 계산을 잘하셨습니다."

"어떻게 그리 했다는 것인가?"

"판옥선을 개조해 대형화포를 탑재해서 포탄의 사거리를 늘였습니다. 그리고 포신의 각도와 화약의 양으로 사거리를 조절해 명중률을 높였습니다. 또한 사거리별로 정확한 화약 양을 기름먹인 종이에 미리 담아놓고 적선의 거리에 따라 빨리 사격하셨습니다."

"그렇다면 일본 배들은 무엇이 다른가?"

"왜군 전함은 첨저선인 안택선(아타케부네)과 관선(세키부네)인데 장거리 항해에 속력을 내기 위해 가볍게 하려고 판옥선보다 높이가 낮고 배 밑을 뾰족이 만들었습니다. 따라서 대형화포는 반동 때문에 장착할 수 없었습니다. 그리고 회전반경도 매우 컸습니다."

"놀라운 분석이네. 더 얘기해 보게."

옥정은 이순신장군의 전함인 판옥선에 관한 책을 꺼내 보여주며 말했다.

"판옥선은 선박기술자 나대용과 진무 공태원이 대형으로 개조해서 130명이나 승선했습니다. 바닥이 평평해서 큰 화포를 실을 수 있고 제자리에서도 회전이 쉬웠습니다. 선체의 위쪽에 상갑판을 하나 더 올린 2층 구조라 노군(櫓軍)들이 상·하 갑판 사이에서 자유롭게 노를 저었습니다. 병사들은 상갑판 위에서 노군의 방해를 받지 않고 화포를 발사할 수 있었습니다. 종래의 군선보다 선체가 커서 노 한 자루 당 노군을 5명씩 배치해 기동성도 앞섰습니다."

"그런데 수학적 계산을 잘했다는 것은 무엇인가?"

"이순신 장군께서는 유명한 말씀을 하셨지요. '신에게는 아직 열두 척의 배가 있습니다'라고… 이순신 장군은 모든 해전을 남해안의 좁은 해역에서 학익진(鶴翼陣)과 일자진(一字陣)으로 치렀지요. 전함들의 화포는 앞쪽에 2문, 옆쪽에 10문씩 탑재돼 있습니다. 왜군전함은 숫자가 많아도 암초를 피해 깊은 곳에서 4열종대로 전진할 수밖에 없었습니다."

옥정은 책에서 학익진 그림을 보여주며 말했다.

"명량대첩을 예로 들면, 장군은 적선이 사거리 내에 접근했을 때 12척 중 10척의 선체를 제자리에서 일자(一字)로 돌리고 2척은 후진에 예비선으로 배치했습니다. 10척의 선체를 옆으로 돌리면 화포는 100문이 됩니다. 적선은 2문으로 4열에서 8문이 쏠 수밖에 없었으니 100대 8로 조선수군의 화력이 훨씬 우세했습니다. 또한 왜선은 소형화포로 대응하는 데 비해 아군은 대형화포로 선두 배들에 맹포격을 했습니다. 미리 담아놓은 화약으로 신속히 발사하기까지 하니 화력 차이는 더욱 벌어졌습니다. 적의 선두 배들이 격파되자 뒷배들은 불타거나 가라앉는 앞의 배를 들이받고 우왕좌왕했습니다. 이때 신속히 포탄을 퍼부어 대승할 수 있었던 것입니다."

영국의 해군영웅 넬슨 제독은 생전에 가장 존경하는 인물로 이 순신을 꼽았다고 전해진다. 세계전사에 의하면 200년 뒤 넬슨 제 독은 나폴레옹의 연합해군과의 트라팔가 해전에서 학익진을 벌여 대승했다고 한다. 그러나 넬슨은 화약을 기름먹인 종이에 미리 담 아놓는 것은 몰랐었다고 한다.

"낭자의 설명을 들으니 이순신 장군께서는 수학의 천재셨네. 수 적 열세를 수학적 계산으로 극복하고 백전백승을 거둔 것일세. 신 화처럼 떠돌던 이순신 장군의 전승담이 합리적으로 해석되네. 전 쟁이나 정치나 신화는 없지. 어느 지도자든 합리적으로 생각하고 기술을 개발하면 백전백승의 살길이 열린다는 것을 깨달았네."

"아주 오래 전에도 위대한 인물이 있었습니다. 고려시대 최무선 은 1377년(우왕 3) 화통도감(火筒都監)을 설치해서 화약을 제조하 고 화포를 실을 수 있는 전함을 만들었습니다. 왜선 500여 척이 전 라도 진포(鎭浦, 군산)에 침입하여 약탈을 자행하자 전함은 화통과 화포 등을 사용해서 왜선을 모두 격파했고 적군은 거의 전멸했습 니다. 그 뒤 1383년 남해의 관음포(觀音浦)에 침입한 왜구도 화포 를 사용해서 물리쳤습니다. 이후 대선단의 왜구는 화포가 무서워 침입이 없었다고 합니다."

"우리도 자주국방을 위해 강력한 폭탄과 대포를 가지면 되겠 구먼."

"그렇습니다. 폭탄은 개미떼처럼 밀려오는 적군도 한 방에 콩가루처럼 날려 보낸다고 합니다. 폭탄이 있으면 누구도 침략을 생각지 못할 것입니다."

"낭자는 어떻게 그런 해박한 지식을 가졌나?"

"소녀는 평소 자주국방을 염원해왔습니다. 그간 청국과 서양의 신병기를 들여와 비변사에 제공해 왔는데 소녀가 외국어를 좀 해서 관련서류와 통관, 성능검사 등 실무를 행했습니다. 그러다 보니 자연히 군사지식이 늘었을 뿐입니다."

이때 장현이 술 한 잔 하고 지나다 가게에 들렀다가 옥정과 얘기하는 선비를 보았다. 장현은 선비를 자세히 바라보더니 넙죽 엎드리며 절한다.

"전하, 어찌 이런 누추한 데를 찾으셨는지요? 황은이 망극하옵니다."

"아니, 장현 역관 아니오? 선대왕 때 청국의 화포를 밀무역으로 들여오다 책문후시에서 들켜 1년간 노역을 한 것을 과인은 잊지 않고 있소."

"전하, 소녀 몰라 뵙고 죽을죄를 지었습니다. 용서해 주시옵소서."

옥정도 무릎을 꿇고 아뢰었다.

"낭자, 내가 임금인 줄 몰랐다고? 나는 알고 있다고 여겼는데? 허허허."

"황공하옵니다. 설마 했을 뿐 확실히는 모르고 있었습니다. 얘기를 편히 해드리려고 알려하지 않은 것이오니 용서해 주시옵소서."

"괜찮네. 편하게 얘기한 것이 더 좋았네. 임금이라고 하면 말이 달라졌을 것 아니겠나? 나한테는 국방과 상업에 대해 밝은 조언자가 곁에 필요하네. 궁에 들어와 가까이에서 조언해줄 수 있겠나?"

"전하, 황공하오나 이 아이는 궁에 들어가기에는 나이가 많은 편입니다."

장현은 이런 횡재가 어디서 굴러왔나 싶었지만 능청을 떨었다. 그렇게 원하던 것이 즉석에서 해결된 것이 믿어지지 않았다.

"낭자는 나이가 몇인가?"

"스물한 살입니다."

"과인보다 두 살 위로구나. 스물한 살이면 한창 무르익은 나이가 아닌가? 과인은 열아홉 살 홀아비이니 아무 문제가 없겠구나."

이순은 자신도 모르게 홀아비라는 거짓말을 했다. 중전이 두창에 걸려 심히 아픈 때문에 그랬는지도 모른다.

"전하께서 농담을 다 하시옵니다. 소녀는 평생 처녀로 살기로 했습니다. 지금 시장을 개혁하는 중으로 먹여 살려야 할 식구가 많습니다."

옥정은 말은 그렇게 했으나 정신을 차릴 수가 없었다. 왕에게 이미 마음이 끌려 있었다. 생전 처음 마음이 흔들렸다. 머리를 흔들어도 왠지 끌리는 것이었다. 옥정의 처지로는 상상도 할 수 없는 귀한 분, 생명의 은인, 나라의 지존, 이분에게 이 무슨 주제넘은 말을 해대고 있는 것인가!

"임금은 농을 하지 않는다. 과인은 낭자에게 명령을 내리면 그만이다. 그러나 낭자에게는 허락을 받고 싶은 것이다."

장현이 나서며 말했다.

"전하, 어찌 주저할 수 있사옵니까? 명을 받들겠습니다."

모화관의 닌자

날이 어둑해지자 가게들은 서둘러 물건들을 치웠다. 배금은 호롱불을 끄고 꺽쇠는 문밖의 판매대를 거두었다. 옥정도 비단마루를 안으로 들여놓느라 정신없이 움직였다. 이때 포졸 세 명이 들이닥쳤다.

"네가 장옥정이냐?"

"네, 그런데요. 왜 그러십니까?"

답이 떨어지자마자 다짜고짜로 포졸 두 명이 옥정의 양팔을 잡고 가자고 한다.

"아니, 왜 이러십니까?"

옥정이 반항하자 우두머리 포졸이 관패를 보여주며 말한다.

"어명이다. 너는 지금 궁궐로 가서 명을 기다리면 된다. 무슨 사유인지는 궁에 들어가면 제조상궁이 알려 줄 것이다."

옥정은 배금에게 빨리 당숙에게 알리라고 했다. 옥정은 이끌려 궁으로 갔다. 궁궐 앞에 도달하니 가마를 타고 들어가야 한다고 했다. 생전 처음 타는 가마는 갑갑하고 부자연스러웠지만 기분은 우쭐해졌다. 가마가 내린 곳은 궁궐 안인 듯 했다.

어마어마한 건물들이 이어져 있었다. 멋지게 휘어진 소나무들이 큰 건물 주위로 조화롭게 심어져 있다. 석등마다 등불이 여기저기 어둠을 밝혔다. 아무리 기다려도 제조상궁은 나타나지 않았다. 대신 나인 두 명이 나타나서 몸단장을 하라고 한다. 먼저 따스한 물에 목욕을 시켰다. 옥정은 임금의 수청을 드는 것인가도 추측했다. 그러나 임금의 수청을 위해 처녀를 납치하는 것은 이치에 맞지 않았다. 드디어 제조상궁이 나타났다.

"네가 장옥정이 맞느냐? 나는 제조상궁 최소연이다."

"제조상궁님, 그런데 어찌 저를 이렇게 잡아오셨는지요?"

"이번에 청국에서 대규모 사신일행이 온다. 예조에서는 네가 인물도 뛰어나고 청국 말을 잘한다고 뽑은 것 같다."

"예조에서 어찌 저를 알겠습니까? 잘못 데려온 것이 아닌지요?"

"자세한 것은 나도 모른다. 나라의 중대사인데 사신을 잘 모셔서 그들의 횡포를 막아준다면 임금께서 너에게 큰 상을 내리실 것이다. 이것은 네가 선택할 수 없는 일이다."

임금께서 상을 내려? 임금이 옥정에게 일종의 사랑고백까지 한 처지 아닌가? 임금에게 이런 사정을 알릴 수도 없으니 큰일이었다. 옥정은 사신에게 수청을 들어야 한다는 사실이 기가 막혔다. 청국과 무슨 악연이 끼었기에 이번에는 수청까지 들어야 하는가. 이제까지 억척스럽게 살았는데 결국 운명이 나를 버리는 것인가? 한숨을 쉬고 있을 때 당숙이 내시의 안내를 받으며 달려왔다.

"옥정아, 조금만 참아라. 내가 조사석 대감과 영의정 허적 대감에게 너를 풀어주도록 요청하마."

"큰 아버님, 제가 이런 운명에 빠지다니요."

장현 역시 난감한 표정으로 자리를 떴다. 옥정은 시키는 대로 목욕하고 몸단장을 마쳤다. 난생 처음 화려한 옷을 입었다. 이런 몸단장은 사흘이나 계속 되었다. 그동안 마구 굴렸던 몸이 보드랍고 깨끗하게 변함을 느꼈다. 수청 드는 것만 아니라면 대단한 호강이었다.

며칠 후 장현이 실망한 표정으로 찾아왔다. 그간 무척 애를 쓴 흔적이 보였다.

"옥정아, 큰일 났구나. 영의정 대감도 속수무책이라는 구나. 네 이름이 이미 모화관에 도착한 사신선발대에 들어가서 바꿀 수가 없다고 한다. 전하께 말씀드려 바꾸려 했더니 영상대감이 펄쩍 뛰셨다. 명단을 바꿀 경우 외교상으로 전하가 책을 잡혀 몇 배의 수모를 당할 수 있다고 한다. 미안하구나. 네 어미는 내가 잘 보살피겠다."

"큰 아버님, 가게는 제가 잘 관리했으니 조금만 신경 쓰시면 잘될 거예요. 상조회도 오빠가 잘 운영할 테니 염려마세요."

옥정은 사태가 절박해지자 마음이 진정되었다. 두려움은 서서히 오기로 바뀌었다. 다만 임금에게 향한 마음이 짓밟히는 것이 가슴 아팠다. 임금과의 풋사랑은 어차피 비극으로 끝날 것인데 하늘이 미리 포기하라는 것이라고 생각했다. 사신이 대단하다 해도 사람일 것이다. 그와 정면 돌파할 것이라고 생각을 바꿨다.

나흘째 되는 저녁에 예쁜 꽃가마가 도착했다. 꽃가마 옆에 김춘추가 서 있었다. 그는 여전히 변발한 채 치파오를 입고 있었다. 옥정은 기겁을 했다. 또 이자가 농간을 부린 것인가? 예조에서 옥정을 알 리가 없다고 생각한 것이 적중했다.

"김춘추 또 당신이 나를 이 지경으로 만든 것이오? 하늘의 천벌이 두렵지 않소?"

"너는 사신을 접대한 후 화냥년이 되어 한양에선 얼굴도 못 들고 다닐걸. 고생 좀 해봐라. 허허허. 그땐 내가 널 데리고 놀아주마."

최소연이 나서며 큰 소리로 말했다.

"중국양반, 이 낭자한테 무슨 험담이오? 썩 물러가시오! 아니면 내시부 장정들을 불러 혼내겠소."

최소연의 당당하고 위엄 있는 꾸짖음에 김춘추는 은근히 물러났다. 제조상궁은 옥정을 가마에 태웠다. 가마는 청국사신들이 묵는 모화관(慕華館)으로 향했다. 모화관은 돈의문(서대문) 밖에 있었다. 지금의 독립문 자리이다. 모화관으로 들어가는 입구에 청기와로 지은 영은문(迎恩門)이 있다. 원래는 영조문(迎詔門)이라 불렸으나 중종 때 명나라 사신인 설종청이 "사신이 가지고 오는 것들에 조서(詔書)뿐 아니라 칙서와 상(賞)도 있는데, 영조문이란 조서만을 맞이한다는 뜻이므로 영은문이라고 하는 게 옳다"고 해서 바뀐 것이다.

가마가 영은문을 지나 모화관 뜰에 도착하니 시장보다 몇 배 귀가 아프도록 시끄러웠다. 중국 사람들 몇 명이 말하는데 목소리가 높아 시끄러웠다. 이래서 시끄러운 것을 '모화관 동냥아치 떼쓰듯' 한다는 말이 생긴 모양이라고 생각했다. 옥정은 청국 말이 조선말과 달리 4성으로 돼 있어 고성이 많음은 알고 있다. 그 연유를 생각해보니 청국은 끝없는 평야로 이뤄져 고성을 내야 전달되기 때문이라고 추측했다.

청국 내시가 달려 나와 옥정에게 정중히 절하며 영접한다. 비록 수청여지만 어른을 모시는 사람이란 것을 의식하는 듯했다. 옥정은 모화관 내당에 안내됐다. 잠시 후 나이 지긋한 조선선비가 들어왔다. 그는 자신이 사신일행을 의주까지 가서 맞이한 원접사 대사헌 윤휴라고 소개했다. 원접사는 정2품 이상 되는 대신 중에서 맡았다.

윤휴는 옥정에게 미안한 표정을 지으며 일정을 설명했다.

"오늘 밤은 혼자 지내고 내일 밤부터 보름간 사신을 모셔야 한다. 나는 이런 청국의 행태에 분개하고 반대해왔다. 해서 사람들은 내가 북벌파라고 하지. 내일 오전 영접행사 때는 사신 곁에서 차 심부름을 하면 된다. 영접행사에는 임금께서 직접 왕림하신다. 처음 절차는 왕세자가 앞에 나가 두 번 절하고 백관들도 두 번 절한다. 그런데 왕세자가 없으니 네가 대신 두 번 절하고 술잔을 따르도록 하여라. 행사는 오전에 끝나고 오후에는 양국의 현안을 협의한다. 저녁에 만찬이 끝나면 너는 사신을 모시고 내당으로 들어가 잠자리를 보살펴 드려야 한다. 사신에게 잘 보이면 나라는 편할 수 있다."

옥정은 비록 수청을 위해 끌려왔지만 자신에게 대하는 태도가 융숭함을 느꼈다. 참으로 세상 요지경이구나. 사신이 그리 대단하다면 한번 대결하고 싶었다. 사신이 자신의 육체만을 탐한다면 호락호락하지 않음을 보여주겠다고 결심했다.

어둠이 깔리며 석등마다 호롱불을 여기저기 지폈다. 불을 밝혀도 어두운 곳이 많았다. 옥정이 옷을 갈아입으려는데 갑자기 밖이 웅성거리며 요란스러웠다. 소리는 고함에 가깝게 점점 커졌다. 사람들이 쿵쾅거리며 뛰어다니고 전쟁 난 듯 야단이었다. 칼 찬 무사들이 뛰는 소리와 시끄런 소리가 계속됐다.

문틈으로 내다보니 옆방은 청국호위무사와 조선호위병들이 에워싸고 있었다. 청국사신이 무슨 일인가 크게 묻는 소리가 들렸다. 옥정은 귀 기울여 들었다. 일본의 자객이 침입했으나 놓쳤다고 했다. 아직 모화관 안에 있다고 했다. 큰 일이 벌어졌다. 옥정은 엉뚱한 곳에서 이런 일을 당해 방안을 서성였다.

갑자기 뒤 들창문이 열리고 얼굴을 보자기로 가린 사내가 뛰어들어왔다. 그는 칼로 위협하며 손가락을 입에 대고 일본말로 조용히 말했다.

"조용히 해라. 해치지는 않을 테다."

일본 자객이 이 방으로 피신한 것이다.

"이게 무슨 짓이요? 나는 조선 여자요."

옥정도 일본어로 말했다. 자객은 일본말에 놀라는 눈치였다. 이때다. 방문이 열리며 윤휴 대감과 청국사신이 옥정의 방으로 들어왔다. 순간 자객은 재빨리 벽에 붙었다.

"옥정아, 괜찮으냐? 자객이 들었다는데 무섭지?"

윤휴 대감과 청국인이 들어와서 문을 닫았다. 그 순간 자객이 번개같이 칼자루로 두 사람의 급소를 쳤다. 이들은 순식간에 기절했다. 밖의 무사들은 이런 일은 상상도 못하는 듯했다. 자객은 쓰러진 두 사람에게 재갈을 물리려고 다가갔다. 그는 먼저 윤휴 대감을 묶으려고 했다. 옥정은 기회를 놓치지 않았다. 전광석화처럼 옆구리를 오른발차기로 내리 찍었다. 자객이 쓰러졌다. 이어서 수도로 뒷목을 쳐서 기절시켰다. 자객은 상상도 못한 기습에 당했다. 옥정은 재빨리 끈으로 자객을 묶었다.

"대감님, 괜찮으신지요?"

옥정이 윤휴를 흔들며 깨웠다. 윤휴가 눈을 뜨더니 급히 말한다.

"옥정아, 나보다 이분을 보살펴다오. 이분이 청국사신이시다. 이런 일이 한양에서 벌어졌으니 큰일 났다. 네가 아니었으면 큰일 날 뻔 했다."

옥정은 그가 사신이란 말에 놀랐다. 옥정은 청국말로 소리쳐서 호위무사를 불렀다. 그제야 무사들이 달려들었다. 옥정은 무사들이 사신과 윤휴를 업고 나간 후에 자객에게 물었다.

"무슨 까닭으로 사신을 죽이려 했습니까? 내가 잘 해결해 드릴 테니 대답하십시오."

"나는 명예를 생명보다 존중하는 닌자요. 내가 할복할 수 있게 손을 풀어주시오."

이때 청국 무사들이 들어왔다. 책임자로 보이는 군관이 옥정에게 감사를 표했다.

"나는 아문장 대갈이라고 하네. 낭자는 몸이 가냘픈데도 어떻게 그런 강한 힘이 있었나? 사신영감께서 크게 표창하라 하셨네. 이놈을 사신영감 앞에 데려가서 심문을 해야겠네."

"아문장님, 제가 일본어를 좀 하니까 저도 함께 가도록 해주십시오. 제가 물어볼 것이 있습니다. 부탁합니다."

"그리하게. 사신영감도 좋아하실 것이네."

옥정은 사신이 있는 현청으로 따라 갔다. 현청 뜰에는 석등 외에도 횃불을 밝혀 대낮처럼 환했다. 사신은 자리에서 일어나기까지

하며 옥정을 반갑게 맞았다. 그는 옥정의 손을 잡아 옆자리에 앉혔다. 그리고 자기소개를 한다.

"샤우저(소녀), 나는 팽광회 태사라고 하네. 나를 구해준 것을 뭐라고 감사해야 할지 모르겠네. 앞으로 내게 부탁할 일이 있으면 말씀하시게. 적극 도와줄 것이네."

"감사합니다. 제가 부탁이 있습니다."

"무슨 부탁인가? 뭐든 들어주겠네."

"저는 빨리 집으로 돌아가고 싶습니다. 제 부탁은 빨리 돌려보내 달라는 것입니다."

"겨우 부탁이 집으로 돌아가는 것뿐이라고? 자객 심문이 끝나면 즉시 보내주겠네."

"네. 사신대감 뒤에 앉아있는 김춘추란 자를 보기 싫어서 빨리 돌아가고 싶습니다."

옥정이 집으로 빨리 돌아가고 싶은 것은 어머니가 걱정되기도 했지만, 김춘추 때문이었다. 그자는 팽광회의 뒷줄에 앉아 있었다. 그자만 보면 소름이 끼쳤다. 어떻게 저리도 악착 같이 달라붙는지 거머리처럼 몸서리가 쳐졌다.

태사는 아문장을 부르더니 김춘추를 잡아서 유치장에 가두라고 했다. 김춘추는 백관이 보는 앞에서 이유도 모른 채 아문장에게 끌려 나갔다. 그는 나가면서 창피한 듯 옥정을 바라봤다. 옥정은 통쾌했다. 김춘추에게 곤욕을 치르게 해주고 싶은 심통이 생겼다. 중강과 요동에서 당한 고통과 똑같이 앙갚음해주고 싶었다.

현청의 팽광회 옆에는 윤휴와 영접 나온 수십 명의 조선 관료들이 좌정해 있었다. 모두들 옥정을 바라보느라 정신이 없다. 저렇게 아름답고 가냘픈 처녀가 자객을 때려눕혔다는 사실이 믿어지지 않는다는 눈치였다. 닌자라면 바람처럼 나타나서 구름처럼 돌아다니며 목표한 사람을 추풍낙엽처럼 날려버리는 신출귀몰한 칼잡이가 아닌가.

현청 뜰에는 형틀의자가 준비돼 있었다. 형틀의자에는 자객이 묶인 채 앉아 있었다. 자객은 그리 크지 않은 키에 깡마른 얼굴을 하고 눈에서는 광채가 났다. 그는 눈을 감은 채 체념한 듯 보였다. 사신이 심문을 시작하라고 눈짓했다. 그러나 사신일행은 일본어 통역관을 대동하지 않았다. 일행 중에 일본어를 한다는 자가 심문했다.

"너는 누구이고 왜 사신영감을 공격했는가?"

옥정이 들어보니 일본어 실력이 거의 없었다. 그러니 자객은 코웃음을 치며 고개를 들며 소리친다.

"네놈 팽광회를 죽이려고 바다 건너서 왔다. 네놈을 죽여야 내 사명을 다하는데 실패했으니 할 말이 없다. 어서 죽여다오."

통역은 자객의 말을 제대로 알아듣지도 못해 그의 말을 전달하지도 못했다. 그 다음 질문은 당연히 하지 못했다. 대신 팽광회에게 엉뚱한 말을 한다.

"태사님, 저 놈을 물고를 내야 바른 말을 할 것 같습니다."

그러자 무사들이 고문을 하려고 달려들었다. 옥정은 통역이 자신이 없으니까 고문부터 하려는 것이라 생각했다.

"사신대감, 제가 자객에게 물어봐도 되겠습니까? 허락해주십시오."

옥정이 청하자 사신은 무사들을 제지하며 고개를 끄덕였다. 옥정은 자리에서 일어나 자객 옆으로 갔다. 자기도 사신에게 수청 들라고 납치됐다가 자객을 쓰러트리게 된 얘기를 했다. 그러자 자객은 옥정을 바라본다. 자신은 청국의 정책 때문에 망하게 된 후쿠오카 군번이 고용한 닌자로 청국사신을 암살하라는 명을 받고 왔다고 했다. 앞으로도 닌자는 계속 올 것이라고 말했다. 옥정은 사신곁으로 가서 거짓말을 했다.

"이 자객은 좀 전에 끌려 나간 김춘추가 모화관 내부지도를 주어서 들어온 것이라고 합니다."

"대갈 아문장, 김춘추를 당장 밖으로 끌어내 참수하시오."

"사신대감님, 김춘추를 죽이기보다 백관이 보는 앞에서 곤장 100대로 감형해주십시오. 곤장 100대는 죽는 것보다 무서운 형벌입니다. 매 맞다 죽는 경우도 많습니다. 그래야 자객도 장 맞는 것을 보며 놀랄 것입니다."

팽광회가 아문장에게 큰 소리로 명한다.

"우선 김춘추를 곤장 100대에 처하라."

아문장이 김춘추를 끌고 왔다. 형틀에 엎드려 놓고 묶은 후 무사 2명에게 곤장 100대를 치라고 했다.

"사신대감, 왜 저를 곤장을 치시려하십니까?"

"네 이놈, 너는 청국의 은혜를 입은 조선놈이 어째서 일본자객에게 모화관 지도를 주었느냐? 너 때문에 나와 윤휴 대감도 죽을 뻔 했다."

"제가 언제 지도를 주었습니까? 절대로 주지 않았습니다."

"닌자가 고백했다. 거짓말까지 하면 곤장이 추가된다. 입 다물어라."

팽광회와 김춘추는 일본말을 모르고 닌자는 청국 말을 모르니 옥정의 말이 통했다. 옥정은 너무 통쾌해서 속으로 웃음이 나오는 걸 참느라 애썼다.

김춘추에게 곤장 100대가 쏟아졌다. 곤장 숫자가 늘어나면서 그의 엉덩이에서 피가 흐르고 살이 찢어졌다. 그는 고통스런 표정으로 미소 짓고 있는 옥정을 바라봤다. 창피하고 자존심이 무너지는 게 역력했다. 그럴수록 옥정은 가슴까지 시원해지면서 묵은 체증까지 뚫리는 듯했다. 조선의 백관들도 통쾌한 듯 보였다. 그동안 이자의 건방진 행동에 당하지 않은 사람이 없었다.

이상한 눈으로 이 장면을 보는 사람은 닌자였다. 그는 자기를 심문하다 말고 왜 갑자기 치파오를 입은 청국인에게 곤장을 치는지 알 수가 없기 때문이었다. 초죽음이 된 김춘추가 유치장으로 다시 업혀갔다. 옥정은 이제는 김춘추의 지긋지긋한 악행에서 벗어날 수 있다고 생각하니 정말 기뻤다.

"사신대감님, 자객은 자신을 죽여도 닌자는 계속 보내게 될 것이라고 말했습니다. 이번에는 운이 좋아 화를 피했지만 일본의 닌자는 당할 수 없습니다. 근본적 해결책을 찾아야 합니다."

"나도 일본 자객을 피하기는 어렵다고 보네. 근본적 해결책이 있는가?"

"소녀 생각에는 청국이 일본에게 시행 중인 해금정책(海禁政策)을 해제하는 것이 방법이라고 생각합니다. 청국이 일본과의 무역을 모두 금지했기 때문에 후쿠오카상단은 망할 지경이 되었다고 합니다. 사신영감께서 자객을 풀어주시고 황제께 해금정책을 해제하도록 건의하겠다고 약속하면 그들은 고마워 할 것입니다."

"해금정책으로 왜 그들이 망했다는 것인가?"

"해금정책으로 청국과 일본의 상품들은 거래가 막혔습니다. 대신 밀무역이 성행하면서 후쿠오카상단은 경영이 악화된 것입니다. 그동안 수십 차례 청국에 해금정책을 풀어주도록 청원했지만 무시되었답니다. 자객을 고용해 해외정책 책임자인 사신대감께 경고를 주려 한 것입니다."

"해금정책이란 무엇인가?"

"해금정책은 명나라 첫 임금인 주원장 황제가 황권을 강화하기 위해 시행한 쇄국정책입니다. 명나라의 뒤를 이은 청나라도 해금정책을 그대로 답습하면서 일본과의 교역을 전면금지했습니다. 일본상인은 중국의 비단과 차, 도자기 등을 수입하고 중국에 일본의 은과 은제품을 수출하고자 했지만 못했습니다. 일본은 은광개발기술을 습득해 세계에서 아메리카 대륙 다음으로 은을 많이 생산했습니다. 공식적인 은 수출길이 막히자 그 중간에서 밀무역을 행한 상인들만 큰돈을 벌었습니다. 기록에 의하면, 1670년에 청국의 백사는 100근에 은 60냥이었으나, 일본으로 수입가는 160냥으로 거의 3배나 비쌌습니다. 반면 일본의 은 수출은 막혀 상단들이 도산하게 된 것입니다."

"샤우저가 그처럼 선견지명을 피력하니 놀랍네. 나는 외교를 담당하고 있지만 청국의 법령은 워낙 많아서 이런 정책이 있는 줄도 몰랐네. 내가 황제께 건의해서 해금정책을 해제하도록 하겠네."

사신과 조선의 대신들은 놀라는 눈치였다. 어린 처녀가 자객을 쓰러뜨린 것에도 놀랐지만 저런 뛰어난 식견을 당당히 사신에게 피력하는 데 감동한 듯했다. 팽광회는 옥정을 바라보며 고개를 끄덕였다. 그리고 명령한다.

"아문장은 자객을 풀어줘라. 전령수장은 내가 해금정책을 풀도록 하겠다는 약조를 적어서 자객에게 전해주고 일본으로 돌려보내라."

이번 사태를 기화로 청국은 3년 후인 1682년(숙종 8년)에 해금정책을 해제한다.

심문은 간단히 끝났다. 팽광회는 옥정을 모화관 당주 방으로 안내했다.

"낭자는 대단한 지식을 가졌네. 나는 조선여성 중에 이런 인재가 있는데도 왜 가난한지 이해가 안 되네."

"조선은 청국과 일본의 침략에 휩쓸려 가난하게 됐습니다. 지금에서야 조금 안정을 찾아 경제정책을 펴고 있습니다. 태사님께서 많이 도와주십시오."

"과거에 청국관리들이 조선을 괴롭혔다고 들었네. 나는 사신으로 조선을 돕기 위해 온 것이지 수탈하러 온 것이 아니라네. 특히 조선 왕이 백성을 위한 정치를 하는가를 살펴볼 것이네."

옥정은 깜짝 놀랐다. 이제까지 청국사신들은 조선에 와서 트집 잡고 무작정 요구하고 수탈해서 한밑천 잡고 돌아갔다고 알고 있었다. 팽광회는 전혀 달랐다.

"태사님, 감사합니다."

"옥정 낭자, 내일 오전 10시에 행하는 영접행사만 참석한 후 가면 안 되겠는가?"

"그 행사에는 임금께서도 오시는 자리라 거북스럽습니다. 빨리 돌아가서 눈물로 지새우실 어머니를 뵙고 싶습니다."

옥정은 수청여로 잡혀 와서 임금을 만날 수는 없었다. 주제넘게 바라보던 임금을 잊고 장사에 전념하기로 결심하니 마음이 가벼웠다. 팽광회는 집으로 돌아가라고 했다. 이제 수청은 없다. 옥정

은 도망치듯 집으로 돌아왔다. 김춘추는 장독으로 죽거나 반병신
이 돼 다시는 옥정에게 접근하지 못할 것이라 생각했다. 청국병사
두 명이 선물 짐을 지고 따라왔다. 옥정은 어머니께 선물보따리를
드리고 자초지종을 고했다. 어머니는 죽은 사람이 살아온 듯 기뻐
했다.

청 황제 후실

다음날 영접행사가 모화관 뜰에서 오전 10시에 거행됐다. 영은
문에서부터 현청까지 조선의 대소 관료들이 양쪽으로 줄을 서서
예를 표했다. 열아홉 살의 젊은 이순이 앞으로 나와 사신에게 사죄
를 했다.

"사신대감, 조선에서 이런 불상사가 일어나 사과드립니다. 거듭
사죄드립니다."

"전하, 죽을 뻔 했는데 수청여 덕택에 살아났습니다. 오히려 감
사드리고 싶습니다."

사신은 웃으며 답한다. 그러자 임금과 대신들은 한숨을 쉬며 안
도했다. 절차에 따라 임금은 황제의 조서에 4번 절하고 대신들도 따
라했다. 옥정 덕택에 사신영접행사는 시비 없이 잘 마무리되었다.

행사가 끝난 후 이순은 대신들을 이끌고 현청에 좌정한 후 사신 일행과 몇 가지 사항을 의논했다. 그 중에서도 가장 시급한 것은 강화도 축성을 양해 받는 일이었다. 말이 양해지 사실은 허락받는 것이다.

"사신대감, 강화도에 수해가 잦아서 해안지역의 수몰이 심해 농사에 큰 지장을 주고 있습니다. 이를 수리하고자 합니다. 양해해주시기 바랍니다."

그러자 옆에 서있던 무관장이 끼어들며 말한다.

"전하, 혹시 광성보를 축성하려는 것이 아닙니까? 병자년 남한산성에서 항복하고 맺은 정축화약(丁丑和約) 11개 조문 중 제8항에 '조선은 성을 신축하거나 성벽을 수축하지 않는다'고 약정한 것을 위반하는 게 됩니다."

강화조약에 그런 약정이 있는 것은 사실이다. 그렇다고 청나라의 일개 무관이 조선임금에게 무례하게 나오는 것은 굴욕이었다. 작은 나라의 임금이 겪는 비극이다. 이순은 흠칫 놀랐으나 태연히 잡아뗀다.

"소국이 강화조약을 위반할 리 있겠습니까. 강화도는 바다로 빙 둘러싸인 천혜의 섬으로 모든 해안이 광성보라고 할 수 있소. 아무 곳에나 화포만 걸면 광성보가 되지요. 지금 해안지역이 몇 년째 지속된 수해로 유실돼 그 피해가 이루 말할 수 없소."

다행히 무관장이 강화도에 대해 잘 몰라 수긍한다. 이순에게 가장 시급한 것이 광성보 앞의 방축을 보수하는 것이다. 이는 고려시절 몽고항전 때 강화도를 지킨 중요한 요새였다. 광성보 앞의 물길은 휘돌고 급해서 뛰어난 운항기술 없이는 선박이 지나기 힘들다. 이 해협을 지나야 강화에 도달할 수 있기 때문에 몽고군은 40여 년을 강화도에 상륙하지 못했다. 병자호란 때 점령당한 것은 무너진 방축을 수리하지 않았기 때문이었다.

조선으로서는 최후의 방어선이다. 청국의 입장에서 보면 철통요새를 짓는 것이므로 묵과할 수 없었다. 그러나 팽광회는 이순이 의도하는 뜻을 알면서도 고개를 끄덕여 축성을 양해했다.

중국황제들은 조선왕의 통치에 관심을 가졌다. 명나라 황제는 조선왕의 잘못이 있을 경우 꾸짖고 시정하라는 칙서를 내린 적이 왕왕 있었다. 한 예로, 명나라 신종(神宗)황제가 선조에게 내린 칙서가 유명하다. 임진왜란에서 선조가 백성을 버리고 의주까지 도주한 사실과 왜란 후에도 백성을 돌보지 않은 것을 꾸짖는 내용이 담겨 있었다.

"근자에 왜적(倭賊)이 한번 들어오니, 이내 왕성(王城)을 지키지 못하고, 들판에는 해골이 질펀하고, 종묘(宗廟)와 사직은 빈터가 되었다. 그렇게 패망한 원인을 돌이켜 보면, 그것이 어찌 우연한 운수(運數)라 하랴. 임금이 오락을 좋아하고, 소인을 신임하고, 백성을 구휼하지 아니하고, 군비를 소홀히 하여 도적을 부른 것이다. (중략) 뉘우치고 분개하라. 주색에 빠지지 말고, 노는 데 미치지 말

것이며, '한쪽 말'만 편벽되게 듣지 말고, '좋아하는 사람'에게만 홀로 일을 맡기지 말라."

구구절절이 옳은 말이다. 신종황제가 볼 때 선조는 함량미달의 지도자였다. 그는 왜적이 쳐들어오자 의주로 몽진했다. 왜적이 서경을 함락하자 명나라에 사신을 보내 압록강을 건너 피신할 수 있는가를 물었다. 대신들이 목숨을 걸고 만류하여 압록강은 건너지 못했다. 신종황제는 백성들은 도륙당하는 데도 자신만 살아보려는 후안무치한 처신이라고 판단한 것이다.

왜란이 끝나고 한양으로 돌아오자 왕과 대신들은 살림을 보충하고자 다시 수탈을 시작하여 백성들의 원망이 하늘을 찔렀다고 기록이 전하고 있다.

특히 선조와 장남인 임해군(臨海君)의 행동은 아카데미상을 탈 만한 막장드라마였다. 《선조실록》에 따르면, 왜란 전에 임해군은 30여 명의 노비를 산적으로 위장시키고 지방에서 올라오는 공물(세금)을 중간에서 강탈했다. 지방 군수가 한양을 방문하면 수행원을 감금해서 군수의 재물을 갈취하는 등 악행을 그치지 않았다.

선조는 의주로 피난하면서 임해군에게 대신 김귀영(金貴榮), 황정욱(黃廷彧), 남병사 이영(李瑛), 부사 문몽헌(文夢軒), 온성부사 이수(李銖) 등과 함께 강원도와 함경도에서 의병을 징발해서 왜적과 싸우라고 명을 내렸다. 임해군은 의병을 일으키기는커녕 여차하면 청국으로 도망가려고 국경도시인 회령에서 소일했다. 그곳에서도 주민들을 매질하고 아녀자를 겁탈하는 등 패악을 저질렀다.

이때 전주사람으로 회령에 유배 온 국경인(鞠景仁)이란 무장이 있었다. 그는 나라를 버리고 도망간 왕에 항거하여 반란을 일으켜 백성들에게 신임을 받았다. 임해군의 폭거에 참다못한 백성들은 그를 잡아서 국경인에게 넘겨주었다. 그는 왜장 가토 기요마사(加藤淸正)가 쳐들어오자 항복하고 임해군을 넘겨주었다.

임해군은 일본군에 끌려 다니다 왜란 끝 무렵에 심유경의 중재로 부산에서 풀려나 한양으로 돌아왔다. 그러나 그의 딸과 아들은 일본으로 끌려갔다. 임해군은 한양으로 돌아오자 패악을 다시 저질렀다. 그것이 유명한 '임해군의 암살사건'인데 선조의 후안무치한 태도가 더 가관으로 기록되고 있다.

임진왜란이 끝 난지도 5년이 지난 선조 36년(1603년) 8월 31일, 특진관(정2품) 유희서가 포천에서 휴가를 보내다 30여 명의 도적 떼에 의해 살해되었다. 소문에는 유희서의 애첩 애실이 임해군과 사통했다고 했다. 경기감찰사와 형조참의가 직접 조사했으나 우물쭈물했다. 유희서의 아들 유일은 직접 조사하여 임해군의 심복무사인 설수와 패거리 30명이 도적떼로 위장하여 살해한 것임을 알아냈다.

유일은 이 사실을 포도청에 고변했다. 포도대장 변양걸은 왜란 후에 흉흉한 인심을 잘 수습해왔던 인물로 의협심이 강했다. 그는 설수와 패거리들을 심문해서 임해군이 시킨 일임을 자백 받았다.

변양걸은 주저하지 않고 "잡힌 자들을 심문한 결과 임해군의 범행이 명백하니 귀천을 불문하고 국법으로 엄하게 처벌해야 합니다"라고 범인들의 자술서와 함께 형조에 보고하고 처벌할 것을 상신했다.

삼사인 사헌부, 사간원, 홍문관을 비롯한 유림에서도 상소를 잇달아 올렸지만 선조는 무시했다. 그러던 중 전옥서(감옥)에 갇혔던 패거리들과 간수 여러 명이 모두 살해되었다. 그제야 선조는 임해군에 대한 친국을 했다. 임해군은 모두가 포도청에서 행한 고문으로 허위자백을 한 것이라고 했다. 자백했던 범인들이 모두 없어졌으니 증거도 사라진 셈이다. 선조는 즉각 변양걸을 파직하고 승정원에 명을 내려 문초하도록 했다.

의금부는 온갖 고문을 했으나 변양걸은 버텼다. 유일은 고신을 못 이겨 아버지 첩 애실과 임해군을 모함했다고 자백했다. 선조는 변양걸과 유일에게 사형을 내렸다. 그러나 영의정 이덕형은 임금의 판결에 맞서 두 사람을 극구 변호해서 사형을 면하게 했다. 변양걸은 장 90대에 유배, 유일도 장 100대에 유배로 감형 받았다. 이로인해 이덕형은 선조의 미움을 받아 파직되었다.

선조의 부당한 처사로 민심은 혼란하고 국기가 무너지는 소식이 명나라에까지 전해져 신종황제는 꾸짖은 것이다. 한 나라의 왕이 다른 나라의 왕으로부터 소인배처럼 꾸짖음을 당했다는 사실은 역사적으로 부끄럽고 한탄스러운 일이었다.

선조의 소인배적 사고는 국제적이었다. 이순신 장군을 명나라 관리 앞에서 깎아내렸기 때문이다. 명량대첩 한 달 뒤 명나라에서 파견된 경략조선군무사 양호(楊鎬)를 만나 "겨우 사소한 승리를 한 이순신에게 왜 상으로 은까지 주느냐"고 불평했다고 한다. 세계전사에 빛나는 승리를 '사소한 승리'라고 폄하해서 양호를 놀라게 한 것이다. 양호는 선조가 대첩 전에 이순신 장군을 혹독하게 고문한 사실도 알고 있었던 사람으로 어이가 없었기에 기록에 남긴 것이 아닌가 생각된다.

반면 조선이 무시하는 몽골족은 대국적 안목을 가졌다. 몽골족은 원나라를 세울 때까지 큰 국가를 형성하거나 경영해본 경험이 전혀 없었다. 특히 공자와 맹자는 읽어본 적도 없었다. 그럼에도 중국에 원나라를 세웠고 서남아시아에서 이란을 중심으로 한국(汗國, 칸국)을 세워 100여 년간 왕조를 경영했다. 이들은 항복한 왕족과 장군을 포용하고 똑같은 대우를 했다.

고려원종 때 몽골관리의 행적을 보면 알 수 있다. 탈타아(脫朶兒)는 1270년(원종 11년) 5월에 다루가치(達魯花赤)로 부임했다. 고려선비들이 자신이 공맹(孔孟)을 모른다고 무식함을 비웃어도 눈을 감았다. 그러나 그는 삼별초가 진도에 있을 때 고려에서 토벌군이 출동하는데 양민들만 동원하고 고관의 자제들은 종군하지 않자 이를 꾸짖고 출정시켰다. 그리고 고관들로부터 말을 강제로 차출해서 군대에 제공했다. 그는 죽을 때까지도 고려와 원나라 관계가 악화돼 피해를 입을까봐 노력했다. 원종 12년(1271) 8월에 그가 병이 들어 위독하자 어의가 약을 올렸다.

"이제 병이 깊어서 도저히 일어나지 못하게 됐소. 내가 지금 이 약을 마시고 죽는다면, '고려에서 독약을 먹여서 죽였다'고 고려를 참소하는 자가 반드시 나올 것이오."

그는 끝내 그 약을 마시지 않고 죽었다고 한다. 이처럼 대국적이고 포용력 있는 몽골관리들이 있었기에 중국대륙을 점령하고도 장기간 통치할 수 있었던 것이다. 대국적 안목이 세계강국이 된 비결이었다. 선조처럼 자식을 위해 충신을 죽이는 소인배가 왕이었는데도 조선이 망하지 않은 것은 명이 왜적을 막아준 덕분이었다. 조선이 강대국이 되지 못한 이유를 알 수 있을 것 같다.

이순은 팽광회가 강화도 해안수리를 양해하자 감사를 표했다. 그러자 팽광회가 소회를 표했다.

"전하, 소신이 충고하고 싶은 것이 하나 있습니다. 무례를 용서하십시오. 조선에서는 외부 세상과의 단절이 청국보다도 조금 더 심합니다. 조선을 세상과 동떨어지게 만든 것은 자유로운 사상을 억압한 학문 때문이라고 판단됩니다. 현재 청국은 절대부국입니다. 국내총생산량이 전 세계 총생산량의 3분의1을 차지한다고 합니다. 그러나 외부단절이 계속되면서 총생산량이 급격히 떨어지고 있습니다. 영국 같은 작은 나라는 개방을 통해 국력을 신장해서 인도를 속국으로 만들어 동인도회사를 세우고 청국에게도 영향력을 행사하기 시작했습니다. 조선도 개혁과 개방을 해야 부강한 나라가 될 것입니다."

팽광회의 대국적 충고에 조선신료들은 속으로 불쾌하게 여겼다. 감히 성리학을 비난했기 때문이다. 이들은 청국관리를 오랑캐의 후손이라고 무시했다. 이 때문에 선비들은 청국 말을 배우지 않았다. 야만인의 말을 배우는 것은 수치라고 생각한 것이다.

이순은 팽광회가 식견이 탁월한 사명감 있는 사신으로 존중했기에 그의 충고를 따르려 했다. 그러나 며칠도 안 돼 서인과 남인은 근시안적 당쟁에 빠져 귀한 시간을 허비하고 나라의 미래를 팽개쳤다.

사신일행이 모든 일을 마치고 귀국했다. 윤휴는 영접 때처럼 사신일행을 의주까지 동행해서 환송했다. 팽광회는 의주에서 윤휴와 헤지며 의미심장한 말을 했다.

"대감, 장옥정이란 처녀를 청국황실로 보내주면 어떻겠소? 지금 황제 곁에는 수구파와 환관들이 개방을 막아서 국력은 날로 피폐해지고 있습니다. 장옥정처럼 아름답고 선견지명이 있는 여자가 황제 곁에 있으면 현실에 대한 정세판단에 도움이 될 것입니다. 해금정책 해제 건의가 바로 한 예라 생각되오."

윤휴는 깜짝 놀랐다. 자신이 보기에도 옥정은 짧은 시일 내에 청국황제를 장악할 것 같았다. 뛰어난 미모에 또렷한 청국말씨와 일본어 솜씨, 자신도 놀란 해박한 상식, 사태를 대국적 안목에서 바라보는 넓은 시야, 거기에 닌자도 때려눕힌 무술솜씨, 어느 것 하나 칭찬하지 않을 수 없었다. 만약 옥정이 청국황실에서 실력자가 된다면 조선에 횡재가 되는 것이다. 원나라의 기황후는 고려의 공녀 신분이었지만 지략과 총명함으로 40년이나 나라를 주물렀었다.

"사신영감, 제가 전하와 의논해서 조치하겠습니다."

윤휴는 왕을 알현하고 사신일행을 무사히 안내했음을 고했다. 그러나 옥정을 청국황실로 보내는 것은 함구했다. 속셈이 있어서였다.

며칠 후 윤휴는 칠패시장으로 향했다.

"여기가 호주상회인가?"

"네 맞습니다. 그런데 무엇을 찾으시는지요?"

상품을 정리하던 꺽쇠가 물었다.

"사람을 찾고 있소. 장옥정이 말이요. 나는 윤휴라고 하오."

꺽쇠는 예를 표한 후 급히 창고에 있는 옥정에게 달려가 사실을 알렸다. 옥정은 대충 옷매무새를 단장하고 황급히 달려왔다.

"대감께서 어찌 이런 누추한 곳까지 행차하셨는지요? 이리 드시지요."

옥정은 귀부인들을 맞을 때 사용하는 내실로 윤휴를 안내했다. 윤휴는 앉은 채로 눈을 굴려 내실 안을 여기저기 둘러본다.

"지난 번 자네가 아니었으면 큰일 날 뻔 했네. 고마우이. 다름이 아니라 곧 북경에 갈일이 생길 것 같네. 청국사신 팽광회가 자네를 황제의 후실로 추천하려는 모양이네. 아직 전하께는 말씀드리지 않았네. 왕실이 개입되면 절차가 복잡해져서인데 자네의 뜻은 어떤가?"

"참으로 파격적인 제안이지만 죄송하게도 저는 응할 수가 없습니다. 저는 조선의 여인입니다. 저는 조선을 위해 일하고 싶습니다."

"청 황제의 후궁이 되면 조선에 엄청난 도움을 줄 수 있을 것인데도 말인가?"

"제가 청 황제의 후궁이 되더라도 역할은 미미할 것입니다. 성종의 어머니이신 인수대비의 아버지 한확(韓確)의 누이(인수대비 고모)는 진헌녀(進獻女)로 뽑혀 1417년 명나라 영락제의 후궁으로 들어간 적이 있습니다. 세종대왕께서는 후궁의 영향력을 믿고 1420년 명의 책봉사로 벼슬을 받은 한확과 예조참판 하연(河演)을 명나라에 보냈습니다. 후궁을 통해 황제의 측근 황엄(黃儼)에게 후지(厚紙), 석등잔, 마포 등을 증정하고 금과 은의 조공 면제를 주청했으나 성공하지 못했습니다. 후궁의 힘이 없었습니다. 그러다 1424년 황제가 죽자 여비도 자결했다고 합니다."

"그래서 자네를 추천하는 것 아닌가? 자네라면 능히 청나라 황제의 신임을 얻을 수 있다고 보네. 이는 내 견해가 아니라 팽광회 태사의 견해라네."

"대감님, 임진왜란 때 명나라의 진린(陳璘) 도독은 이순신 장군의 탁월한 능력에 존경심을 표하면서 '장군은 작은 나라에서 벼슬을 할 사람이 아니니 명나라에 가서 큰 벼슬을 하자'고 여러 차례 권했으나 거절했습니다. 저도 작은 나라지만 조선에서 일하고 싶습니다."

옥정의 의사가 확고해서 윤휴는 실망하며 돌아갔다. 그러나 그는 옥정에게 한 번 더 탄복했다. 옥정은 예사로운 여인이 아니란 생각이 들었다.

팽광회는 안달이 났다. 윤휴로부터 옥정이 거부한다는 의사를 전달 받았기 때문이다. 전 같았으면 강제할 수 있었지만 옥정이 거부한다니 그럴 수도 없었다. 그는 특별 전령단을 꾸려서 조선으로 보냈다. 금덩어리를 안겨서라도 옥정을 데려오라고 했다. 옥정은 윤휴로부터 이런 사실을 기별 받았다. 옥정은 급히 당숙 장현을 찾아갔다.

"큰 아버님, 저는 청 황제의 후실이 되는 게 싫습니다. 청 황제의 후실보다는 우리 임금님의 후궁이 되는 게 낫다고 생각합니다. 임금님께서도 입궁하라고 하셨잖아요?"

"옥정아, 너는 세상물정을 몰라 그런다. 청 황제의 후궁이 된다면 우리 임금의 후궁보다 1,000배의 권세를 지닌다. 나는 볼모로 잡혀가신 소현세자와 봉림대군을 모시고 6년이나 청나라에 있으며 얼마나 큰 나라인가를 느낀 바 있다. 두말 말고 팽 태사의 말에 따르도록 해라."

혹 떼려다 혹 하나를 더 붙인 셈이 됐다. 옥정은 굽혀야 했다.

"큰아버님 말씀을 무조건 따르겠습니다."

옥정은 당숙의 말에는 꼼짝할 수가 없다. 오늘의 옥정을 있게 한 고마운 어른이다. 옥정은 청나라로 가기로 했다. 장현은 그날부터 잔치 날 받은 사람처럼 분주히 뛰어다녔다. 우선 윤휴를 만났다.

"대감, 제 조카가 청 황실에 가겠답니다. 전하께 고하지 않고 가도록 해주십시오."

장현은 임금이 알면 옥정은 청나라에 갈 수 없게 될지도 모른다고 생각했다.

"전하께 고할 필요 없소. 이것은 팽광회가 비공식적으로 추진하는 일이요."

며칠 후 청국에서 팽광회가 보낸 전령단이 도착했다. 이들은 윤휴를 만나 옥정을 데리고 가겠다고 했다. 윤휴는 전하께 윤허를 받은 후 보내겠다고 거짓말을 했다. 그런데 갑자기 이순이 윤휴를 등청하라고 했다.

"윤 대감, 팽광회 태사가 모화관의 수청여를 청 황제후실로 넣겠다고 했다는 게 사실이오?"

임금은 수청여가 장옥정인 줄은 모르고 있었다.

"전하, 팽광회 태사는 자신을 구한 처녀를 초청해서 보답하려는 것 같습니다."

윤휴는 놀랐으나 시침 떼고 거짓 대답을 했다.

"다행이오. 청국은 우리나라의 처녀를 욕심내는데 더 이상 바칠 수는 없잖소?"

"하지만, 기황후처럼 후실이 정실로 되어 권력을 잡을 수도 있잖습니까?"

"그것은 특별한 예일 뿐이오. 청국은 병자호란 때 과인의 종친인 회은군 이덕인의 딸을 피난지인 강화에서 잡아갔는데 미모가 뛰어나서 후일 홍타이지 황제의 여섯째 황후를 삼았었소. 조선에선 큰 기대를 했는데 홍타이지는 1년 만에 싫증이 나자 심양왕 피파박시에게 하사했소. 조선의 처녀는 일시적 노리개에 불과하오."

윤휴는 이순의 타당한 말에 감동하며 물러났다. 사실 윤휴는 북벌주창자로 임금과 같은 생각을 가졌다. 청국에 굽히고 끌려 다니는 조선을 벗어나는 게 그의 꿈이었다.

북경사행

장현은 옥정을 동지사 사행에 넣어 청국으로 보낼 결심을 했다. 나중에 임금이 찾으면 무역상단으로 청국에 갔다고 하면 될 것이라 여겼다.

"이 좁은 나라보다 청국에서 큰 뜻을 펼쳐 보거라. 나도 네 덕 좀 보자. 허허허."

장현은 아버지와는 전혀 다른 성격의 소유자였다. 솔직하고 대인관계가 원만했다.

"큰아버님 뜻을 받들겠습니다."

"잘 생각했다. 청 황제는 조선왕을 제주목사정도로 가볍게 여긴다. 그가 술 취해서 내뱉은 한마디로 조선은 엄청난 고통을 받기도 한다. 무슨 수를 써서라도 네가 후실이 되어 실권을 잡아 조선을 보호해줘야 한다."

"네, 저도 그런 심정으로 임하겠습니다. 큰아버님."

윤휴와 장현은 10월에 떠나는 동지사에 옥정과 배금을 명단에 넣었다. 사절단의 책임자는 복평군 이연이었다. 이연은 효종의 동생 인평대군의 맏아들로 이순의 당숙이었다. 장현은 오랫동안 자금줄 노릇을 해온 사이였다.

장현은 옥정과 배금을 사행에 넣었다. 옥정은 여행채비를 했다. 배금을 여종으로 수행케 했다. 청국전령단과는 의주에서 만나기로 했다. 몇 번 의주로 상행을 떠났던 경험이 있어 손쉬웠다.

조선의 관료나 역관들은 누구나 청국사행을 평생소원으로 여겼지만 두려움도 대단했다고 한다. 그래서 '얼음 먹는 사행길'이란 말이 생겼다고 한다. 얼음을 먹는다는 것은 장자(莊子)의《인간세(人間世)》에, "오늘 아침 내가 사신으로 가라는 명령을 받고 속이 달아올라 저녁 때 얼음물을 마셨다"라는 구절에서 연유하였다.

옥정은 준비가 끝나자 출발했다. 나이 스물 하나였다. 1679년(숙종 5년) 10월 15일 청국 행을 떠났다. 장마가 끝 난지 한참 지나 길도 다시 정비돼 장행에 좋은 때였다.

이른 아침에 행장을 꾸리고 돈의문을 지나 영은문을 들어서서 모화관에 당도했다. 모화관에 들어가니 만감이 교차했다. 이곳에서 일본 닌자를 만나지 않았더라면 자신의 운명은 어떻게 됐을까? 아마도 청국사신일행이 떠나고 나면 화냥년이라고 세상에 얼굴을 못 들고 다녔을 것이다.

정사(正使)와 부사(副使), 서장관(書狀官)은 표문(表文, 조선왕이 신하로서 청 황제에게 올리는 글)을 왕에게 받으러 가서 아직오지 않았다. 정사에 변무사(辨誣使) 복평군(福平君) 이연(李㮨), 부사(副使)에 민암(閔黯), 서장관(書狀官)에 김해일(金海一)이었다. 민암은 후일 우의정이 된다. 유일하게 서인으로 홍문관교리 최석정이 수행했다. 옥정은 최석정이 조선을 넘어 세계 최고 최대의위대한 수학자라는 것은 모른 채 인연을 맺은 것이다. 물론 최석정자신도 당시에는 몰랐다.

반 시진쯤 지났을 때 사신 수뇌가 모화관에 당도하여 옥정과 배금은 차례에 따라 머나먼 행차를 떠났다.

사행길은 장관이었다. 정사와 부사, 서장관에 딸린 군관과 군뢰(죄인을 다루는 병졸), 마의(馬醫), 약방서원, 노비, 타각(사행의 모든 기구를 감수하는 사람), 주자(사신의 음식을 만드는 사람) 등 수많은 인원이 구름같이 먼지를 일으키며 따랐다. 300명 가까운 상인들도 행렬을 꾸려 뒤를 따랐다.

여기에 표지문 쇄마(짐 싣는 관용 말) 4필을 필두로 세폐목 쇄마 120필과 마부 120명, 방물 쇄마 88필과 마부 88명, 세폐미 쇄마 84필과 마부 84명, 이 외에 문서, 구급 약재, 내농포무역(內農圃貿易), 내의원 약물(內醫院藥物), 내의원 무역(貿易), 상방 무역(尙方貿易), 삼행차장막(三行次帳幕) 쇄마 등 50여 필이 뒤따랐다.

옥정이 사행길을 따라가며 파악해보니 백성들은 굶고 있는데 황제에게 바치는 예물은 어마어마했다. 백저포(흰모시) 200필, 홍면주(붉은 명주) 100필, 녹면주 100필, 백면주 200필, 백목면 1,000필, 생목면 2,800필 등 싣고 가는 수레의 행렬이 10리나 됐다. 황태후에게는 따로 나전소함(螺鈿梳函), 홍색 세저포 외에 많은 예물을 싣고 갔다.

도중에 봉성(鳳城), 심양(瀋陽), 산해 관(山海關)을 경유하면서 뇌물로 쓰이는 예단과 북경에서 비공식적으로 쓰이는 예물도 상상을 초월할 정도로 많았다. 아문(衙門)의 갑군(甲軍)과 관의 각처에 인사치레로 준 갑초(匣草), 봉초(封草)가 수천 갑에 달하고, 그 밖에 은으로 준 것이 수천 냥이나 되었다.

황해도를 지나면서 차가운 바람이 불기 시작했다. 개성부에 도착해서 경덕궁(敬德宮)에 잠시 들렀다. 태조가 즉위하자 증수해서 궁으로 삼았었다고 했다. 왜란과 호란을 치르면서 부서진 담과 별채들이 수리도 못한 채 처량했다.

본사(本司) 서편에 있는 태평관(太平館)에 숙소를 정했다. 옥정은 태평관 뒤쪽 내방에 자리를 얻었다. 저녁에 찾는 사람이 있었다. 키가 훤칠하고 수려한 용모의 젊은 선비였다.

"누구신지요?"

"옥정낭자, 나는 수행원인 홍문관 교리 최석정이라고 하네. 윤휴 대감께서 편리를 봐주라고 해서 찾아왔네. 윤 대감께서 왜 부탁했는가 했더니 대단한 미녀라 그랬구먼. 허허허. 그간 바빠서 이제야 찾게 되었네."

교리라면 정5품의 지체 높은 선비다. 홍문관은 사헌부, 사간원과 더불어 삼사(三司)로 불린다. 왕의 학습과 법제적 업무, 감찰, 언론을 담당하는 기관이다. 홍문관 교리는 행실이 올바르고 의지가 굳은 선비들로 알려졌다. 옥정과 최 교리는 이렇게 인연을 맺게 되었다.

최석정(崔錫鼎)은 앞에서 소개한 것 외에도 정치가로서도 강직한 선비였다. 1685년(숙종 11) 부제학으로 있을 때 당시 소론의 영수이던 윤증(尹拯)을 옹호하고 영의정 김수항(金壽恒)의 부정을 비판하여 한때 파직되었다. 그 뒤 이조참판, 한성부판윤, 이조판서를 지내고, 1699년 좌의정에 올라 대제학을 겸하면서 《통문관지·通文館志》를 편찬하고 《국조보감 國朝寶鑑》의 속편과 《여지승람 輿地勝覽》을 증보했다. 1701년 영의정이 되었으나 장희빈(장옥정)의 처형에 반대하다가 진천으로 유배되었다. 이듬해 풀려나 판중추부사를 거쳐 다시 영의정이 되었으며, 이후 노론과 소론의 격렬한 당쟁 속에서 소론을 영도하며 모두 8차례 영의정을 지낸 인물이다. 그러나 당대에는 평가 받지 못한 '과학적 사고'를 가진 선비였다.

"과찬의 말씀이십니다. 이렇게 지체 높으신 분께서 찾아주시니 영광입니다. 먼 길이라 걱정이 많았는데 앞으로 불편한 일이 있으면 교리님께 부탁드리겠습니다."

"그런데 북경에는 장사하러 가는 건가?"

"예, 장사도 하고 해결할 일도 있습니다."

옥정은 청국황제의 후실로 가는 것임을 실토했다. 그리고 모화
관에서 있었던 상황을 자초지종 얘기했다.

"모화관에서 닌자를 때려눕힌 여자가 낭자였군. 옆에 있기가 겁
나네 그려. 허허허. 청 황실은 있을 데가 못 되네. 이 기회에 북경에
서 서양문물을 공부하고 핑계를 만들어 돌아오게."

최석정은 옥정에게 마음에 닿는 충고를 해줬다. 그는 놀라운 비
밀도 말해줬다.

"청국은 마르코 폴로 덕택에 서양문물이 많이 들어왔네. 특히 서
양의 화약기술이 들어왔지. 나는 전하의 밀명으로 폭탄제조기술에
대해 조사하러 가는 것일세. 낭자도 기회가 되면 폭탄제조기술을
배우도록 하게."

옥정은 자신이 생각하던 것을 최석정이 밀명으로 수행한다고 하
니 흥미가 솟았다. 그렇다보니 전에 상단을 꾸려서 갔을 때와는 달
리 보는 것들이 더 의미가 깊고 감회가 서렸다.

다음 날, 사행단은 개경 서쪽 20리쯤에 있는 천수원(天壽院)을
지났다. 그 한 가운데 있는 천수사(天壽寺)는 옛터의 흔적만 있었
다. 사행단은 평안도로 들어가 북쪽으로 온종일 가서 평양부에 도
달했다. 최석정이 자세히 설명해준다.

평양의 명칭은 왕험성(王險城)에서 서경으로 불렸다가 바뀐 것이다. 《후한서(後漢書)》에는 주 무왕(周武王)이 상(商)을 이기고 기자(箕子)를 왕험성 제후에 봉해 후조선을 세웠다고 적고 있다. 기자는 백성들에게 예의와 농사짓기, 누에치기, 베 짜기를 가르치고 금법(禁法) 8조를 만들었다고 한다.

옥정은 의주에 도착하자 상단을 빠져나와 압록강 북쪽의 청국수비대를 찾아갔다. 수비대에서는 전령수장의 수하 몇 명이 기다리고 있었다. 이들은 전령수장의 명에 따라 극진히 옥정을 보살폈다.

일행은 사흘 후 요동의 벌판을 왼 종일 걸어 구련현(九連峴)을 넘어서 저녁 무렵에 만주의 구련성(九連城)에 도달했는데 호인(胡人)들이 사신일행을 기다리며 밥 짓는 연기가 하늘에 떠 있었다.

구련성을 지나니 봉황산(鳳凰山) 남쪽에 책문(柵門)이 나타났다. 이곳은 책문후시로 세관이었다. 압록강(鴨綠江)에서 130여 리나 되었다. 큰 나무기둥(책문)을 10여 리에 걸쳐 세웠는데 그 중간에 출입문이 있다. 봉황성장(鳳凰城將)이 문을 열고 닫는 책임자였다. 세관원이 아침에 관리를 거느리고 문랑(門廊)에 나와 앉아서 짐짝을 빠짐없이 점검하고 들여보냈다.

책문에서는 1660년(현종 1)부터 사무역(私貿易)이 시작되었다. 당시 조선과 청나라의 사신들이 왕래하는 기회를 이용해 상인들이 마부(馬夫)로 변장하여 은과 인삼을 가지고 강을 건너가 책문에서 밀무역을 했기 때문에 책문후시란 명칭이 생기게 되었다고 한다.

후시란 밀무역시장을 뜻한다.

가는 길에 작은 산꼭대기에 정녀묘(貞女廟)라는 것이 보였다. 들에 조그만 언덕이 솟아나서 산이 된 것이다. 그 위에 사당을 만들었다. 최석정이 설명해 주었다.

"정녀 이름은 허맹강인데, 남편 범랑이 진(秦)나라 때 만리장성을 쌓는 데 징발돼 끝내 돌아오지 않자 이곳에 찾아왔다가 남편이 죽었단 말을 듣고 한없이 울다 끝내 죽었다. 이에 후세 사람들이 바로 그 자리에 사당을 세웠다고 전한다."

드디어 산해관(山海關)에 도착했다. 최석정은 산해관에 대해 자세히 설명해주었다. 산해관은 군사적으로 만리장성의 관문 중 최동단이자 시작점이다. 북경에서 동쪽으로 750리(300km)에 있는데, 북경을 지키는 요새다. 후금을 세운 여진족이 명나라로 들어가려면 반드시 산해관을 공략해서 넘어가야만 했다. 산해관은 한쪽 면은 바다에 몇 백 미터나 뻗어 있어서 제대로 된 해군이 바다에서 공격해야 돌파할 수 있다.

산해관의 나머지 한 쪽은 만리장성의 거용관을 거쳐야 하는데 난공불락의 주요 관문이라 우회가 불가능하다. 오르도스 초원을 우회하는 길도 있지만 보급로가 길어져서 북경 공략은 어렵다. 누르하치는 몇 번이나 산해관을 공격했지만 번번이 참패를 당했었다고 한다.

관(關)에는 두 겹으로 된 문이 있다. 내루(內樓) 서쪽 가장 높은

층에 '천하제일웅관(天下第一雄關)'이라는 편액을 걸었는데, 글자 모양이 상당히 크다. 진시황 때 재상 이사(李斯)의 글씨라고 전해 지나 그렇지 않다고도 한다.

일행은 드디어 북경에 들어갔다. 해질 무렵에 서문(西門)을 통과했다. 말을 타고서 조양문(朝陽門)으로 들어가니 외동문(外東門)이 나왔다. 3층짜리 누문(樓門)은 청기와로 덮여 있었다. 듣기로는 사신 일행이 성문에 들어서면 항상 수레와 말에 막혀 반나절 동안이나 들어가지 못한다고 했는데 다행히 그렇지 않았다. 사행 일행의 도착점호가 끝나자 옥정과 배금은 전령수장이 있는 곳으로 갔다.

전령수장은 옥정을 매우 반갑게 맞아주었다. 그리고 연경호화반점(호텔) 3층에 숙소를 정해줬다. 이 호텔 이름이 아직도 연경인 것은 명나라가 연경을 북경이라고 바꾸기 이전부터 있었기 때문이다. 황궁에서 10리 정도에 있는 큰 숙소였다. 벌써 후궁이나 된 듯 대접이 융숭했다.

옥정의 옆방에는 배금이 배정됐다. 배금은 공녀로 몇 년을 지내서 청국생활에 익숙하고 청국말을 잘해서 편리했다. 옥정이 창문으로 시내를 바라보니 북경은 한성에 비해 엄청 크고 화려했다. 그러나 골목은 훨씬 더러웠다. 사람들한테서 나는 냄새가 코를 찔렀다. 심지어 호위병들도 냄새가 대단했다.

다음날 전령수장이 옥정을 찾아왔다. 황제를 알현하기 전에 학

습시키려는 것 같았다. 그는 자금성을 두루 안내하며 자세히 설명
도 해주었다.

"옥정낭자, 강희제(康熙帝, 1654~1722)는 현재 25세이신데 청
국의 4대 황제로 8세에 즉위하여 병부상서 오배 등 4명의 보정대
신들의 보좌를 받았으나 15세(1669)부터 친정을 펼쳐 국력을 확장
하고 주변국들도 평정해서 국방, 경제, 문화, 예술에서 태평성대를
이룬 역사상 최고의 명군이시라네."

"황제는 저보다 다섯 살이 위시군요."

"황제는 소현과 소명 황후가 돌아가신 후 아직 황후를 두지 않고
이종사촌 동생인 퉁자 씨를 황후대신 귀비로 삼고 있네."

북경반점으로 돌아와 며칠을 기다려도 팽광회로부터 연락이 없
었다. 전령수장은 직접 만나야겠다며 태사부로 갔다. 그런데 그도
감감소식이었다. 며칠이 지나도 소식이 없자 흐르는 시간이 아까
웠다. 옥정은 아문장 대갈에게 왕상치 대인의 주소를 적어주며 알
아봐달라고 부탁했다.

"아문장님, 저는 중국어와 상업이론을 배우고 싶습니다. 왕상치
대인이 근처에서 상업외국어학원을 하는 것으로 알고 있습니다.
부탁합니다."

다음날 대갈은 왕상치가 운영하는 북경상업외국어학원으로 안
내했다. 학원은 도보로 한 시간 거리에 있었다. 왕상치가 반갑게 맞
아주었다. 그는 옥정에게 호텔에 묵는 것보다 자기 집에서 묵으라

고 권했다. 옥정은 공부를 제대로 하려면 그러는 것이 좋다고 생각했다. 왕상치의 저택은 왕궁처럼 웅장했다. 그의 위세를 한눈에 알 수 있을 것 같았다. 옥정과 배금은 대갈의 도움을 받아 왕상치의 저택으로 옮겼다.

학원은 북경성안의 중앙로 상가밀집지역 우측에 있는 2층 건물이었다. 중앙로는 너비가 대략 80보 정도로 한성의 종로에 비해 25보정도 더 넓고 좌우에는 상가가 즐비하게 세워졌으나 별로 번잡하지 않았다. 2층 건물에는 수십 개의 교실이 있었다. 외국인을 위한 중국어 교실 외에 중국인을 위한 상업이론과 영어, 프랑스어, 독일어 교실도 있었다. 옥정은 중급 중국어와 상업이론실무과정에 등록했다. 중급 중국어 교실에는 15명이 있었는데 남학생으로는 이태리의 선교사와 프랑스, 잉글랜드, 독일, 네덜란드(화란)와 아랍학생이 있었다. 여학생은 옥정 외에 네덜란드와 영국, 그리고 중년이 넘어 보이는 청국 여학생 한 명이 있다. 청국 여학생은 대단한 미모에 품위 넘치는 자태를 풍겼다. 남들과 대화도 잘 안했다.

청국여인인데 왜 중국어를 배울까? 옥정은 의문이 갔지만 물어볼 수도 없었다. 다만 그녀의 눈에서는 슬픔과 야망이 함께 서려 있는 듯 보였다. 그녀는 지위가 높은 듯했다. 그녀가 공부하는 동안 밖에서는 시녀와 호위, 가마꾼이 대기하고 있었다.

서양 유학생들

북경의 늦은 봄은 더웠다. 옥정은 서양 여학생을 따라 짧은 치마에 반팔 저고리를 입었다. 요즘의 스커트와 블라우스였다. 서양 여학생들의 옷을 입어보니 무척 시원하고 가벼웠다. 옥정은 학원에서 매일이 즐거웠다. 서양인들은 낯선 사람에게도 얘기를 잘 붙였다.

남녀 학생 간에 내외가 없이 툭툭 치고 말하며 여학생들이라고 다소곳하지도 않았다. 남녀 학생 가릴 것 없이 수업시간에도 눕다시피 비스듬한 자세로 공부했다. 선생한테 질문할 때도 불손했다. 옥정은 이해가 되지 않았다. 그러나 시험점수는 뛰어났다.

옥정은 차츰 이들에게서 서양의 자유분방한 사고와 개인의 자유를 보았다. 같은 반 학생으로 스테파니라는 이태리 선교사가 있었다. 참다못해 궁금했던 것을 물었다.

"스테파니 선교사님, 혹시 제가 파랗게 보이시나요?"

"내 눈동자가 파래서 그런 거지요? 옥정 씨는 내가 까맣게 보이나요? 중국에 와서 천 번도 더 그런 질문 받았습니다. 옥정 씨와 똑같이 보입니다."

둘은 한참을 웃었다. 대화가 통하자 스테파니는 놀라운 말을 들려주었다.

"옥정 자매, 모든 인간은 하나님이 처음 창조한 아담과 하와의 자손입니다. 하나님은 인간에게 자유와 평등을 주셨지요. 그런데 두 분이 하나님이 금지한 선악과를 따 먹었습니다. 이것이 인간의 원죄입니다. 죄를 사함 받아야 천국에 갈 수 있습니다. 하나님의 아들인 예수님이 인간의 죄를 대신하여 십자가에 못 박혀 돌아가심으로써 그를 믿은 사람은 구원을 받아 천국에 갈 수 있게 되었습니다. 인격의 기본이 되는 영혼은 육체의 죽음과는 상관없이 불멸하는 것입니다."

"인간이 모두 죄인이란 말은 믿기 어렵네요. 죄인들은 높은 자리에 있지 않나요? 동양에서는 공자의 《논어》를 중심으로 한 유교를 믿는데 인(仁)을 바탕으로 한 도덕관이지요. 조상을 숭배하고 학문을 숭상하며 극을 피하고 중용을 행하라고 가르칩니다."

"유교에서는 '사람은 양반과 천민으로 태어났다'고 하고 '죽으면 귀신이 된다'고 합니다. 자식들은 부모 귀신에게 드린다고 밥을 해서 제사를 지내지요. 이것은 권세를 가진 자들이 백성에게 효도를 강조해서 충성을 요구하려는 것입니다. 이들은 백성을 사랑하지 않습니다. 사랑이 없으면 어떠한 달콤한 말도 꽹과리 소리에 지나지 않습니다."

옥정뿐만 아니라 유학생들도 선교사의 말이 믿기지 않는 모양이었다. 가끔은 선교사와 유학생들 간에 설전이 벌이기도 했다. 프랑스 유학생 앙드레가 말했다.

"성직자들은 가난은 언제나 존재해왔으니 가난을 받아들이면 하나님께서 양식을 주신다는 달콤한 말로 현혹합니다. 가난을 하나님이 주신 고난의 삶으로 받아들이게 한 뒤 자신만의 안전과 번영을 지속시키려는 것으로 보입니다. 그리고 교회에 모인 천문학적 헌금은 빈민구제에는 조금만 쓰고 전부를 로마 교황에게 보냅니다."

옥정도 맞장구쳤다.

"조선에서도 성리학이라는 종교가 있지요. 가난과 고통을 품위 있게 받아들이라고 가르칩니다. 지금 대다수 사람들은 지옥보다 더 고통스럽게 사는데 나중에 천국에 가면 무슨 소용이 있습니까? 그리고 천국이 정말 있습니까? 권세가들만 잘살고 백성은 노예처럼 사는데도 하나님이 심판하지 않으시는 걸 보면 안 계신 것 아닙니까?"

"예수 그리스도의 십자가 대속을 믿으면 구원받아 장차 예수 그리스도처럼 다시 영혼과 육신이 온전하게 합쳐져서 부활하게 될 것입니다. 예수 그리스도가 세상을 다스리러 다시 올 것을 믿으십시오. 이때 예수가 주권자로 세상을 다스리는 천년왕국이 이 지상에 이루어진다는 사실을 믿으십시오. 그때 심판에 의해 지금의 세계가 새롭게 될 것입니다. 옥정 씨는 새 세상의 주인공이 되는 것입니다."

"현실이 너무 고통스러운데 죽은 뒤에 천국가면 무슨 소용이 있나요?"

"자매님, 그건 마음속에 사탄이 들어와서 그런 겁니다. 부정한 자들은 자기가 하는 짓을 모르는 불쌍한 사람들입니다. 그들은 심판을 받아 지옥 불에 떨어질 것입니다. 그들을 용서해주세요. 그러면 하나님이 자매님 마음속에 들어오시고 천국이 현세에서 열립니다."

선교사는 옥정이 아무리 믿으려 해도 믿겨지지 않는 소리를 했다. 그러나 머리를 흔들수록 귀에서 평등과 자유, 구원, 천국이란 말이 맴돌았다. 이상하게도 가슴이 훈훈해졌다.

앙드레가 다시 나서며 질문했다.

"스테파니 선교사님, 교회에서 태양이 지원(지구)을 돈다고 하는 것은 틀렸습니다. 이태리의 과학자 갈릴레오는 '지구가 태양을 돈다'고 말했습니다."

"앙드레 형제님, 하나님이 이 우주와 만물, 사람까지 창조하셨는데 지구가 태양을 돈다거나 태양이 지구를 돈다고 주장하는 것은 인간적 주장일 뿐입니다. 성직자 중에 자기를 기준으로 그렇게 말하는 사람이 있지만 하나님의 진리와는 다를 수 있습니다. 갈릴레오도 로마교황청 심문소에서 자신의 주장이 틀렸고 혐오한다고 고백했습니다."

"신부님, 갈릴레오는 심문소에서 목숨이 위태로우니까 주장을 번복한 것입니다. 그러나 심문소를 나오면서 '그래도 지구는 돈다'고 말했습니다."

옥정은 태양이 지구를 돈다는 선교사의 말이 맞다고 생각했다.

"앙드레 씨, 지구가 돈다면 우리는 지금 이렇게 서 있을 수 있을까요? 어지러워서 쓰러지지 않을까요?"

"옥정 씨, 지구는 둥글게 공처럼 생겼어요. 이태리의 탐험가 콜럼버스는 100년 전에 지구가 둥글다고 믿고 나침반으로 끝없는 항해를 해서 지구반대편에서 아메리카란 신대륙을 발견했습니다. 청국과 조선은 공의 오른쪽에 위치하고 있어요."

그는 주먹을 둥글게 만들어 옆을 가리키며 말했다.

"우리가 지구 밖으로 떨어지지 않고 어지럽지도 않은 것은 지구에는 끌어당기는 중력(重力)이 있어서 그렇습니다. 지구 위에 있는 모든 물건은 어느 것도 흔들리거나 공중에 떠있는 것이 없잖습니까? 중력이 작용해서 그런 겁니다."

옥정은 아무래도 믿기지 않았다. 그럼 내가 옆으로 서서 걷고 있단 말인가? 옆으로 서서 밥을 먹고 잠도 잔단 말인가? 그러나 그들이 발명하고 사용하는 시계, 안경, 나침반, 연필, 구두와 부츠, 양복 등을 보면서 과학을 믿지 않을 수가 없었다. 옥정은 과학을 비롯한 항해기술이 서양의 자유에서 나오는 것이라고 생각했다.

옥정은 앙드레의 현실적 견해에 동감이 많이 갔다. 그래서 물었다.

"앙드레 씨, 프랑스는 어떻게 경제력이 강한 나라가 되었는지요?"

"프랑스는 평야가 매우 넓고 인구도 많아 곡물을 스웨덴, 노르웨이, 네덜란드 등에 수출해서 부자나라가 되었습니다. 그런데 루이 14세 황제가 이 돈을 베르사유 궁전을 호화롭게 중수하는 데 썼습니다. 저는 뜻을 같이 하는 군인들과 힘을 합쳐 황제를 쫓아내려고 쿠데타를 일으켰는데, 실패해서 이곳까지 도망친 거지요."

"황제를 쫓아내려 했다고요? 역모를 행해도 되나요?"

옥정은 역모를 행하고도 아무렇지도 않은 듯 말하는 앙드레를 보고 너무 놀랐다.

"옥정 씨 같은 사람이 많으니까 황제는 정신을 차리지 않는 것입니다. 통치자들은 힘 안들이고 이익을 얻으려고 전쟁을 일으켜왔습니다. 최근의 대표적인 것이 프랑스와 합스부르크 제국과의 30년 전쟁(1618~48)입니다. 합스부르크 제국(지금의 오스트리아와 헝가리, 체코와 슬로베니아, 크로아티아 등)은 2억 5,000만 굴덴(약 140억 달러)을 썼고 프랑스는 약 8.1억 리브르(170억 달러)를 썼습니다. 이런 천문학적 비용을 쏟아 부은 외에 수만 명의 군인과 민간인이 죽었습니다. 이들은 경제가 나빠지면 전쟁을 해서 해결하려 합니다. 상대국의 곡창을 뺏으려는 거지요."

"나라를 지키려면 전쟁은 어쩔 수 없는 게 아닐까요?"

"나라를 지키는 전쟁은 없습니다. 상대국의 부를 빼앗으려는 침략전쟁이 있을 뿐입니다. 전쟁은 손해보다 이익이 클 때 나는 것입니다. 경제적 이익도 없이 영토를 넓히기 위해 전쟁을 하는 것이 아닙니다. 경제가 발전하는데도 불황과 빈곤이 사라지지 않고 국민들이 어렵게 생활하는 원인은 토지사유제(土地私有制) 때문입니다. 토지는 천부적으로 주인이 없었습니다. 토지는 국민의 공동재산인데 힘 있는 소수가 사유화하고 불로소득을 독식해서 국민은 가난하게 된 것입니다. 이것이 경제적 악의 근원입니다. 그 사람들이 황제와 귀족, 성직자들입니다. 1퍼센트인 이들은 세금을 안 내고 호화롭게 삽니다. 소수가 독점한 토지를 회수해서 농민들에게 나눠줘야 합니다. 현재 1퍼센트가 누리는 불로소득을 몽땅 세금으로 환수한다면 가난한 사람들이 내는 세금은 폐지할 수 있습니다. 그래야 공평한 사회가 됩니다."

앙드레의 말에 이어 영국학생 윌리엄이 말했다.

"지주들의 본성은 노비나 소작인에게 최악의 노동조건으로 일을 시키는 것입니다. 그리고 일한 사람들의 열매를 착취해서 최대한 높은 소득을 갖습니다. 노비나 소작인들은 적절한 교육이나 훈련

받을 기회도 박탈당해 대대손손 그렇게 살 수밖에 없도록 만드는 것입니다. 이것이 장기적 불평등을 고착화시키는 경제적 악순환입니다. 경제적 악을 나라가 개선하지 못하면 국민들이 나서서 해야 합니다. 영국과 프랑스는 지금 그런 경제적 악을 제거하기 위해 시민들이 저항하기 시작했습니다. 나와 앙드레는 파리의 바스티유 감옥을 폭파해서 억울한 죄수들을 방면하고 혁명을 하려다가 실패했습니다. 멀지 않아 시민혁명이 일어날 것입니다.”

그의 말대로 약 100년 후에 바스티유 감옥이 무너지며 프랑스 시민혁명이 시작되었다. 옥정은 소름이 끼치도록 무서웠다. 어떻게 이런 역모의 발상을 태연히 말할 수 있을까? 옥정은 젊은이들이 저렇게 충성심이 없으니 서양은 곧 망할지도 모른다고 생각했다.

옥정의 표정을 살피던 앙드레가 웃으며 말했다.

“옥정 씨, 우리가 너무 이상하게 보이지요? 내가 볼 때 만약 옥정 씨가 프랑스에서 태어났다면 한 시대를 풍미하는 귀부인이 됐을 것이라고 추측되네요. 파리에서 서쪽으로 1,000리 정도 떨어진 곳에 있는 루아르 강의 한복판에는 약 100년 전에 세워진 셔농소(Chenonceau)라는 아름다운 성이 있습니다. 주인은 디안느 드 뿌아띠에(1499~1566)라는 미인이었습니다. 프랑스의 왕 앙리2세는 아버지의 가정교사였던 19세 연상의 뿌아띠에를 사랑해서 정부로 삼고 셔농소 성을 지어서 선물하였습니다. 뿌아띠에는 19세나 연상이었지만 피부가 곱고 건강미가 넘쳤습니다. 그녀는 매일 루아르 강에서 수영을 했다고 합니다. 겨울에는 얼음을 깨고 들어가서 했다고 합니다. 옥정 씨는 뿌아띠에의 장점을 모두 갖추고 있습니다."

"놀리지 마세요. 제가 그런 미녀와 견줄 수 있나요?"

"내가 살펴보니 옥정 씨는 프랑스에서 꼽는 미녀기준을 모두 갖추었습니다. 옥정 씨는 수영대신 일을 하면서 뛰어다녀서인지 건강미가 넘칩니다. 당시에 프랑스에서 여자는 뛰지도 못했고 목욕도 못해서 냄새를 방지하기 위해 향수를 뿌려야 했지요."

"조선여인들도 목욕은 자주하지 못합니다. 대신 단오 날에는 개울가에서 여인네들이 머리를 풀고 창포에 씻습니다."

"옥정 씨, 프랑스에서 미녀 기준은 '가는 것 3가지'와 '굵은 것 3가지'로 판단합니다. 그것을 옥정 씨가 모두 가지고 있는데 무엇인지 아세요?"

"가는 것은 손가락과 허리이고 굵은 것은 귀와 입술이 아닐까요?"

"아닙니다. 가는 것은 목, 손목, 발목입니다. 굵은 것은 허벅지, 엉덩이, 팔뚝입니다. 옥정 씨는 내가 보기에 이 기준에 꼭 맞는 미녀입니다. 아마도 조선에 돌아가면 왕의 선택을 받으실 것입니다."

옥정은 눈을 돌려 팔뚝과 허벅지를 보았다. 과연 남자처럼 굵었다. 엉덩이가 큰 것은 무술하면서 당연한 것이었다. 목과 손목, 발목도 가늘었다. 이것이 미녀기준이란 말을 믿을 수 없었다.

"제가 왕의 정부가 된다고요? 저는 평소에 헤엄도 치지 못하고 시장판에서 마구 몸뚱이를 굴려서 그런 미녀가 될 수 없습니다. 말씀이라도 그리 해주시니 감사합니다."

"틀림없이 왕의 부름을 받을 것입니다."

옥정은 속으로 왕이 입궁을 하라고 했던 것이 생각났다. 그 말을 듣고 가슴이 뛰고 다리가 후들거렸던 환희가 아물거렸다. 앙드레가 이런 과거를 알고 말하는 것처럼 보였다.

나라를 보다

앙드레는 프랑스 포병장교로 많은 전쟁에 참여해서 무공훈장도 여러 개 받았다. 전쟁이 끝난 후 파리대학에서 농업경제를 공부했다. 파리대학(Université de Paris)은 중세시대부터 이어져온 가장 오래된 대학 중 하나라고 했다. 12세기 경 세워졌는데 신학과 철학에서 엄청난 명성을 얻었다. 과거에 철학은 예술과 경제, 과학, 수학, 정치학 등이 포함되었다.

앙드레는 꿈을 가지고 의회에 진출하고자 했다. 의회란 귀족, 성직자, 시민 등을 대표하는 등족회의(等族會議)였다. 그런데 앙드레는 브르따뉴(Bretagne) 출신이라고 차별되었다. 브르따뉴는 영국(Britain)과 해협을 사이에 두고 있어 잉글랜드의 거점으로 경계받았다.

앙드레는 중앙정부가 브르따뉴를 차별하지 않고 평등한 정치를 해주기를 바랐으나 기회를 막는 것에 큰 불만을 가졌다. 앙드레는 정치를 포기하고 고향인 브르따뉴로 돌아가서 농업전문 관료를 했다.

앙드레는 루이14세가 "짐이 곧 국가다"라며 시행한 절대왕정에 반대했다. 왕이 베르사유 궁전에서 호화와 사치에 빠져있는 것을 참을 수가 없었다. 그래서 윌리엄과 바스티유 감옥을 폭파하려다 실패한 것이다.

앙드레는 윌리엄의 주선으로 영국 런던의 한 농장에서 일했다. 그러나 찰스2세가 네덜란드와 전쟁을 개시하자 윌리엄과 앙드레는 이를 반대했다. 둘은 체포되자 탈옥해서 청국으로 함께 피신한 것이라고 했다.

옥정은 이들에게서 두 가지를 보았다. 나라를 보았고, 백성을 보았다. 첫째, 나라는 백성들을 교육시키고 건강과 생업을 지원하고 치안과 국방을 지킨다. 둘째, 나라는 백성들의 사유재산을 보호해주고 대가로 세금을 받는다. 서양은 그런 나라들이 모여 있었다. 그러나 나라가 백성을 잘살게 하는 책무를 제대로 못하면 민란이 일어나 왕들은 수시로 쫓겨났다.

옥정은 사행을 따라올 때 사신들의 소아병적 행태를 보았다. 대표인 정사와 부사, 서장관이 중국어를 전혀 못했다. 북경까지 5,000리나 지나면서 말을 못하니 각 고을의 관원들과는 서로 상견

례조차 못한 채 가야 했다. 중국관원 중에 글을 아는 사람이 있으면 문장을 써서 대화를 했다. 귀가 있어도 현장에서 알아듣지 못하니 역관이 모든 일을 나서서 처리한 후 "이렇습니다"하면 고개만 끄덕일 수밖에 없었다. 3사 모두가 숙소에만 틀어박혀 있다 돌아왔다.

옥정은 왕상치가 들려주던 고사가 생각났다.

"옥정아, 조선지도자들이 얼마나 소인배인지를 잘 알고 앞날을 계획하기 바란다. 고려 고종 18년(1231)에 몽골의 살례탑(撒禮塔) 대군이 침입했을 때 조선지도자들의 소인배 행태를 보면 알 수 있다. 몽골군은 파죽지세로 모든 성들을 항복받았는데도 유일하게 평안도 자주성의 최춘명 부사만은 군사들과 백성들을 잘 지휘하고 죽을힘을 다해 저항했었다. 살례탑은 수차례 공격했지만 번번이 실패하자 고종의 동생인 회안공(淮安公)을 압박해 항복을 권하도록 독촉했지. 회안공은 후군참모인 대집성을 성안으로 들여보내 항복을 권하려 했다. 대집성이 성문 앞에 이르자 최춘명은 군사들에게 활을 쏘게 했다. 조정으로부터 항복하라는 왕지(王旨)를 받지 않았기 때문이었다. 대집성은 무신정권의 합하인 최우(崔瑀)에게 딸을 시집보내 권세를 가진 자였단다."

"회안공이나 대집성에게 왕지를 요구하면서 활까지 쏜 것은 정말로 충신답군요."

"결국 회안공이 조정에서 항복하라는 교지를 받아와서 전달하자 최춘명은 성문을 열고 항복했다. 최춘명은 회안공의 항복하라는 명령을 어긴 죄로 서경(평양)감옥에 갇히고 조정으로부터 사형이 내려졌다. 대집성은 즉각 사형을 집행하려고 했으나 서경의 몽골관리가 막았다고 한다. 그는 '몽골 측에서 보면 명을 어긴 자지만 당신들 쪽에서 보면 충신이오. 그래서 우리도 항복한 최춘명을 죽이지 않았소. 당신들이 성을 온전히 보전한 충신을 죽이는 것이 옳은 일이오? 놓아주기 바라오'라고 꾸짖었다고 한다. 충신 최춘명은 적군이었던 몽골관리 덕택에 죽음을 면했다고 하니 얼마나 기막힌 얘기냐? 고려관리들은 안중에 나라와 충신은 없고 자기권세만 있는 소인배들이었단다."

서양유학생들의 행동을 보면 쌍놈들이었다. 남녀는 서로 인사할 때 격의 없이 악수를 한다. 어떤 때는 남녀가 반가우면 서로 껴안았다. 이를 '허그'라고 했다. 조선에서 이러다간 남녀칠세부동석에 어긋나 곤장을 맞을 일이다. 옥정도 자연히 이들에게서 악수란 것을 배웠다. 이들과 매일 아침 만날 때마다 악수를 하다 보니 다정해지고 친근해짐을 느꼈다. 가끔 이들이 자연스럽게 허그를 하면 받아들였다. 그러나 이런 사람들이 살고 있는 나라가 실제로 강하니 외유내강(外柔內剛)이란 말이 맞다고 생각했다.

옥정은 학원이 끝난 후 은행을 거의 매일 방문했다. 입금전표와 출금전표, 어음사양을 자세히 살펴보고 어음의 유통에 대해 자세히 물었다. 그리고 은행을 이용하는 상인들에게 여러 가지 궁금한 것을 묻고 배웠다.

전령수장의 죽음

학원생활이 재미있어 반년이 후딱 지났다. 학원이 끝날 무렵 전령수장이 찾아왔다. 그는 옥정을 팽광회가 있는 북경찻집으로 데리고 갔다. 찻집의 붉은 벽으로 치장한 창가에는 관우상을 한 장군 그림이 걸려있고 양쪽 창문 앞 찻장 위에는 큰 도자기가 양면에 놓여 있었다. 옥정은 팽 광회에게 정중히 인사를 드렸다.

"옥정낭자, 내가 조선에 다녀온 사이에 수구파가 권력을 장악했네. 그래서 당분간 낭자를 후궁으로 천거할 수 없게 되었네. 나는 몇 년 전부터 비밀리에 폭탄개발을 추진해왔다네. 반년 후면 세계가 놀랄 발표를 할 것이네. 낭자에게 이 비단주머니를 전해주려고 불렀네. 속에는 그림암호가 있네. 이 암호를 풀면 폭탄설계도를 소유할 수 있다네. 다른 사람이 손에 넣더라도 찾기 힘들게 하려는 것이네."

팽광회는 비단주머니를 건네주었다. 옥정은 받아서 품속에 넣었다. 옥정은 팽광회가 자신을 이처럼 신뢰하는 데 감명 받았다.

"옥정낭자, 황제께 사신행차업무보고 때 해금정책을 풀어야 한다고 말씀드렸으니 곧 풀릴 것일세. 낭자가 폭탄개발 비밀을 간직하고 후실이 되면 황제께 폭탄설계도를 드리도록 하게."

옥정은 흥분됐다. 지성이면 감천이라더니 결국 폭탄제조기술에 접근한 것이다. 잘하면 폭탄제조법을 알게 되어 조선에도 전할 수 있을 것이라 생각했다.

"낭자는 일본어를 잘 하던데 일본간자들의 동태도 잘 파악해 주기 바라네. 일본은 폭탄개발에 대해 간자를 풀어놓고 있다네."

"잘 알겠습니다. 일본간자들의 동태를 점검하겠습니다."

어느 날 오후 학원으로 대갈이 찾아왔다. 그는 옥정에게 빨리 조선으로 돌아가라고 말했다. 어제 밤에 전령수장이 자객에게 죽었다는 것이다. 옥정은 귀국한다면 폭탄개발과는 인연이 끝나는 것인가 염려됐다.

"옥정낭자, 전령수장이 폭탄설계도를 가졌기 때문인 듯합니다. 동창은 태사님을 조사하다가 전령수장이 가진 것을 알아낸 것 같습니다."

"전령수장님이 맡으신 설계도는 어찌 됐나요?"

"그건 빼앗겼지만 소용없을 겁니다. 옥정 씨가 가진 암호그림에

답이 있을 겁니다.”

옥정은 급히 비단주머니를 꺼내보았다. 그림으로 〈방패, 만도칼, 열쇠, 노리개〉가 그려져 있다. 이 그림암호를 풀면 설계도를 손에 넣을 수 있을 것이다.

옥정은 암호 그림이 눈앞을 어른거려 공부가 되지 않았다. 어떻든 폭탄을 조선에서도 만들어야 한다. 폭탄을 발석기에 얹어서 쏘아대면 밀려오는 군사는 모두 콩가루가 될 것이다.

우선 폭탄설계도를 찾기로 했다. 〈방패, 만도칼, 열쇠, 노리개〉의 정체를 파악해야 한다. 암호그림을 보니 군부대와 관계가 있을 듯했다. 옥정은 대갈에게 부탁해 배금을 황궁호위대인 우림군의 수라간에 일자리를 얻게 했다. 대갈은 팔기군으로 황궁호위부의 실세였기 때문에 힘이 있었다. 배금은 중국말도 잘하고 음식 솜씨가 좋아 수라간에서 밥 지기로 임명되었다. 배금은 호위대에서 〈방패, 만도칼, 열쇠, 노리개〉를 가진 자가 있는지 살폈다.

며칠 뒤 소 열 마리를 잡아왔는데 칼이 작아서 쓰는 데 힘이 너무 들었다. 그런데 조리장이 무사를 데려와서 긴 칼로 소의 갈비들을 단칼에 모두 잘랐다. ‘바로 이 칼이다!’ 배금은 하마터면 큰 소리 칠 뻔했다. 칼을 든 무사를 바라봤다. 턱수염이 가득한 얼굴에 파란 눈을 가졌다. 이 사람은 청국사람이 아니다. 청국은 호위무사로 서양 사람을 간혹 썼다. 배금은 본대로 옥정에게 보고했다.

“배금아, 그 칼을 빌려올 수 있겠니? 그 칼에 해답이 있을 것이다."

"네, 알겠습니다."

배금은 어둑해질 때 음식과 술을 준비해 서양 호위무사를 막사로 찾아갔다. 자기소개를 하고 아까 소갈비를 잘라줘서 술 한 잔 권하려고 왔다고 했다. 배금이 술잔을 권하자 그는 즐겁게 술을 들이킨다.

술을 몇 잔 나눈 후 배금은 그의 이름을 물었다. 그는 네덜란드인으로 알크마르라고 했다. 배금은 그에게 칼을 빌려달라고 했다. 내일 아침에 소갈비를 잘라야 하는데 필요하다고 했다. 그는 쾌히 응했다. 배금은 칼을 들고 옥정에게 달려갔다.

옥정은 긴 칼을 그림과 비교했다. 바로 그 만도칼이다. 무척 기뻤다. 이제 한 가지가 풀렸다. 이 칼이 무슨 용도인지는 몰라도 폭탄과 관련 있을 것이 확실하다고 믿었다. 이제 〈방패, 열쇠, 노리개〉를 찾아야 한다. 배금은 알크마르를 만나 칼을 돌려주었다.

며칠 후 옥정은 알크마르란 사람이 궁금해 우림군 수라간으로 배금을 찾아갔다. 배금을 통해 알크마르를 만나보고 싶었다. 그런데 배금이 없었다. 알아보니 옥에 갇혔다고 했다. 호부관리가 배금을 잡아갔다는 것이다.

옥정은 배금이 칼을 가져온 때문인가 걱정했다. 다행히 칼을 빌린 것과는 상관이 없었다. 배금이 돈을 훔쳤다고 했다. 그동안 배금이 수령한 돈보다 실제 구입한 쌀의 양이 많이 적었다고 했다. 차액

만큼 돈을 빼돌린 것이라고 했다. 우림군은 숫자가 많아 배금이 착복한 금액을 누적하면 엄청 크다고 했다.

옥정은 배금을 믿었다. 배금이 그동안 작성한 장부를 훑어보았다. 호부에서 수령한 금액으로 쌀 구입에 그대로 사용한 것으로 기록돼 있었다. 쌀 구매량이 적은 것은 오래전부터 쌀값이 폭등해 구입량이 준 것이었다. 그러나 쌀값은 시중가격을 무시하고 고정돼 지급됐다. 대갈에게 이런 사정을 얘기했다. 대갈은 옥정을 호부로 데리고 갔다. 옥정은 호부의 상좌에게 소개되었다. 상좌의 이름은 달포탈(達浦脫)이라고 했다.

"상좌 어른, 쌀값이 폭등해 주신 돈보다 쌀 구입량이 적었던 것입니다. 배금이 빼돌린 것이 아닙니다."

"낭자, 그런 말만으로는 이유가 되지 않소. 지금 3년째 풍년이 들었는데 쌀값이 뛰었다고 말해야 통하지 않소. 황제께 쌀값이 뛰는 이유를 설명하지 못하고 있소."

강희제는 중국 역사상 농업과 경제를 가장 발전시킨 통치자였다. 이상하게도 풍년은 계속 되는데 쌀값을 비롯한 물가가 치솟아서 골치를 앓고 있었다.

"우리 호부와 경제신료들은 가격상승이 인구증가에 따른 것이라고 황제께 설명 드리며 미봉책으로 넘기고 있소. 쌀값 때문에 억울한 사람이 있는 것은 나도 압니다."

"그러면 배금이가 자기 죄도 없이 처벌받는 것은 사리에 맞지 않잖습니까?"

옥정은 관리들이 불쌍한 사람들에게 책임을 뒤집어씌운다고 생각했다.

"나도 호부의 자금관리책임자로서 갑갑합니다. 대풍년이 몇 년째 계속 되는데 쌀값이 폭등하는 것은 너무나 이상합니다. 호부에서는 일단 사고파는 사람들의 농간으로 간주하고 있습니다. 판 사람과 산 사람을 모두 구속하고 있지요."

"상좌어른, 제가 한번 호부에서 원인을 조사해 봐도 되겠습니까?"

"무슨 좋은 방법 있습니까? 원인만 찾아내주면 100배 사례하겠습니다."

"제게 최근 청국의 무역자료와 쌀값과 물가에 관한 자료를 보여주십시오."

옥정은 달포탈의 안내를 받아 시평원에 갔다. 자료가 잘 정리되진 않았지만 필요한 내용은 볼 수 있었다. 이틀 동안 자세히 검토한 결과 원인을 찾을 수 있었다.

"상좌 어른, 제가 그 해답을 알 수 있을 것 같습니다. 청국에 서양의 금과 은이 대량으로 들어온 때문입니다. 청나라가 지난 100년 동안 은을 산출한 량은 500만 냥 미만이었습니다. 그런데 최근 10년 동안 외국으로부터 1,000만 냥 넘게 들어왔습니다. 지금도 유입량이 급속히 증가하고 있습니다. 중국이 워낙 큰 나라여서 영향이

서서히 나타나기 때문에 잘 모르시는 겁니다."

"중국 사람들은 당나라나 그 이전부터도 금과 은을 좋아해서 금과 은을 집안에 쌓아놓는 습관이 있지요. 그것이 무슨 이유가 됩니까?"

"바로 그 때문입니다. 서양 상인들은 황포항 등을 통해 중국의 비단과 차, 도자기를 수입하면서 은으로 결제했습니다. 영국이나 네덜란드 상류층에게 중국차는 신분과 연계될 정도로 인기가 있습니다. 아침에 일어나면 '기상 차', 오전 11시에는 '오전 차', 점심에는 '점심 차', 저녁에는 '저녁 차'를 마셔야 상류층으로 인정받지요. 비단과 도자기는 마르코 폴로의 소개로 대단한 인기상품이 되었습니다. 금은으로만 상품대금 결제를 요구하니 서양의 금과 은이 대량 들어온 것입니다. 청국인들은 금은이 들어오니 쌓아놓고 만족해했지요."

"그 사람들이 사주기 때문에 중국은 견직물과 도자기, 차 산업이 잘 되고 돈도 많이 버는데 그게 잘 못된 건가요?"

"금과 은이 많이 쌓이면 돈값이 하락하게 됩니다. 돈값은 물건값과 같습니다. 돈값이 떨어지니 쌀을 비롯한 물건값이 상승한 것입니다. 여기에 인구까지 증가하니 물가가 상승한 것입니다. 문서를 보니 강희 원년에는 은 1냥으로 쌀 300근을 살 수 있었는데 지금은 50근도 사기 힘듭니다. 땅값도 치솟아서 남쪽 지방의 옥답은 1무(畝, 1무는 약 30평)당 2~3냥에 거래되었지만 지금은 15냥을 웃돌고 있습니다. 또한 공사기간이 긴 치수공사의 경우 자재가격이 폭등해 예산액과 결산 액의 차이에서 매우 큰 차이를 보였습니다. 한 예로, 절강성의 해녕 방파제의 경우 100만 냥이나 더 들어갔더 군요."

"낭자, 그럼 어떻게 해야 하겠소?"

"황제께 사실대로 말씀드려 구리로 화폐를 대량주조해서 금은 대신 구리화폐를 사용하면 자연히 금과 은의 사용이 줄 것입니다. 또한 금은을 해외로 내보내는 강력한 정책을 시행해야 합니다."

"청국이 비단이나 차, 도자기를 계속 수출하는 한 서양의 은은 계속 들어올 텐데요."

"앞으로는 서양의 납, 주석, 동, 철, 모직물, 기계 같은 것을 많이 수입하면 됩니다. 수출만 하고 수입은 억제하면 경제에 나쁜 영향을 미칩니다. 수입도 수출과 비슷하게 해서 금은으로 결제하면 금 은값은 제값을 찾고 물가와 쌀값도 떨어질 것입니다. 또한 수입한 서양물건들은 청국인들의 생활을 풍족하게 해줄 것입니다."

옥정은 장사한 경험으로 말했을 뿐인데, 경제학의 관점에서 볼 때, 당시 관료들이 가졌던 중상주의적(重商主義的) 사고의 문제와 개선책을 제시한 것이다.

"낭자는 이런 걸 어떻게 알았습니까?"

"저는 조선에서 비단과 인삼장사를 했습니다. 청국의 비단을 수 입할 때 금과 은만으로 결제를 원해서 일본에서 은을 수입해 결제

해줬는데 결과적으로 청국 내의 은 가격이 떨어져 인삼을 수출할 때 비싸게 판 경험이 있습니다."

"훌륭한 해결책입니다. 내가 황제와 호부상서께 말씀드려 낭자를 포상하겠습니다."

"그럴 필요까지 없습니다. 제게 포상대신 배금이부터 옥에서 풀어주십시오. 그 아이가 쌀을 빼돌리지 않은 게 판명됐지요?"

상좌는 고개를 끄덕이며 호위병사에게 배금을 풀어주라고 명했다.

"낭자, 앞으로 큰 도움이 필요하면 얘기하십시오. 내가 힘써 도와주겠습니다. 우선 고마운 뜻으로 치맛감을 1필 선물하겠습니다. 작지만 받아주세요."

상좌는 장롱에서 귀하게 보이는 자개상자를 꺼냈다. 상자는 예쁜 끈으로 매어 있는데 끝에 열쇠가 달려 있었다.

'아니? 이 열쇠가 그 그림의 열쇠인가?'

옥정은 고맙다는 인사를 하고 배금을 데리고 돌아왔다. 끈을 풀고 열쇠로 자물쇠를 열었다. 상자를 열어보니 눈부신 분홍비단이 포개어 있었다.

옥정은 급히 그림을 꺼내 열쇠를 비교했다. 똑같았다. 호부상좌가 폭탄개발과 관련 있는 사람이다. 칼과 열쇠를 찾았다. 이제 방패와 노리개를 찾으면 폭탄설계도에 얽힌 비밀을 알 수 있다. 그럼 상좌가 전령수장의 죽음과 관련이 있단 말인가? 옥정은 믿기지 않았다. 대갈에게 물었다.

"아문장님, 호부상좌가 수장님 죽음과 관련이 있을까요?"

대갈은 한참 생각하더니 말한다.

"상관이 있을 것 같네요. 상좌는 허베이 순무의 비밀금고지기입니다. 폭탄개발 돈을 그가 대고 있지요. 또한 알크마르와도 친분이있을 겁니다. 물론 그 정도로 그가 수장님 죽음과 관련이 있다고는할 수 없을 겁니다. 하여튼 그 열쇠를 잘 보관해두세요."

옥정은 열쇠가 어떤 해답을 줄지 궁금했다.

화란 유학생

북경의 봄날은 희뿌연 황사로 내내 어두웠다. 한양처럼 화창하지 못했다. 옥정은 당 문예(唐文藝) 수업 마지막 시간이 끝나서 책보자기를 싸매는데, 두꺼운 안경을 쓴 루이텐이라는 네덜란드 유학생이 저녁식사를 사겠다고 했다.

옥정보다 다섯 살 정도 나이를 더 먹은 학생이었다. 평소 사색을 하면서 가끔 턱수염을 쓰다듬곤 했다. 옥정은 기꺼이 승낙했다. 그는 학원 근처의 조그만 음식점으로 안내했다.

구석의 식탁에 앉자 루이텐이 말했다.

"옥정 씨, 나는 조선에 대해 잘 알고 있습니다. 옥정 씨와 얘기를 하고 싶었습니다. 제 소개를 하겠습니다. 나는 네덜란드 사람입니다. 영국의 옥스퍼드대학에 유학해서 박사를 취득하고 네덜란드의 연구소에서 연구원으로 일하다 중국에 왔습니다."

"루이텐 씨는 대학까지 다녔으니 양반집 아들인 모양이군요."

"네? 양반은 뭔가요? 저는 가난한 선원의 아들입니다."

"당신네 나라에서는 양반이 아니라도 공부를 할 수 있단 말입니까? 조선은 양반(兩班) 중심사회입니다. 문과벼슬인 동반과 무과벼슬인 서반을 합쳐 양반이라고 합니다."

"우리나라에서는 누구나 공부할 수 있고 열심히 하면 장학금도 줍니다. 저는 그 덕택에 유학도 해서 지금은 허베이성에서 일하고 중국어공부도 합니다. 옥정 씨는 무슨 대학을 나왔나요?"

"저는 양반이 못 되고 여자라서 대학은커녕 서당도 못 다녔어요. 저는 아버지한테서 한학과 일본어를 배웠습니다. 저는 한양의 포목점에서 장사하는 장사꾼입니다."

"참으로 놀랍습니다. 중국도 소수특권층만을 위한 교육기관이 있을 뿐이고 대중을 위한 국립교육기관은 없더군요. 옥정 씨는 왜 중국어를 공부하십니까?"

"저는 무역을 하는 데 필요해서 중국어를 좀 더 잘하려고 합니다. 그런데 루이텐 씨는 중국정부와 장사를 하시는 건가요?"

"장사가 아닙니다. 그것은 비밀이라 말할 수 없습니다."

옥정은 갑자기 궁금해서 견딜 수가 없었다. 옥정은 분위기를 바꾸기 위해 배갈을 여러 잔씩 마셨다. 술기운이 돌기 시작하자 슬슬 돌려서 물어보았다.

"루이텐 씨, 대학에서 무엇을 공부하셨나요?"

"화학을 전공했습니다."

"화학이 무엇을 하는 것입니까?"

"여러 가지 물질의 성질과 구조를 분석하고 다른 물질과의 반응을 연구해서 새로운 물질을 만들지요. 어떤 물질에 여러 종류의 자극, 즉 온도, 압력, 부피, 혼합물의 양을 변화시키면 그 자극에 의해 새로운 물질이 탄생됩니다. 쉬운 예로, 흙으로 그릇모형을 만들어 유약을 씌워 뜨거운 불에 장시간 구워서 도자기를 만드는 것도 화학적 변화의 예입니다. 그런데 요즘 중국과 서양에 휘몰아치는 연금술(鍊金術)은 화학을 악용하려는 것이기도 합니다."

"연금술이 무엇인지요?"

"연금술은 값이 싼 철이나 구리, 납을 금이나 은 같은 귀금속으로 변화시켜 일확천금을 노리는 것이고, 또한 늙지 않고 오래 사는 약을 만들려는 것도 포함되지요."

"그렇군요. 저는 화약을 만드는 것만이 화학인 줄 알았습니다."

그러자 루이텐은 크게 웃는다.

"요즘에는 화약을 만드는 것이 화학의 가장 중요한 일이 되었습니다. 저는 화약전문가입니다. 예전처럼 창칼이나 화살을 사용하는 시대는 지났습니다. 각 나라들은 화약으로 총탄을 만들고 대량 살상무기인 폭탄을 만드는 경쟁을 하고 있습니다."

옥정은 놀랐다. 팽광회가 개발하는 폭탄을 이 사람도 연구한다.

"조선에서도 염초로 화약을 만드는데 폭탄은 어떻게 만드나요?"

"중국과 조선에서는 오래전부터 염초로 화약을 만들었습니다. 염초는 뒷간이나 오래된 집의 흙에 물을 부어 졸여 만들기 때문에 생산량도 적고 원시적이지요."

"조선에서도 염초를 사용해서 신기전이라 불리는 화전과 총통, 비격진천뢰를 만들었지요. 그러나 원시적이라 임진왜란과 병자호란에서 침략을 막지는 못했습니다."

"앞으로는 폭탄이 무기의 주력이 될 것입니다. 고성능폭탄은 넓은 지역을 초토화시키고 아무리 강한 성벽이라도 단숨에 무너뜨리는 위력이 있지만 이동하려면 매우 위험해서 안전하게 고체화하는 방법을 경쟁적으로 연구하고 있습니다."

"그럼 중국정부와 폭탄 만드는 일을 하고 계시군요. 대답해주세요. 비밀로 할게요."

옥정은 흥미가 솟아나 끈질기게 물었다. 그는 당황한 듯 얼굴을 붉혔다. 그는 배갈 한잔을 들이키더니 얼굴을 옥정의 귀에 가까이 하며 조용히 말한다.

"옥정 씨, 지금 제가 하는 말은 절대 비밀입니다. 저는 질산(窒酸)으로 폭탄 만드는 것을 연구하고 있습니다. 이것은 지금까지 개발된 어떤 폭탄보다 수백 배 폭발력이 강합니다. 질산의 제조법과 용도는 일찍이 연금술사(鍊金術士)들로부터 전해 내려왔습니다. 그런 것을 30년 전인 1648년에 독일의 화학자 요한 루돌프 글라우

버 박사가 질산칼륨과 진한 황산을 가열하여 질산을 만들 수 있다는 공식을 확립했습니다. 질산은 폭발물제조와 비료제조에 사용되는 중요한 화학약품입니다. 독성이 있고, 심한 화상을 입히지요. 질산칼륨은 칠레와 중국에서 생산되는 초석(硝石)에서 뽑아냅니다. 화란(네덜란드)에서는 질산으로 폭탄을 이미 제조해서 보유하고 있지요. 저는 영국의 연구실에서 수년 동안 실험한 바 있습니다. 저는 성능이 더 큰 폭탄을 고체화해서 안전하게 보관하고 이동하기 쉽도록 만드는 것을 연구하고 있는데 참으로 어렵습니다."

옥정은 루이텐이 팽광회의 폭탄연구에 참여하고 있음을 알게 되었다.

"그럼 화란에서는 이 폭탄을 어디에 사용했나요?"

"화란은 조선보다 아주 작은 나라입니다. 그런데도 조선보다 스무 배나 큰 인도네시아라는 나라를 식민지로 만드는 데 사용했습니다. 나는 허베이 성 순무와 폭탄개발을 계약한 그라프샤프사의 연구책임자로 왔습니다."

"루이텐 씨, 저하고 조선으로 가시지 않겠습니까? 조선은 청국과 왜국으로부터 침략을 당해 말로 다할 수 없는 피해를 보았습니다. 제가 애원 드립니다."

"나도 조선을 잘 알고 있습니다. 제 아버지는 헨드릭 하멜이라는 선원이었습니다. 아버지는 제가 세 살 때 동인도회사 소속의 배를 타고 일본으로 항해하다가 풍랑을 만나 1653년(효종 4) 선원 36명과 제주도에 표착했다가 13년 동안 억류생활을 했지요. 아버지는 포수였기 때문에 훈련도감에서 총포를 제작하기도 했습니다. 그 후 35세가 된 1666년(현종 7) 여수에서 일본으로 탈출해 네덜란드로 돌아와 억류생활 13년간의 한국의 지리, 풍속, 정치, 군사, 교육, 교역 등을 유럽에 소개한 《하멜표류기》란 책을 써서 조선을 서양에 처음 소개했습니다."

"참으로 기이한 인연입니다. 만약 루이텐 씨가 조선에서 폭탄제조 일을 도와서 국방력을 튼튼히 하는 데 공헌한다면 아버지도 하늘에서 기뻐하실 것입니다."

"아버지는 조선이 불쌍한 나라라고 항상 말씀했습니다. 조선은 북쪽으로 청나라와 러시아, 남쪽으로 왜국과 국경을 마주하고 있습니다. 조선을 방어하려면 강력한 폭탄이 있어야 가능합니다. 제가 5년 동안 청국과 계약했기 때문에 4년 후에는 도와드릴 수 있습니다."

옥정은 차라리 4년 후가 좋다고 생각했다. 청 황제 후실이 못된 바에야 4년 후면 임금의 후궁이 되어 병기개발에 간여할 수 있을 것이란 생각이 들었다. 옥정은 큰일을 하려면 권력이 있어야 한다는 스님의 말이 생각났다.

"좋습니다. 그때는 꼭 저와의 약속을 지키셔야 합니다. 그동안 저는 조선에서 권한을 갖도록 노력하겠습니다. 루이텐 씨와 하멜 아버지의 고견에 감사드립니다."

"조선은 임진왜란과 병자호란으로 파멸됐습니다. 이제 조선이 그런 불행을 당하지 않도록 하는 데 제가 힘이 된다면 큰 보람이 아니겠습니까?"

옥정은 루이텐과 밀약을 했다. 반드시 4년 후에 찾겠다고 약속했다. 루이텐은 옥정에게 연필을 한 자루 선물했다.

"옥정 씨는 공부하는 데 붓을 쓰더군요. 연필을 쓰면 아주 편리합니다."

연필에는 '張玉貞'이라고 이름이 새겨있었다.

"제 이름까지 새겨 넣다니요. 고맙습니다. 잘 간직하고 쓸게요."

연필은 굉장히 굵고 투박했다. 옥정은 연필을 이리저리 돌려보았다. 아, 그런데 이 무슨 일인가! 연필에 그림이 그려져 있다. 방패! '방패표' 연필인가?

"루이텐 씨, 방패 그림은 무엇인가요?"

"네, 그것은 나를 고용한 화란의 큰 흑연회사인 그라프샤프회사의 상표입니다."

바로 이 사람이 방패의 당사자란 생각이 뇌리를 스쳤다. 칼과 열쇠, 방패를 찾았다. 그런데 노리개를 어떻게 찾을 것인가.

노리개의 비밀

학원에서 쉬는 시간에 중년 청국 여학생이 반쪽짜리 노리개를 들고 있었다. '아, 이 노리개인가?' 옥정은 유심히 살폈다. 옥으로 만들었는데 귀한 듯 보였다. 그런데 그림의 노리개는 반쪽짜리는 아니었다. 혹시나 해서 옥정은 물어봤다.

"마님, 이 귀한 노리개를 왜 반으로 잘랐는지요?"

그러자 여인은 조선말로 답을 했다.

"옥정낭자, 조선에서 왔지요? 사실 나도 조선 사람입니다."

옥정이 놀라자 말을 계속했다.

"20년 전에 청국에 와서 허베이 성 순무의 후처가 되었지요. 오늘 시간 있으면 우리 집에 가서 얘기 좀 할 수 있어요?"

그녀는 눈시울이 붉어지며 곧 눈물이 나올 듯했다. 옥정은 가마를 함께 타고 집으로 갔다. 순무는 허베이 성과 북경에 관저를 가지고 있었다. 북경의 관저는 조정의 일을 볼 때 머무는 곳이다. 북경 관저에는 웅장하고 장대한 건물이 다섯 채가 있었다. 순무의 위세를 알 수 있었다. 내실은 온갖 황금장식과 도자기, 그림으로 가득 꾸며져 있었다. 그녀가 내 준 차의 향기는 아직까지 한 번도 맡아본 적이 없는 귀한 것이었다.

그녀는 좌정하고 말을 꺼냈다.

"내 이름은 김난초라고 합니다. 처음부터 조선인이라고 밝히지 못해 미안합니다."

그녀는 품속에서 노리개 반쪽을 꺼내 옥정의 손을 잡으며 말한다. 그녀는 20년 전에 모화관에서 경리일을 보았다고 했다. 어느 날 청국 수행관리의 집요한 청혼을 받아 잠자리를 같이 했는데 자신에게 갓난 아들이 있다는 말을 숨겼다고 했다. 그 후 청국으로 오면서 아들을 버리고 왔다고 했다. 어머니에게 맡기고 노리개를 반쪽 잘라주며 나중에 서로 알아보자고 했는데 어머니와 연락이 끊겨 눈물로 나날을 보냈다고 했다.

그 관리가 지금 순무까지 온 것이다. 지금은 정실부인이 죽어서 자신이 정실이 되었다고 한다. 과거는 비밀이라 가슴으로만 속병을 앓아왔단다.

"마님, 그 노리개를 봐도 될까요? 제가 한양에 돌아가면 반쪽 노리개를 가진 사람을 찾아서 연락드리겠습니다."

"고마워요. 반쪽 가진 사람을 찾아주세요. 제가 후사하겠습니다."

옥정은 노리개를 한참 들여다 본 후 돌아왔다.

노리개만 아직 못 찾았다. 방패, 만도칼, 열쇠까지는 찾았으나 이 것이 무엇을 의미하는 것일까? '방패-루이텐과 그라프샤프', '만도칼-알크마르', '열쇠-호부상좌', 아무리 생각해도 서로 연관성이 없다. 모두가 사람과 연계돼 있다. 이 사람들이 전령수장의 죽음과 관련이 있거나 폭탄개발과 관련 있단 말인가? 노리개가 모두를 연결하는 열쇠인 것 같았다. 노리개 주인이 김난초라면 폭탄개발의 성공을 그녀가 쥐고 있을지 모른다고 생각했다. 김난초는 루이텐, 알크마르, 호부상좌 모두와 연결돼 있다.

대갈이 놀라운 얘기를 했다. 조사하던 중 전령수장이 죽을 때 목격자가 나왔다. 전령수장을 죽인 자객은 긴 칼을 휘둘렀는데 어둠 속에서도 얼굴에 턱수염이 가득했다고 했다. 옥정에게 번개처럼 스치는 생각이 있었다. 알크마르가 만도칼로 죽인 것이다.

"알크마르가 수장님을 살해하고 설계도를 훔쳐 누군가에게 전한 것입니다. 그자를 심문하면 설계도를 받은 사람이 누군지 알 수 있을 것입니다."

대갈은 당장 호위병을 끌고 가서 알크마르를 잡아오겠다고 했다. 그러나 옥정은 알크마르가 범인인지 확인하자고 했다. 배금에게 알크마르를 만나 8월 초이레 날 밤에 무엇을 했는지 알아보도록 했다.

"네, 곧 알아볼게요."

저녁에 배금이 창백한 얼굴을 하고 돌아왔다.

"알크마르가 어제 밤에 죽었답니다."

옥정과 대갈은 범인들이 입막음을 하려고 죽인 것이라고 생각했다. 알크마르가 죽었으니 설계도의 행방은 묘연해졌다. 그렇다면 알크마르와 호부상좌 달포탈은 어떤 관계인가?

옥정은 대갈과 함께 호부상좌를 찾아갔다. 그는 반갑게 맞아주었다.

"옥정낭자의 탁견으로 그간의 경제문제가 잘 해결되고 있습니다. 호부상서께서도 낭자가 자기를 구해준 분이라고 말합니다. 필요한 게 있으면 언제든지 말하세요. 힘껏 도와드리겠습니다."

"제가 엄청난 자금을 도와달라고 해도 도와주실 건가요? 농담입니다."

"당연히 도와드려야지요. 호부상서의 허락 없이도 내가 전결할 수 있는 금액은 조선에서는 상상을 초월할 정도입니다."

"감사합니다. 혹시 우림군인 알크마르를 아시는지요?"

대갈이 물었다.

"네, 잘 알지요. 허베이 순무의 김난초 부인이 부탁해서 고용하게 됐지요."

모든 게 일렬로 정리되는 듯했다. 김난초는 남편 순무와 루이텐,

그라프샤프와 연결돼 있다. 김난초가 폭탄설계도의 행방 중심에 있는 듯 보였다. 옥정은 학원에서 김난초를 만났다. 그녀에게 떠보기로 했다.

"마님, 실례가 안 되면 한 가지 여쭤 봐도 될까요? 혹시 화란의 그라프샤프 회사를 아시는지요?"

"잘 알지요. 내가 북경어학원에 다니게 된 것은 루이텐 씨의 권유 때문이었어요. 루이텐 씨는 그라프샤프사의 과학자인데 제 남편 일을 도와주고 있지요. 남편은 팽 태사와 함께 그라프샤프사하고 비밀리에 폭탄 개발을 시작했지요. 이건 비밀입니다."

이제 모든 게 확실해졌다. 루이텐이 팽광회의 폭탄개발에 참여하고 있다. 그림암호는 김난초가 마지막 해결자이다. 폭탄개발과 전령수장의 죽음에 김난초가 관련돼 있다. 그럼 알크마르와는 어떤 관계인가?

"마님, 알크마르를 우림군에 소개하신 것이 맞는지요?"

"맞아요. 내가 소개했어요."

"알크마르가 죽은 것도 아시는지요?"

김난초는 깜짝 놀란다.

"그자가 죽었다고요? 나는 그를 그라프샤프사의 부탁으로 취직을 시켜줬을 뿐인데 뭔가 해괴한 일이 벌어지고 있네요."

"마님, 조사해보니 알크마르가 전령수장을 살해하고 설계도를 훔쳤답니다. 그리고 자기도 살해된 거지요."

"팽 대감은 설계도 시안을 전령수장에게 보관시켰지요. 수구파가 살해한 줄 알았는데 그게 아닌가 보군요."

옥정은 무언가 석연치 않았다. 김난초가 사건의 중심에 서 있는데 너무나 태연하고 무관심한 듯했기 때문이다. 이때 머리를 스치는 것이 있었다. 김난초의 집에서 본 장면이다. 옥정이 차를 마실 때 문밖을 스쳐 간 한 여자! 서양여자였다. 서양여자가 왜 있었을까?

저녁에 대갈을 만났다.

"제 추측에 설계도는 김난초 수중에 있는 것 같습니다. 그 집에 서양여자가 있는 것을 봤습니다. 왜 서양여자가 집에 있을까요?"

"서양여자의 정체부터 알아봐야겠습니다."

"그런데 김난초는 왜 설계도를 필요로 했을까요?"

"남편이 모르는 급한 용도가 있는 모양 같네요. 김난초를 찬찬히 살펴보세요. 분명 틈이 보일 겁니다."

옥정은 다음날 학원에서 김난초를 만났다. 그녀는 어색한 점이 하나도 없었다. 학원이 끝날 무렵 옥정에게 자기 집에 가자고 했다. 옥정은 잘 됐다고 생각하며 따라갔다. 그녀는 차를 준비하면서 시녀에게 말한다.

"너는 지금 외당에 가서 요제프를 불러오너라."

잠시 후 서양여자가 들어왔다.

"낭자가 이 아이를 궁금해 하는 것 같아 불렀습니다. 이 아이는

알크마르의 부인으로 우리 집에 기거하고 있어요. 아직 중국어를
잘 못해서 데리고 있지요. 2년 전에 노예로 잡혀왔는데 내가 샀
지요. 내가 작년에 알크마르와 결혼을 시켰어요."

옥정은 궁금하던 것이 사라졌다. 그러나 김난초의 예리한 관찰
력에 놀랐다. 자기가 서양여자를 궁금해 하는 것을 꿰뚫어 본 것
이다. 아마도 옥정이 설계도에 대해 자신을 의심하는 것도 알 것이
리라.

"옥정낭자, 폭탄설계도는 관심 갖지 마세요. 북경은 의외로 무서
운 곳입니다. 지금 열강의 각축장이 돼 있습니다. 내 남편은 황제가
폭탄개발에 직접 개입하는 경우 시비의 대상이 될까봐 몰래 폭탄
을 개발하는 것이에요."

요즘으로 치면 핵폭탄을 개발하려다 강대국에 의해 제재를 받거
나 핵개발 과학자가 암살당하는 것과 유사하다고 할 수 있다.

"마님, 제 속을 털어놓고 말씀드릴게요. 조선은 청국과 일본 때
문에 항상 위협을 받고 있습니다. 조선에는 폭탄이 필요합니다."

옥정은 자신도 모르게 흥분해서 큰 소리로 말했다.

"큰일 날 얘기를 하네요. 조선이 폭탄을 개발한다는 사실이 알려
지면 청국과 왜국에서 그냥 두겠습니까? 세종대왕이 한글을 창제
할 때도 중국이 몰라서 가능했지요."

"마님, 조선도 폭탄을 보유해서 자주국방을 해야 합니다."

"나는 평생 조선이 강국이 되는 것을 꿈꿨습니다. 조선은 완성된

설계도를 비밀리에 구해서 폭탄을 갖는 길밖에 없습니다. 내가 계획한 것이 있으니 낭자는 위험한 데서 벗어나세요. 그림암호를 풀면 설계도는 수중에 들어올 거예요."

옥정은 김난초의 무언가 암시하는 것 같은 말을 듣고 물러날 수밖에 없었다. 그녀가 조선을 위해 비밀작업을 하고 있다고 생각했다. 혹시 그녀가 그림암호의 비밀을 모두 풀 수 있는 사람인지도 모른다는 생각이 들었다.

그림암호를 풀면 김난초가 폭탄개발설계도를 훔쳐서라도 조선에 넘겨줄 것 같은 생각이 들었다. 옥정은 김난초의 말대로 여기서 살아남으려면 빨리 조선으로 돌아가는 길밖에 없다고 생각했다.

납치

병자호란 이후 청의 위세를 업고 조선을 아예 청나라의 속국으로 통합시키자는 조선인들이 생겼다. 이들의 주장을 입성책동(入城策動)이라고 한다. 중국의 속국이 되면 임진왜란과 병자호란 같은 전쟁은 없을 거라는 게 그들의 주장이다.

북경에는 서양인들이 실크로드를 통해 드나들어 서양문물이 널리 퍼져 있었다. 마르코 폴로는 중국의 무궁무진한 지하자원과 부유한 상류사회를 직접 목격하고 책으로 널리 알려 서양 상인들이 줄을 이었다. 북경은 교육, 과학, 제조업, 금융업, 군수산업, 향락산업, 의류산업이 일어나고 있었다. 주권을 고집하기보다 청국에 합병해서 편히 살자는 주장도 그럴 듯하게 들렸다.

조선의 사대부자제들은 당나라 시대에는 장안으로, 원나라 시대에는 연경으로, 명나라시대에는 북경으로 유학해서 과거시험을 치렀다. 중국관리가 되어 입성책동을 주장했다. 그러나 원나라에서 고려에 파견된 관리들은 고려인보다도 더 고려를 위해 일했다.

충렬왕 때 정동행성 책임자인 활리길사라는 원나라 관리가 있었다. 그는 고려의 노비제도가 지나치게 부당하다고 보았다. 노비의 부모 중 한 명이라도 노비면 그 자식을 노비로 삼는 부당한 제도를 타파하려 했다. 부모 중 한쪽이 양인이면 자식은 양인으로 하려 했다. 그러나 고려귀족들이 집단으로 반대하며 연경까지 가서 로비를 해 활리길사는 소환되고 개혁은 실패로 돌아갔다. 개인적 이익에 충실한 고려귀족들이 나라를 생각한다는 것은 상상도 못했다.

단재 신채호(申采浩)는 《조선상고사》에서 "작은 칼로 세공하는 하품의 재주꾼(신라의 최치원을 일컬음)으로 외국인의 입술을 모방하여 말하고, 웃고, 노래하고, 우는 모습이 그들과 꼭 닮아서 사람들을 감동시킬 만하면 슬그머니 인물로서의 지위를 얻기도 하지만, 결국은 인격적 자성(自性)의 표현은 없이 노예적 습성만 발휘되어 전 민족의 항성(恒性)을 매몰시키고 변성(變性)만 조장하는 나쁜 기계가 되고 만다. 이는 사회를 위하여 우려되는 바이므로, 인물이 되려는 뜻을 가진 자가 경계하고 조심해야 할 바라 할 것이다"라고 말한다.

북경에는 자신만 잘살면 된다는 조선인이 많았다. 이들을 크게 대접하는 곳이 동창(東廠)이란 곳이다. 동창은 정보기관으로 그친 것이 아니라 황제의 친위대 역할까지 해서 막강한 권력을 가졌다. 조선인으로 동창의 프락치만 되면 한양의 대감 못지않게 위세가 대단했다. 김춘추가 바로 그런 자였다. 다행히 옥정의 꾀로 모화관에서 맞아서 죽었는지 모를 뿐이다.

옥정은 조선으로 돌아가기 전에 그라프샤프 연구실에 팽 태사의 지시사항을 마지막으로 전달하고 나왔다. 눈에 띠지 않게 골목들을 이리저리 돌아 숙소로 돌아가고 있었다. 숙소에 거의 도달했을 때 갑자기 건장한 중국청년 3명이 골목을 가로 막아섰다. 이들은 칼을 들고 있었다. 옥정은 좁은 골목에서 꼼짝없이 붙잡혔다. 묶여서 포대 속에 넣어진 채 어디론가 갔다.

목적지에 왔는지 포대를 벗기고 묶은 끈을 풀어줬다. 상당히 웅장한 천장과 대청으로 보아 격이 높은 관청 같았다. 높은 당상에는 관포(官怖)를 입은 점잖은 사람이 앉아 있다. 그의 얼굴에는 길게 흰 수염이 나있다. 아래 양쪽에는 관리인 듯 보이는 사람이 2명씩 나란히 앉아 있다. 한밤중인데도 심문을 하는 것을 보니 중대한 일이라고 여기는 모양이었다.

"너는 조선의 처녀로 황제를 시해하려고 왔다고 하는데 사실이냐?"

오른쪽 맨 앞에 앉은 자가 물었다. 황제를 시해한다고? 옥정은 어이없었으나 무언가 올가미에 걸렸다고 추측했다. 다행히 폭탄개발은 모르는 듯했다.

"저는 그런 생각을 한 적이 없습니다. 여기가 어디인지요?"

"여기는 동창이다. 네가 거짓말을 해도 소용없다. 너는 조선에서부터 팽광회의 꾐에 넘어가 황제를 시해하는 데 동조해서 이곳까지 따라왔다. 팽광회는 너를 황제에게 후실로 추천해서 시해 기회를 만들려고 애썼지만 우리가 사전에 알게 됐다. 이제 너의 실토만 받으면 팽광회를 체포할 수 있다."

옥정은 허황된 말에 기가 막혔다. 수구파가 팽광회를 제거하려는 것임을 직감했다.

"저는 팽 태사님이 그런 일을 꾸밀 분이 아니라고 믿습니다. 저도 절대 아닙니다."

"그럼 너를 고변한 증인을 대면해야 불겠느냐? 조선에서부터 너를 미행한 요원이 보고서를 작성한 것이 있어 너를 잡아왔다. 김춘추를 들라하라."

또 이자가? 아직 살아 있었단 말인가? 잠시 후 김춘추가 들어왔다. 그는 여전히 청국인보다 더 청국인 답게 변발을 하고 치파오를 입고 있었다. 김춘추는 옥정을 북경에서 발견하고는 구년홍수에 볕을 본 농부처럼 힘이 솟아 또 일을 꾸몄다.

"김춘추는 모든 것을 말하시오."

"예. 소관은 저 처녀가 청 황제의 후실이 된다고 설쳐 의심을 가졌습니다. 장사꾼에 불과한 미천한 처녀가 말이나 되는 소리입니까? 그래서 미행하던 중 돌연 사라졌기에 북경에 갔을 것이라 추측해서 여러 곳을 뒤져서 찾아냈습니다. 저 처녀는 무술실력이 남자 무사보다 윗수로 자객에 적격입니다. 팽광회가 후실로 추천해 시해하려는 것이 틀림없습니다."

"당신은 조선 사람으로서 부끄럽지도 않소? 나는 무역하는 데 필요해서 상업실무와 중국어를 배우러 온 것입니다."

김춘추는 폭탄개발에 대해서는 모르고 있었다. 만약 폭탄개발 얘기가 나온다 해도 목숨을 걸고 비밀사명을 지키기로 작정했다.

"장사꾼 나부랭이년이 중국어를 배우러 북경까지 왔다는 걸 누가 믿겠냐? 네가 그들 패당과 자금성을 샅샅이 돌아보는 것도 봤다. 그래도 아니라고 할 테냐?"

난감했다. 동창이란 곳은 없는 죄도 만들어 내는 곳인데 꼼짝없이 죄를 뒤집어쓰게 됐다. 그것도 어마어마한 황제시해범이었다. 늦은 밤임에도 조사를 하는 것은 사건의 중대성을 말하는 것이기도 했다.

"김춘추의 주장을 부정할 증거가 없는 모양이니 자백으로 간주한다. 팽광회도 너의 자백에 의거 너와 함께 처형할 것이다. 날이 밝으면 자술서를 써라. 며칠 내로 처형할 것이다."

단상에 앉은 흰 수염이 난 사람이 처형 판결을 내렸다. 팽 태사를 옥정이 자백한 것으로 간주해 처형한다고 했다. 옥정은 이런 엉터리 판결에 놀랄 뿐이었다.

형리들은 옥정을 감옥으로 끌고 가서 안으로 내던졌다. 곧 팽태사를 심문한 후 처형할 것이라고 했다. 황제시해범은 무조건 사형이다. 팽 태사가 꼼짝없이 죽게 되는구나 생각하니 기가 막혔다. 밤은 깊어지는데 잠이 오질 않았다. 몸을 뒤척거리는데 무언가 찬바람을 느꼈다. 순간 옥문이 열리며 복면을 한 남자 두 명이 들어왔다. 그들이 일본어로 말했다.

"반항하지 마시오. 옥정낭자를 구하려고 하오. 조용히 따르시오."

그들은 옥정에게 재빨리 재갈을 물렸다. 옥정은 이들에게 들려 어디론가 끌려갔다. 한참을 달린 후 어딘가에 도착하자 한 사내가 재갈을 풀어주며 말했다.

"옥정낭자 미안하오. 오늘 중에 상선으로 왜관을 거쳐 대마도로 떠날 것이오. 그곳에서 에도 바쿠후(江戶 幕府)로 갈 것이오."

"왜 나를 일본까지 데려가는 것입니까? 그리고 내 이름은 어떻게 알고 있는지요?"

"낭자를 오래 감시했습니다. 허베이 성과 그라프샤프사간의 폭탄개발 심부름을 하는 걸 알게 됐소. 우리가 설계도를 얻도록 협조하면 낭자는 무사할 것이오."

일본간자들의 능력이 동창보다는 한 수 위였다. 동창은 권력다툼에만 정보를 이용해서 폭탄개발은 전혀 모르고 있었다. 옥정은 사실대로 얘기했다.

"전령수장이 죽기 전에 저한테 비밀 장소를 암호로 알려주셨습니다. 그런데 설계도 둔 곳을 아직 찾지 못했습니다. 암호 4개 중에서 3개를 풀었는데 지금 저를 데려가면 영원히 찾지 못할 텐데요."

"우린 그런 것은 모르오. 일본으로 데려오라는 명령만 받았소."

"팽광회 태사님은 어떻게 되는 겁니까?"

"낭자가 없으니 무혐의지요. 낭자는 우릴 따라가야 팽 태사를 살리는 것이오."

"나를 풀어주시오. 그래야 내가 4번째 암호를 풀어 설계도를 찾을 것 아니오?"

"낭자는 여기 있으면 처형당하오. 우리가 거간에게 큰돈 주고 탈출시킨 것이오. 일단 바쿠후에서 폭탄개발 상황을 설명해준 다음 설계도를 찾는 방안을 강구합시다."

그들은 다시 재갈을 물리고 창고에 가뒀다. 옥정은 암담했다. 음식 먹을 때만 재갈을 풀어줬다. 조선의 폭탄 소유는 물거품이 되는가? 한밤중이 되자 장정들이 자루 속에 넣고 가마에 태운다. 어둠 속에서 어딘가 도착했다. 파도소리가 철석 거린다. 물건 싣는 소리가 들렸다. 누군가에 떠메어 선창 깊은 곳에 다시 갇혔다.

조선에는 돌아가지도 못한단 말인가! 왜국에 납치돼서 돌아온 사람은 없었다. 팽태사와 대갈은 옥정이 그림암호를 가지고 도망쳤다고 배반감을 느낄 것 아닌가? 혼자 남은 배금은 얼마나 내 걱정을 할 것인가! 배가 흔들리며 출항했다. 이렇게 중국을 떠나다니!

며칠 밤을 지냈다. 선박이 어딘가 도착한 듯 보였다. 시끄러운 소리가 요란하더니 옥정도 업혀서 육지로 옮겨졌다. 재갈을 풀어주고 창고에 넣었다. 밖은 고요했다.

이때다. 창고 문이 열리는 소리가 났다. 한 일본인 남자가 조용히 다가왔다.

"옥정 낭자, 어서 나를 따라 오시오. 일본에 가면 돌아오지 못합니다. 뒤쪽 강변에 선박을 준비했으니 한양으로 돌아가십시오."

옥정은 깜짝 놀랐다. 일본남자가 또 이름을 부르다니?

"감사합니다. 누구신지요? 여기가 어딥니까?"

"왜관입니다. 대마도로 가기 전에 물건을 싣기 위해 들렀습니다. 옥정낭자가 여기 잡혀왔다는 것을 보고받고 왔습니다."

"제 이름을 어떻게 아십니까? 은혜를 꼭 갚을게요. 이름을 알려주세요."

"오히려 제가 은혜를 입었는데요. 이것으로 제 은혜를 갚은 것으로 하겠습니다."

오히려 일본인이 은혜를 입었다고? 돌연 뇌리를 스치는 게 있다. 후쿠오카 군번상단이 모화관에 보낸 닌자일지도 모른다는 생각이 떠올랐다.

"혹시 당신은 후쿠오카 군번 상단의 닌자 아니었던가요?"

"맞습니다. 이 배는 후쿠오카 군번상단의 상선입니다. 선장이 화물칸에 장옥정이란 처녀가 잡혀있다고 하더군요. 내가 옥정 낭자 덕택에 살아서 지금은 왜관의 도주가 되었습니다. 제 이름은 요시다입니다."

요시다는 옥정을 자신의 집무실로 안내하고 차를 대접했다.

"저는 옥정낭자에게 은혜를 갚아야 하지만 조선 백성에게도 빚을 갚아야 합니다."

"조선 백성에게 빚을 갚아야 하다니요?"

그는 옥정에게 자신의 기구한 과거를 털어놓았다. 요시다의 외할아버지는 선조임금의 장자인 임해군(臨海君)이라고 했다. 그는 함경도에서 백성들에게 잡혀서 왜장 가토 기요마사에게 넘겨졌다. 가토는 임해군을 부산에서 석방했으나 왕자와 공주는 일본으로 데려갔다. 이때 공주의 나이는 7세이고 왕자의 나이는 5세였다. 가토는 공주를 부장인 나베시마(腸島直茂) 장군에게 양녀로 주었다. 나베시마는 공주를 일본으로 데려가 양녀로 기르다가 성년이 되자 첩을 삼았다. 공주가 요시다의 외할머니였다.

왕자는 가토의 천거로 향정사(香正寺)에서 승려가 되었다. 그는 아버지가 반드시 데려 갈 것이라는 약속을 믿고 기다렸다. 임해군은 왕자와 공주를 귀환시키기 위해 가토와 서신을 주고받았다. 이를 의심한 광해군의 측근들은 임해군을 역모로 처형했다. 왕자는 장손이라 성리학 대신들이 장자상속의 원칙을 주장할 가능성이 있어서 귀국할 수도 없는 몸이 되었다.

이후 왕자는 속세와의 인연을 끊고 당시 번성하던 법화종(지금의 日蓮宗)의 고승 니치엔(日延可觀院)의 상인(上人)이 되어 불도 연마에 정진해서 존경받는 고승이 되었다. 그가 창건한 사찰이 8개나 되고 수많은 일본 신자들의 존경을 받다가 향정사를 제자들에게 물려주고 후쿠오카의 현해탄을 바라보는 해복산 묘안사(海福山妙安寺)에서 1665년 향년 72세에 입적하였다. 죽어서도 고향을 바라보고 싶었던 것 같다.

요시다는 깊은 한숨을 쉬며 말했다.

"저는 무술에 뛰어났지만 조선인이란 처지 때문에 사무라이가 되지 못하고 닌자가 되었습니다. 저는 증조외할아버지의 죗값을 치루고 싶습니다."

"약소국의 비극이 이렇게 연결되네요. 살려주신 것에 감사드립니다."

옥정은 고맙다는 작별인사를 했다. 선박을 타고 안동에 도착했다. 선원은 싣고 간 말을 내주었다. 옥정은 말을 달려 한성을 향했다.

〈상권 끝. 하권에 계속〉

숙종, 장옥정과 경제대국을 이루다

경제대왕 숙종 〈상〉

초판 1쇄 2014년 10월 10일
  2쇄 2014년 11월 20일

지은이 정기인
펴낸이 전호림 **편집총괄** 고원상 **담당PD** 권병규 **펴낸곳** 매경출판㈜
등 록 2003년 4월 24일(No. 2 - 3759)
주 소 우)100 - 728 서울특별시 중구 퇴계로 190 (필동 1가) 매경미디어센터 9층
홈페이지 www.mkbook.co.kr
전 화 02)2000 - 2610(기획편집) 02)2000 - 2636(마케팅)
팩 스 02)2000 - 2609 **이메일** publish@mk.co.kr
인쇄 · 제본 ㈜M - print 031)8071 - 0961

ISBN 979 - 11 - 5542 - 167 - 3(04810)
    979 - 11 - 5542 - 169 - 7(set)
값 13,000원